2026 신춘문예 당선평론집

2026

신춘문예 당선평론집

젼출판

문운의 햇살이 이어지길

신춘문예는 문학고시로 불린다. 몇 백 편 가운데 단 한 편만 뽑는다. 그래서 낙선자에겐 비정하지만 당선자에겐 모든 걸 독식하는 영광이다. 당선은 우아한 일이지만 시간이 지나면 한동안 그 무게에 눌린다. 특히 균형 감각이 필요한 평론 부문 당선자는 더욱 그러하다.

천칭 저울은 가로로 뻗은 막대의 양 끝에 저울판을 달아, 한쪽에는 달 물건을, 다른 쪽에는 일정한 무게의 추를 놓고 양쪽을 평평하게 하여 무게를 재는 도구다. 양팔 저울이라고도 부르는데, 인체의 좌우 균형을 빗댄 명칭이다.

평미레는 말이나 되에 곡식을 담아 그 위를 평평하게 밀어, 정확한 양을 재는 데 쓰는 방망이 모양의 기구다. 예전 쌀집에 가서 쌀 한 되 사면 주인은 됫박에 고봉으로 쌀을 담은 다음 평미레로 쓰윽 밀었다.

문학작품은 수치나 양으로 계량할 수 없다. 따라서 평론자의 관점이나 논점 또는 기준에 따라 평의 각도가 달라진다. 그렇다고 평론자 마음대로 주무르면 균형을 잃어버린다. 문학작품을 도덕의 잣대로 재고 규범의 틀 안에 가두고 하나의 논점만 강요하면 비평이 아닌 판결이다. 그러므로 평자는 스스로 판관의 잣대를 내려놓는 게 좋다.

당선자가 앞으로 어떤 비평을 세상에 내놓을지 궁금해진다. 문학평론은 문예 작품의 의미와 구조 및 가치, 작가의 세계관 등을 일정한 기준에 따라 판단하고 논평하는 작품이다. 이제는 독자가 그대들의 작품을 비평한다는 사실을 잊지 말기를 바란다. 문운의 햇살이 이어지길 바란다.

김이랑

수필가, 문학평론가

《문학 秀》 발행인·아카데미 원장

차례

서문

문운의 햇살이 이어지길 | 김이랑　4

경향신문　박상현　사랑의 세계에서 살아남는 법　12
　　　　　　　　　　— 박선우론

동아일보　박지민　나·나 연대기　36
　　　　　　　　　　: 멸망 이후에도 살아남는 세 가지 시적 방법
　　　　　　　　　　— 고선경, 신이인, 변혜지의 첫 시집을 중심으로

문화일보　오웅진　문학을 초과하는 언어로서, 음악　64
　　　　　　　　　　— 김기태론

서울신문　배민정　도망치지 않는 시　90
　　　　　　　　　　— 황유원의 시

세계일보　오경진　쓰이지 못한, 쓰인 적 없는　118
　　　　　　　　　　— 김숨,《간단후쿠》

조선일보　오경진　무無의 정치, 혀의 신학　142
　　　　　　　　　　— 김혜순론

동아일보　최우정　믿을 수 없음을 미적분하기　172
: 탈진실 시대의 영화론
— 〈괴물〉, 〈추락의 해부〉, 〈괴인〉을 중심으로

부산일보　김형식　실존의 침묵에 맞서는 재현의 윤리　194
— 〈존 오브 인터레스트〉에 관하여

광남일보　최류빈　몸 언어가 자신만의 인도仁道를 관철할 때　220
— 광주시립발레단 〈DIVINE〉

조선일보　강희구　AI 시대의 공간형 설치미술이 제기하는　242
'지각의 정치성'
— 아드리안 비야르 로하스, 《적군의 언어》전을
　중심으로

2026 신춘문예당선 평론집

문학평론

경향신문 박상현

동아일보 박지민

문화일보 오웅진

서울신문 배민정

세계일보 오경진

조선일보 오경진

문학평론

경향신문

박 상 현

1997년 경기 출생
한국외국어대학교 언어학과 졸업
연세대학교 커뮤니케이션대학원 문화학(문화연구) 석사 졸업
2026년《경향신문》신춘문예 문학평론 부문 당선
think0119@naver.com

사랑의 세계에서 살아남는 법
—박선우론[1]

박 상 현

1. 사랑으로 연루되다

사랑 얘기가 아무리 진부하다고 할지라도 감히 그 누가 사랑의 권능
에 도전할 수 있겠는가. 사랑이 친밀한 이들의 '얼굴'을 앞세운 채 사
회적 불의를 공모한다고 할지라도 여전히 사랑은 우리의 여남은 대안
으로 간주된다.[2] 어느 노래의 제목처럼 사랑은 적대와 혐오로부터 승

---

1) 이 글은 박선우의 소설 작품을 중점적으로 다룬다.《우리는 같은 곳에서》(자음과 모
  음, 2020),《햇빛 기다리기》(문학동네, 2022)과 단편소설 〈사랑의 방학〉이 수록된《서
  로의 계절에 잠시》(큐큐, 2023),《어둠 뚫기》(문학동네, 2025)가 그것이다. 본문에서
  인용시 각각의 제목과 소설집 내 쪽수만 밝힌다.
2) 사랑은 친밀한 이들의 '얼굴'을 앞세운 채 우리를 다양한 사회적 연관들로부터 떼어놓
  는다. 예컨대, 내가 게이라는 사실은 엄마의 가슴에 대못을 박는 일이 되거나 엄마의
  모자란 이해심을 겨냥할 뿐이다. 남자가 남자를 좋아한다는 사실은 이론적인 수준에
  서 사회 구조적 한계를 폭로하는데 재전유될지는 몰라도 당장에는 친밀한 이들을 향
  한 '배신' 혹은 '배반'의 행위로 간주된다.-박상현 〈주디스 버틀러의 권력론에서 정적
  가능성 혹은 한계〉,《비교문화연구》76, 2025, 49〜79쪽.

리할 수 있으며 끝내 승리하고 말 것이다.[3] 이에 부응하는 듯 박선우의 소설 속 이 미련한 주체들은 사랑에 관한 한 자신의 역능을 과대평가한다. 우리가 구조주의 철학자들로부터 배웠던, 자신이 몸담아 온 세계를 등한시 할 수 있는 '순수한' 주체도 의지도 없다는 사실은 사랑에 대해서는 이렇다 할 진가를 발휘하지 못한다. 〈햇빛 기다리기〉속 '너'는 잦은 이사에 지쳐 새로운 보금자리를 마련하기로 한다. '네'가 보금자리를 마련하는데 이렇다 할 도움을 주지 못하는 '나'는 가책을 느낀다. 어떤 법적 보증도 없는 상태에서 사랑한다는 이유만으로 상대에게 현금을 증여하거나, 함께 빚을 갚아 나가기로 약조하는 일은 비단 성소수자에게만 어려운 일이 아니다. 그것은 지극히 현실적인 문제이기 때문이다. 그러나 "사랑을 압도하는 지점"(201쪽)들은 이내 자신의 무능함에 대한 변명으로 치부되고 만다. "사랑한다면, 진정으로 사랑한다면 연인에게 그냥 전 재산을 내어줄 수도 있어야 하는 것 아닐까. 기꺼이 목숨을 바칠 수도 있어야 하는 것 아닐까. 혹시 나는 너를 진정으로 사랑하지 못해서 이렇게 속으로 계산기를 두드려대는 것일까. 내 안위를 가늠하고, 파국을 넘겨짚고, 골치 아픈 문제들을 외면하고자 우스갯소리만 늘어놓는 것일까."(201~2쪽)

'나'는 사랑의 이름 아래 감히 자신을 둘러싼 거대 현실과 대면하고자 한다. 그러나 그 거대 현실은 사랑에 대한 이들의 열정을 비웃기라도 하듯 해피엔딩이나 핑크빛 로맨스 따위를 약속하지 않는다. 〈남

---

3) 다음의 기사를 참조할 수 있다.–정희연, '아이유, 신곡 제목 'Love wins all'로 변경 "혐오 없는 세상 바라.'",《스포츠동아》2024. 1. 19, https://sports.donga.com/article/all/20240119/123137125/1

아 있는 마음〉에서 '너'는 누군가를 향한 사랑이 반드시 독점의 형식을 취해야만 하는지 물으며 우리가 '보통의 연애'를 지속하는데 끊임없이 훼방을 놓는다. '너'는 그저 "'누군가'를 만나고 싶었던 것이지 그 것에 어떤 저의도 없었다고"(15쪽) 말하지만 부산으로 출장을 가면서 그곳에 거주하는 전 남자친구에게 연락을 한다거나 순전히 저녁을 혼자 먹기가 싫어 데이팅앱으로 이름 모를 사람을 불러내는 건 도무지 '나'로서는 납득하기 어려운 것이다. 이러한 갈등은 〈사랑의 방학〉에서도 마찬가지인데, 보통의 연애 관계를 지향하는 '나'와의 만남에 회의를 느낀 'H'는 사 년에 가까운 연애에 휴지기, 한 달 남짓한 '사랑의 방학'을 갖는다. '나'는 서로를 독점하듯 연애하는 관계에서 벗어나고 싶다는 'H'의 말이 실은 완곡한 이별 선언이 아닌지 "헤아리고 또 헤아"(174쪽)리며 그런 요상한 이름의 휴지기가 이미 끝나버린 관계에 마침표를 찍지 않으려는 몸부림일지도 모른다는 생각에 흐느낀다. 'P선배'는 이 미련한 사랑의 주체에게 "인간은 최소한의 제약마저 없으면 방종에 빠지게"(192~3쪽) 된다고 말한다. '나'는 'H'가 벗어나고 싶어하는 바로 그 구속이 어쩌면 서로의 관계를 지속하는데 가장 중요한 역할을 하고 있을지도 모른다는 선배의 말에 동의하면서도 끝내 '너'를 이해하기로 결심한다.

한달로 예비했던 사랑의 방학이 일주일도 지나지 않아 종료되었다는 사실에 비로소 안도했다. 그리고 1400일 넘게 지속되었던 나의 사랑이 오늘로써 완결되었음을 깨달았다. 대신에 전혀 다른 사랑이 시작되는 듯한 조짐을 느꼈다. 오랫동안 내가 믿어온 사랑이 저물고 사

그라든 자리에 아직은 내가 믿기 어려운, 감당할 수 있을지 어떨지
가늠조차 되지 않는, 한 번도 경험해 본 적 없는 사랑이 새롭게 움트
며 자라나는 듯한 기적을.

-〈사랑의 방학〉(198쪽)

박선우의 소설 속 타자는 '내'가 가장 사랑하는 존재이면서 다른 한
편으로는 '내'가 오래 몸담아 온 세계의 진실을 위협하는 존재이기도
하다. 소설 속 '나'는 하고 싶은 말을 꾹 삼키며 빈 편지지를 하염없이
바라보고(〈결혼식 가는 길〉), 기껏 쓴 편지도 결국 보내지 못한 채 서랍장
에 묵혀두는(〈고요한 열정〉), 그야말로 조심스럽고 유약한 인물이다. 그
런 '나'는 '너'로 인해 "오랫동안 내가 믿어온 사랑"의 토대를 허물며
"한 번도 경험해 본 적 없는 사랑"의 미래를 기약한다. 이러한 맥락에
서 사랑의 권능에 대한 박선우의 신임은 조금 다른 여지를 갖게 된다.
문학적 상상력으로 표방되는 문학을 향한 사회적 기대란 한 번도 본
적 없고 들은 적도 없는 타자의 세계에 연루된다는 데 있지 않겠는가.
'너'의 사소한 행동 버릇에서부터 전연 상상해 본 적 없던 관계의 형태
에 이르기까지 '나'는 이제 더 이상 그것들과 무관하지 않다.

〈밤의 물고기들〉속 '나'를 보자. '나'는 '누나'의 둘도 없는 친구이
자 오픈리 게이인 '그 남자'와 술을 마신다. '나'는 "어째서 모두가 뜯
어말리는 짓을 기어코 해버리느냐"며 도대체 남자가 남자를 사랑하
는 일에 "무슨 미래"가 어떠한 "결실"(29쪽)이 있을 수 있느냐며 '그 남
자'에게 반감을 보인다. '그 남자'를 향한 반감에 한편, '나'는 혹시 자
신의 일생 주변에 '그 남자'와 같은 게이가 있었는지 그 시절에 '나'는

왜 "내가 아닌 누군가 되어보는 일을 상상조차 할 수 없었"(32쪽)는지 스스로에게 계속된 질문을 던진다. 이는 끝내 "나는 나였고, 거기에는 아무런 문제가 없었다. 아무 문제도 없어야 한다는 것, 그것이 중요했다."(32쪽)던 위태로운 자기 암시로 귀결된다. '그 남자'와 시덥잖은 농담을 주고받는 와중 '나'는 자신이 거의 안다시피 '그 남자'에게 붙어 있다는 사실을 깨닫는다. '나'는 자신의 오른쪽 어깨를 통해 전해져오는 '그 남자'의 축축한 열기에 거부감을 표하기는커녕 외려 "억눌러야만"(36쪽) 하는 어떤 충동에 흠칫 놀란다. "그 밤, 그 사람과 술잔을 기울이며 나누었던 대화도 떠올리게 된다. 그의 굵고 나직한 음성, 반복적인 고갯짓, 팔뚝에 어지러이 새겨진 꽃과 이파리들, 뼈마디가 도드라진 손, 뜨거운 체온이 어린 허벅지, 그리고 그가 내게 보여준 원형의 플라스틱까지. 그 안에서 조그마한 불씨처럼 일렁이던 잉어의 몸짓은 지금도 눈앞에 선한다. 사실 그건 잉어가 아니었음에도, 어째서인지 내게는 잉어로 남아 있고, 그렇게 새겨져버린 듯하고, 그건 돌이킬 수 없는 듯하다. 어쩔 수 없는 문제라는 게 늘 발생하는 것처럼 말이다."(39쪽) "아무 문제도 없어야 한다"던 고집스런 자기 암시가 "억눌러야만" 하는 충동으로 변모하는 과정 속에서 '나'는 부지불식간에 타자의 세계에 연루된다.

세계의 기술적 진보는 우리가 '마음만 먹으면' 일면식도 없는 저 먼 곳의 타자와도 연결될 수 있다는 것을 보여주었지만 타자와 접촉하고 싶다는 그 마음은 기술적 발달만으로는 결코 담보될 수 없는 것이었다. 맞춤형 알고리듬 속 타자는 오직 내가 보고 싶은 모습으로만 나타나고 무수히 증식되는 타자의 얼굴에서 내가 '모르는' 얼굴은 없다. 자기 확신이 팽배한 현실에서 연루됨의 감각은 점차 소실된다. 자기로 포화된 이 세계에서 사랑은 과연 무엇을 할 수 있을까. 박선우가 아직 사랑의 권능을 신용한다고 할 때 그가 낭만적 위안을 얻고 싶다거나 사랑이 끝내 문제적 현실에 궁극적(보편적) 대안이 될 수 있다고 믿고 있기 때문은 아니다. 사랑할 때 우리는 얼마나 무방비하고 특별해지는가. 이 지극한 사랑의 서사를 통해 자기 중심적 세계에서 우리를 꺼내어 타자라는 미지의 세계에 노출시키는 사랑의 가능성을 재고해 볼 수 있을 것이다.

2. 을乙들의 연대

박선우의 소설 속 인물들은 정말이지 다정하고 섬세하다. 서로에 대해 깊이 내적 교류를 했던 선배가 말도 없이 자신을 떠나버린 것도 모자라 갑작스레 청첩장을 보내도 서로가 함께했던 시간을 아름답게 추억하며(〈결혼식 가는 길〉), 어느 날 갑자기 연락이 두절된 채 사라진 친구가 막무가내로 이별을 고해도 친구의 행복을 바라며 손을 흔들며(〈이 세상의 것〉), 자신이 성소수자라는 걸 결코 받아들이지 못하며 끊임없이 상처를 주는 엄마를 미워하다가도 아빠 없이 자신과 형을 홀로 키워왔던 지난 날 엄마가 느꼈을 서글픔을 떠올리고(〈겨울의 끝〉,《어둠 뚫기》), 끊임없는 혐오를 퍼부으면서도 외려 성소수자에게 더 높은 도덕성을 요구하는 사회에 별안간 분노하다가도 이내 자신을 미워하는 사람과 닮아가는 게 더 무서운 일이라고 웃음을 지으며(〈사랑의 미래〉), 오 년 전 갑작스레 이별을 고한 뒤 사라진 옛 연인의 죽음을 정성스레 애도하는(〈빛과 물방울의 색〉) 이들이 바로 박선우가 그리는 사랑의 주체들의 얼굴이다. 박상수는 이들을 두고 "'맨박스'에 갇히지 않은 남자"라고 평하며, 이들이 지닌 유연한 남성성이 "맨박스에 갇힌 남성들이 과시적으로 드러내는 이성애 우월주의나 호모포비아가 얼마나 편협하고 우스꽝스러운 것인지를 우회적으로 부드럽게 납득"시킨다고 덧붙였다.[4] 이들이 보여주는 세심함은 분명 기존 남성성의 헤게모니와 대적할 만한 것이다. 그러나 소설 속 인물들이 관계의 파탄과 상처를 가만가만 반추하고 또 아름답게 포장해내려고 하는 것은 이들이 소위 '남들과 다른' 존재이기 때문은 아니다. 과연 퀴어한 정체성을 가졌다는 사실은 이들에게 넉넉한 이해심을 보장해주기에 충분한 것인가.

'동성애 규범성homonormativity'이라는 개념으로 함축되는 일련의 논의들은 퀴어한 정체성을 가졌다는 사실이 기존 체제(질서)에 대한 저항의 근거로 반드시 이어지지 않는다는 것을 보여주었다.[5] 마찬가지로 소설 속 인물들이 이토록 타자에게 다정할 수 있는 건 이들의 특유한 정체성 때문이라기보다 그것이 다름 아닌 [내가 사랑하는] '너'의 일이기 때문이다. 한 번도 생각하지 않고 이해할 필요도 없던 것이 '너'에 의해 생각할 만한, 이해할 만한 것으로 부상하게 되는 것이다. 박선우의 소설에서 진정 퀴어한 것은 남자가 남자를 좋아한다는 사실

---

4) 박상수, 〈웃고 사랑하고 일상을 살고〉, 《햇빛 기다리기》(2022) 해설. 260~4쪽.
5) 퀴어한 정체성과 '퀴어한 것' 사이에는 항상 간극이 있다. 규범과 비규범, 저항과 동화의 범박한 대립에서 벗어나 이른바 비규범적인 몸으로 '보통 시민'의 삶을 좇고자 하는 열망에 대해 이해할 필요가 있다. 이에 대한 더 자세한 논의는 다음을 참고-정민우, 〈퀴어 이론, 슬픈 모국어〉, 《문화와 사회》 13, 2012, 53~100쪽: 잭 핼버스탬, 《실패의 기술과 퀴어 예술》, 허원 옮김, 현실문화연구, 2024; Love, H. Feeling Backward, Harvard University Press, 2007.

같은 게 아니다. 그의 관심은 이 문제적 사랑을 현존하는 규범 내에서 납득할 만한, 인정해 줄 법한 형태로 재가공하는 데 있지 않다. 누군가를 사랑할 때 우리는 얼마나 퀴어해지는가. 사랑은 우리를 얼마나 퀴어하게 만드는가. 신샛별의 표현을 빌리자면, 박선우는 "퀴어'만'의 것이라고 착각하기 쉬운 사랑에 관한 결핍과 상실을 보편의 권리 담론으로 가공해" "퀴어의 박탈감과 불능감을 사랑을 염원하는 사람이라면 누구나 겪을 수 있는 보편의 불행"으로 이행시키는 사랑의 권능 [6], 자신을 둘러싸고 있는 오랜 규범을 의문에 붙이게 하는 사랑의 가능성에 천착하고 있는 것이다.

〈우리 시대의 사랑〉에서 '나'는 HIV 감염인인 '너'를 만난다. 애프터 신청을 받은 '너'는 담담한 어조로 HIV 감염인이라는 사실을 털어놓는다. '나'는 '네'가 "단지 연인으로 발전할지도 모른다는 미약한 가능성 하나 때문에 자신의 내밀한 질환을 털어놓아야 했을 순간"(127쪽)들이 얼마나 빈번했을지를 생각하며, 그러한 비밀을 담담하게 말할 수 있기까지 '네'가 겪어왔을 상처와 고통을 짐작한다. 과연 그 짐작이 적당한 것인지는 차치하더라도 누군가의 고통을 헤아리기엔 '나' 자신의 상황 역시 그리 순조롭지 않다. '나' 역시 이성애 중심주의라는 견고한 규범 안에서 담론적인 모욕을 감내하고 있는 존재이기 때문이다.

진태원은 '을乙'에 대해 "보편의 잔여"로서 우리 사회의 구조 속에 내재한 불평등과 불공정, 차별과 배제의 메커니즘을 체현한 존재론상이라고 정의한다.[7] 사랑은 '나'로 하여금 단지 '너'를 마주하기를 넘어

---

6) 신샛별, 〈구원을 애타게 원하는 사람만이 신을 알려고 노력하듯, 사랑에 대해서도〉, 《우리는 같은 곳에서》(2020) 해설. 235~6쪽.

7) 진태원, 〈을의 정치적 존재론〉, 《글로컬 어문학 문화 연구》11, 2022, 53~95쪽.

서 을로서 '너'를 감각하게 한다. 인식론적 수준에서 을의 존재는 내가 보고, 듣고, 만질 수 있는 실재의 수준으로 이행한다. '나'는 '너'를 통해 살아있는 을의 얼굴을 감각한다. 주지하다시피 내가 을이라는 사실이 곧 또 다른 을들과의 연대를 보증하는 것은 아니다. 소수자의 문화 정치에서 자신이 겪고 있는 고통이야말로 당대성contemporary을 지닌 '우선'적인 문제이고 여타의 고통은 '나중에' 해결해야 할 문제로 치부하며, 고통의 위계를 형성하는 일은 비일비재하다.[8] 주목할 것은 이러한 고통의 위계 속에서 을들이 겪는 사회적 취약함이 "피해자성이라고 하는 의사소통 행위로 전환"된다는 것이다.[9] 즉 우리가 왜 이런 고통을 겪었고 어떻게 이를 해소할 것인지의 문제는 내가 느낀 고통을 더욱더 전략적으로(극적으로) 표현하는 일로 인해 뒷전으로 밀리고 만다. 고통은 그 주장의 파급력에 따라 질적으로 동일한 것으로 간주되며 공론장은 각자의 진실을 최우선으로 배치하기 위한 담론적 투쟁의 공간으로 변모하게 된다.

내가 가장 솔직해지고 싶었고 마침내 그것을 이루어냈다고 생각한 사람 앞에서 다시금 말을 꾸며내야 했을 때, 나는 실로 오랜만에 클로짓 게이 시절로 돌아간 듯한 기분을 느꼈다. 아니, 커밍아웃이라 장벽과 전혀 다른 차원의 난관에 처음으로 맞부딪치는 경험을 다.

-〈우리 시대의 사랑〉(119쪽)

---

8) 정희진, 〈피해자 정체성의 정치와 페미니즘〉, 《피해와 가해의 페미니즘》, 교양인, 2018, 202~7쪽.

9) 릴리 츌리아라키, 《가해자는 모두 피해자라 말한다》, 성원 옮김, 은행나무, 2025, 23~37쪽.

‘나’는 ‘너’를 보며 “커밍아웃이라는 장벽과 전혀 다른 차원의 난관”을 마주한다. 사랑은 ‘나’로 하여금 마주한 적 없는 ‘난관’ 앞에 서게 한다. 그러나 그 ‘난관’은 ‘나’를 멈춰 세우게 하지 않으며 또 다른 을의 살아있는 얼굴을 감각하게 하는 기회로 작용한다. 우리는 사랑의 관계 속에서 을의 고통스러운 얼굴을 피할 수 없다. 이는《어둠 뚫기》속 ‘엄마’와의 관계에서 극대화된다. ‘엄마’는 스무 살에 남편을 만나 결혼하여 스물하나에 첫 아이(=‘형’)를 가지고 스물다섯에 교통사고로 남편을 잃은 채 홀로 ‘나’를 키웠다. 열두 살 때 남자를 좋아한다는 첫 고백에 어두운 방 안으로 ‘나’를 내팽겨친 이후로 서른셋의 두 번째 고백에 이르기까지, ‘엄마’는 ‘벽장’ 안에 머문 이십 년을 포함한 한평생 ‘나’를 길러냈다. ‘나’를 생존하게 해주었다는 감사함에 한편 ‘나’는 ‘엄마’를 증오한다. ‘엄마’는 ‘나’의 커밍아웃에 불구하고 마치 없던 일처럼 결혼 계획을 묻고 ‘형’에게 아빠 대신 네가 죽었어야 한다는 말을 홧김에 내뱉을 수 있는 그런 존재이기 때문이다. 생애 처음으로 무언가를 썼다는 감각이 ‘엄마’를 향한 욕설이었다던 ‘나’의 회고는 ‘엄마’에 대한 ‘나’의 애증을 드러낸다. ‘엄마’는 가장 ‘내’ 편에 서도 모자랄 판에 ‘나’에게 지속해서 상처를 주는 존재이다. 그럼에도 ‘나’는 도대체 왜 ‘엄마’를 이해하고자 하는 걸까. “만약에 신이 있다면 그래서 나와 엄마 둘 중에서 한 사람이라도 온전히 이해할 수 있는 기회를 준다면 나는 엄마를 이해해보고 싶었다”(13~4쪽)던, “만약에 나의 수명을 누군가에게 나누어줄 수 있다면, 그런게 가능하다면, 나는 여생의 절반쯤 한 알의 캡슐로 응축하고 싶다. 그걸 영양제 통에 슬쩍 넣어두고 아침에 엄마가 꺼내 먹는 모습을 지켜보고 싶다. 내 삶이 엄마의 삶이었으면 좋겠다. 엄마가 나보다 하루만 더 살았으면 좋겠다"(177~8쪽)던 절박한 언설은 단지 '엄마'를 향한 지극한 사랑의 발로일 뿐인가.

'엄마'는 청력 손실로 인해 주변의 소리를 절반만 들으며 '분위기를 보는' 삶을 살아냈다. '나'는 "적당히 넘겨짚기 어려운 상황이나 낯선 이들 틈에서 혼자 당황하여 전전긍긍했을"(91쪽) '엄마'의 삶을 떠올린다. 친구라는 사람들이 '엄마'가 말귀를 알아먹지 못한다고 쑥덕거려도 그들마저 없으면 주위에 함께할 사람이 없다고 말하며 길길이 날뛰는 '나'를 진정시키는 '엄마'의 모습은 성소수자로서의 '내' 삶과 별반 다를 바 없는 것이다. 일상 속 거리낌 없이 발화되는 모욕과 적대감의 말을 참아내는 것은 단지 '나'에 국한되지 않는다. '나'는 '엄마'를 통해 또 다른 을의 얼굴을 본다. 절반만 듣는 '엄마'의 귀와 성소수자라는 낙인 탓에 사람들에게 절반의 진실만을 말할 수밖에 없는 '나'의 입은 닮아 있다. '엄마'도 기실 자신과 크게 다를 바 없는 을의 얼굴을 지니고 있는 것이다.

박선우의 소설이 성소수자의 여느 성장담처럼 느껴지지 않는 것은 누군가를 이해하려는 이들의 시도가 그 무엇도 '확실히' 보장하지 않기 때문이다. 오혜진은 박선우의 소설을 읽으며 "'퀴어이기 때문에' 겪는 선명한 환희와 갈등"보다 "뭐라 이름 붙여지지 않았고 '완치' 불가능한, '보거나 만질 수는 없지만 내 안에서 분명하게 일어나고 있을 어떤 변화'"에 집중할 필요가 있음을 역설한다.[10] 한 여름 보청기를 착용하는 비애를 고백하며 "내가 남들 말을 좀 놓치는 거는 기분

---

10) 오혜진, 〈오염과 감염의 두려움 없이, 지극하고 서늘하게〉, 《문학과 사회》 33(3), 2020, 350~4쪽.

이 안 나쁜데, 화장실에서 휴지로 몰래 귓구멍의 진물을 닦고 있을 때 …(중략)… 남들은 평생 모르고 살 일을 나만 당하는 것 같아서 억울”(189~90쪽)하다는 ‘엄마’가 정작 ‘나’에게 ‘아직 사람이 되지 못한’, ‘문제있는’, ‘제대로 되지 않은’, ‘정상이 아닌’ 존재라며 타박하는 모습을 보라. “맞서다보면, 부딪치다 보면 언젠가는 조금이라도 달라질 줄 알았으니까. 더디게나마, 아주 약간이나마 우리가 포개질 수 있으리라 믿었으니까.”(191쪽) ‘나’의 이해는 타자의 감응으로 화답받지 못한다. 오히려 ‘나’가 얻는 것은 ‘엄마’에 대해 잘 모르겠다는 사실이다.

《어둠 뚫기》는 무지와 불확신에 대한 경계심이 도리어 을들의 연대를 ‘나중’의 것으로 유보하게 하는 구실로 작용하고 있는게 아닌지 묻는다. ‘나’는 자신이 남들과 다르다는 것을 언제 느꼈냐던 인터뷰 질문을 복기하며 다소 우스운 구석이 있다고 생각한다. “자신이 남들과 다르다는 걸 깨달은 순간이라니? 사람은 누구나 저마다의 특성으로 타인과 구별되지 않는가. 모두가 예외 없이 서로에게 별종이 아닌가.(137쪽) 타자와 연대한다고 할 때 그것은 우리가 서로에 대해 너무도 잘 알고있기 때문인가? 우리는 지난해 겨울 한 번도 본 적 없는 이들이 철야 농성을 이어갈 수 있도록 담요를 덮어주고, 들은 적 없는 노래를 따라 부르며, 공중에 나부끼는 이름 모를 깃발과 형형색색의 응원봉에 민주주의를 향한 염원을 투영했다. 을들의 연대 가능성이 관측된 곳에서 타자에 대한 무지와 불확신은 결코 결격 사유가 되지 않았다. 인식론적 범주가 무력해지는 순간, 타자와의 친밀한 접촉이 인식론적 범주를 대리 보충supplement하는 순간으로부터 우리는 또 하나의 연대 가능성을 포착할 수 있다. 박선우가 사랑의 권능에 대해 주목한 것도 이러한 맥락과 상통한다. 누군가를 사랑할 때 이따금 우리는 무지와 불확신이 압도되는 순간을 경험(감각)한다. 사랑에 정동된 주체는 서로가 함께할 미래를 기약하고 하물며 오랫동안 믿어온 세계의 진실을 포기한다. 열정적이라고 부르든 맹목적이라고 부르든 사랑이 우리에게 '인식의 벽'을 허무는 계기를 제공한다는 것만은 분명하다.

3. 이 지리멸렬한 사랑 얘기를 계속 할 수밖에 없는 건

> 돌이켜보면 좀 우스운 구석이 있다. 자신이 남들과 다르다는 걸 깨달은 순간이라니? 사람은 누구나 저마다의 특성으로 타인과 구별되지 않는가. 모두가 예외 없이 서로에게 별종이 아닌가. 그런데 누군가는 그것을 깨달은 순간부터 자살을 생각하게 된다.
>
> ─《어둠 뚫기》(137쪽)

사랑의 권능에 대한 박선우의 기대는 결코 무작정의 믿음이 아니다. 박선우는 내가 "남들과 다르다는" 사실이 여전히 누군가에게는 "자살을 생각하게" 하는 고통스러운 지점이 된다는 것을 결코 도외시하지 않는다. 애인이 프런트에서 예약 내역을 확인하는 동안 내가 멀찍이 떨어져 있어야 하는 이유(《사랑의 미래》), "이 세상에서 내가 가장 솔직할 수 있는 이에게조차 털어놓을 수 없는 이야기가 있"(《남아 있는 마음》)(40쪽)는 것은 이 사회에서 '다른 남자'로 살아간다는 게 무엇을 함의하고 있는지를 보여준다. 비록 '나'는 "사회적 몰이해와 정면으로 맞서 싸우고 싶은 것도, 만천하에 성 정체성을 공표하고 싶은 것도 아니"(22쪽)라고 했지만 '보편적이지 않은' 사랑에 대해 모욕과 혐오가 빗발치는 현실이 바로 오늘날 사랑의 세계라는 것을 잊어선 안 된다. 현실은 이들에게 너그럽지 않다. 기껏 용기내어 시도한 커밍아웃도 가족들의 무관심에 의해 유보되는 모습을 보라. '엄마'는 도대체 언제쯤 결혼할 것이냐며 '나'를 타박하며(《어둠 뚫기》), '형'은 자신이 근무하는 회사에 가족 등록을 하면 나중에 결혼할 때 축의금을 받을 수 있다고 '나'에게 주민등록번호를 물어본다(〈햇빛 기다리기〉). '나'의 커밍아웃은 듣는 이로 하여금 슬픔이든 배신감이든 하다못해 혐오감이든 그 어떤 반응도 야기하지 못한 채 원천적으로 부인된다("연말정산도 아니고 무슨 커밍아웃을 해마다 새로 하나… 도무지 무엇을 위해 이런 실랑이를 되풀이해야 하는지 그 의미조차 알고 싶지 않은 지경이 되었던 거에요."(196쪽)). 박선우는 자기 자신을 설명해야 한다는 버거움을 차치하더라도 그 시도조차 녹록지 않은 현실을 결코 간과하지 않는다.

이 사랑의 세계에서 연대 가능성을 모색한다는 것은 여간 신산한 게 아니다. 가령 '내'가 욕설이 난무하고 여직원들을 향한 성적 농담을 서슴지 않는 술자리를 끔찍이도 싫어한다는 사실은 '나'에게 그 어떤 고양감도 안겨 주지 않을뿐더러 '남들과 다른' 존재로 살아가는 고통을 심화시키곤 한다. 남직원들 사이에선 유난스러운 아웃사이더로 여직원들에게는 어쨌거나 우리를 험담하는 남자 집단의 일원으로 '나'는 각각의 집단으로부터 이중적으로 배제된다. 이처럼 '나'에게 현실이란 "이쪽 편도 될 수 없었고 저쪽 편도 될 수 없"는, "온전히 남자가 될 수도 없었고 당연히 여자가 될 수도 없"어 끝내 "어디에도 속할 수 없"(《어둠 뚫기》, 43쪽)는 곳이다. 그러나 어디에도 속할 수 없다는 사실이 이들로 하여금 어디에도 속하지 않아도 된다는 뜻은 아니다. '퀴어'라는 불편부당하고 모욕적인 수식언을 자기 긍정의 언어로 재전유한 사례에서 보듯 사회의 바깥에서 사회적 존재로 인정받는 것은 불가능하다. 우리는 지금의 현실에 어떻게든 발을 딛고 살아가야 하며 이는 '퀴어'에게도 예외가 아니다. 이러한 맥락에서 타자는 내가 사랑하는 대상일 뿐만 아니라 '나'의 사회적 존재됨을 확언해줄 수 있는 대상이기도 하다. 남자인 '나'와 남자인 '너'는 사랑을 통해 서로의 실존을 목도하며, 심지어 '나'를 향한 혐오 역시 부정적인 방식으로 성소수자인 '나'의 실존을 증명하는 것이다. "내가 다칠까 봐 두려운 게 아니라 누군가를 잃을까 봐"(〈사랑의 방학〉, 197쪽) 무섭다던 말에서 알 수 있듯 사랑의 관계에 대한 '나'의 애착은 가히 존재론적인 것이다. 이는 "마르셀 프루스트도 그렇고 페드로 알모도바르도 그렇고 자비에 돌란도 그렇고 너도 그렇고 …(중략)… 게이들은 왜 하나같이 마마보이인 거"냐며, "어째서 게이들은 엄마한테 집착하는 경향"(30쪽)이 있냐던 친구의 물음에 대한 얼마간의 대답이 될 수 있을 것이다.

《어둠 뚫기》에서 '나'는 각자의 '작은 비밀'을 주제로 한 글쓰기 수업을 하며 '좋은 글'에 대한 자기의 소신을 밝힌다. "언젠가 자신도 겪었으나 그게 무엇인지 모른 채 막연히 흘려보냈던 시절을, 애써 덮어두고 잊어버리려 했던 상처를, 사랑하는 이에게도 차마 발설할 수 없었던 욕망을 작가가 정확한 문장으로 표현해냈을 때 그걸 좋다고 느끼는 거죠. 경험적으로 이미 아는 건데 언어로는 미처 몰랐던 것을 선명한 인지의 단계로 끌어올려주는 글. 그래서 텍스트를 경유해 타자 혹은 세계와 연결되는 듯한 감각을, 자신이 혼자가 아니었음을 깨닫는 순간을 좋아하는 거죠."(109쪽) 이 사회적 무대는 발화 의지를 갖춘 이라면 누구나 마이크를 쥘 수 있다고 말한다. 주어진 기회에 불구하고 침묵하는 건 너희들이 저지른 일탈과 방종을 자인하는 것이라고 덧붙이며 말이다. 물론 우리는 발화 여부가 곧 행위의 윤리성을 결정짓지 않으며 이러한 상관관계를 호도하는 것이야말로 혐오 세력이 즐겨 쓰는 수법이라는 것을 안다. 그러나 자신을 에워싸는 담론적 모욕과 혐오 속 이른바 '진실을 안다'는 것만으로 내 삶은 '살 만한 것'이 될 수 없다.[11] 진실을 성문화하는 법과 제도는 말할 것도 없으며 앞서 자신과 같은 불안과 죄책감을 겪어 온 이들의 경험과 증언이 필요하다. 여전히 언어화될 수 없는, 아직 언어화되지 않은 경험들을 통약 가능한 무엇으로 만들기 위해 '나'는 쓴다. "없던 일이나 마찬가지인 이야기. 나만 입다물면 아무도 모를 이야기. 하지만 잊을 수 없는 이야기. 그러므로 쓴다."(157쪽)

박선우는 '글쓰기'가 현실을 송두리째 바꿔 놓을 수 있다고 함부로 단언하지 않는다. 현실은커녕 당장에 내 옆에 있는 '엄마'도 바꿀 수 없는 게 바로 '나'가 하는 '글쓰기'이지 않은가. '엄마'와 보내온 시간을 다각도에서 회고한대도 '나'는 끝내 그 무엇도 확언할 수 없다. '나'는 그저 무지와 무력의 순간들을 견뎌낼 뿐이다. 그러나 그것은 단지

---

11) 버틀러는 존재하는 모든 삶이 그 자체로 '살 만한 것(livable)'은 아니라고 주장한다. 어떤 이의 손실에 대해서는 높은 사회적 관심과 필요한 각종 조치가 뒤따르는 한편, 다른 어떤 이의 손실은 가시화되지 못한 것은 물론이고 그 실재 여부조차 의심을 받는다. 요컨대 어떠한 삶이 '살 만한livable'하다는 것은 정서적이고 신체적인 층위에서 그 삶이 응당 보호받아야 할 것으로 여겨진다는 것이다. '살 만한 삶'에 대한 더 자세한 논의는 다음을 참고.-주디스 버틀러, 《위태로운 삶》, 윤조원 옮김, 필로소픽, 2018;《연대하는 신체들과 거리의 정치》, 김응산·양효실 옮김, 창비, 2020;《비폭력의 힘》, 김정아 옮김, 문학동네, 2021.

‘나’만의 일이라고 할 수 없다. 과연 ‘나’는 ‘엄마’에 대해 얼마나 잘 알고 있는가. 생각해보면 ‘나’ 역시 ‘엄마’에게 [자신이 원하는] 특정한 사랑의 방식을 요구하고 있다. 다정하고 따뜻한 말을 건네며 ‘나’의 지친 심신을 어루어 만지는 방식은 아버지의 죽음을 침묵으로 애도하는 ‘엄마’의 방식과는 분명 구별되는 것이다. ‘나’가 ‘엄마’를 견디는 만큼 ‘엄마’ 역시 ‘나’를 견디고 있다고 할 때, 이 무지와 무력의 순간은 동등한 것이다. 그러나 이성애적 규범이 사회적 정상성을 독점하고 있는 현실에서 서로가 서로를 모르는 동등한 관계 따위는 없다. 무지와 무력함은 비규범적 존재를 향한 [교정] 치료와 개입을 정당화하는 근거가 될 뿐이다. 오늘날 소수자 권리 운동이 ‘잘 아는’ 전문가와 ‘잘 모르는’ 사회적 약자를 구도로 한 대리전의 양상에서 벗어나기 위해 끊임없이 노력하고 있다는 사실에 한편,[12] 무지와 무력함을 써내려가기 위해 자신이 지닌 인식론적 특권을 행사하는 모습은 가히 대담하기까지 하다.

　오늘날 사랑의 세계는 낭만적이지도 그다지 아름답지도 않다. 사랑에 허우적대는 이들을 보며 청춘의 호시절이라며 그저 남부러워하기에 사랑은 혐오를 정당화하는 도구로 그 힘을 내어주기도 한다. 소설이 남긴 것은 ‘어쩌면’, ‘혹시’, ‘만약’으로 일컬어지는 망설임과 불확실한 느낌투성이지만 나는 이상하게 그로부터 안도감을 느끼곤 한다. 이것이야말로 “어쩌면 이해할 수 없는 채로 받아들”(〈겨울의 끝〉, 101쪽)이

---

12) 당사자의 주권을 중심으로 한 운동에 대한 더 자세한 논의는 다음을 참고.-김경희, 〈서발턴 연구에서 ‘재현’의 문제와 지식인의 역할-일본의 당사자성 문제에 주목하여〉, 《일어일문학연구》 122, 2022, 217~238.

는 일일지도 모르겠다. 앎을 추구하기보다 서로에 대해 모른대도 우리는 여전히 손을 맞잡을 수 있다고 말하는 이 지극한 서사에 대해 퀴어하다고 아니 부를 수 없을 것이다. "속는 셈 치고 하루만, 오늘 하루만 더, 하면서"(221쪽) 타자를 향해 나아가는 이 모습은 사랑이 할 수 있는 일이 아니고 무엇이겠는가.

비평적 대화에 충실…
결론 아닌 과정으로 접근하는 자세 돋보여

양윤의 평론가
차미령 평론가

인공지능이 문장과 문제를 조합하고 알고리즘이 취향과 욕망을 선별해주는 시대에 문학 비평이 해야 할 일은 무엇인가. 올해 응모작들은 이 질문 앞에서, 인간의 감각과 사유가 개시하고 발화하는 지점을 다각도로 탐색하고 있었다.

정동의 미세한 리듬을 따라가며 퀴어 서사의 감정 구조를 짚어낸 '사랑의 여백, 퀴어한 정동의 자리에서―박상영 문학 읽기', 동시대 시가 필요로 하는 존재론적 언어를 제안하는 '저월하는 유령들―안미린론', 묵시록적 상상력을 삼분하며 동시대 시의 지형도를 그린 '포스트 아포칼립스 시의 시적 상상력과 그 양상들', 철학적·신학적 사유의 골격 속에서 오래된 물음을 현재화한 '생각하는 아이의 시-황인찬론' 등은 시대적 조건과 접속하는 흥미로운 글들이었다. 이 글들 모두 개념과 이론을 배후로 하고 있어, 비평적 기본기가 갖추어졌다는 사실은 의심할 여지가 없었다. 하지만 어떤 글들은 그 이해가 다소 단순하거나 피상적이었고, 어떤 글들은 작품을 앞질러 가거나 압도해서 아쉬움이 남았다.

최종적으로는 다음 두 편을 놓고 논의가 길어졌다.

'잿더미 속 잉걸불―송승언론'은 단박에 이목을 집중시킨, 박력 있는 글이었다. "기계로부터 인간의 사유가 박멸한 지점에서 인간의 사유를 재점화하기"를 시인의 과제로 읽어낸 것은 시의성이 있었고, 잉걸불의 형상으로부터 '잔존의 시학'으로 나아간 것도 짜임새가 있었다. 다만, 주제와 화법이 미묘하게 어긋나 있다는 인상을 끝까지 떨치기 어려웠다.

'사랑의 세계에서 살아남는 법—박선우론'은 비평적 대화에 충실한, 조심스럽고 섬세한 글이었다. "자기로 포화된 이 세계에서 사랑은 과연 무엇을 할 수 있을까"라는 질문 아래 현실적 조건과 제약도, 관계의 미묘한 기울기도, 그 어느 것 하나 쉽게 놓지 않으며, 사랑을 결론이 아니라 과정으로 접근하는 일관된 자세가 호감을 샀다. 물음 속에 오래 체류하며, 작품의 질곡과 동행하는 저력은 많은 응모작들 중에서 특히 돋보였다.

서두에 이미 제시된 답을 말미에서 되풀이하는 글들이 많았다. 그래서, 차라리 길을 잃을지라도 텍스트가 직조한 안팎의 결을 정직하게 따라가며, 입구와는 조금 다른 출구에 닿으려 한 이 글의 겸허함이 믿음직했다.

당선자에게는 축하를, 원고를 보내주신 모든 분들께는 응원과 격려를 전한다.

누군가의 글에 진 빚, 글 쓰며 갚겠다

박상현

외롭고 슬플 때마다 글을 붙잡았는데 이제 와 보니 무언가를 써 내려가는 행위 역시 저를 붙잡은 것 같습니다. 그렇지 않고서야 더는 못 쓰겠다며 밤새 울다가 다음 날 책상 앞에 앉아 고민 끝에 쓴 문장에 흡족해하는 이 기묘한 광경을 설명할 수 없을 것 같습니다. 그 모습이 단 한 순간도 밉지는 않았으니 아마 둘 사이는 오래 지속될 것 같습니다. 이 기묘한 관계로부터 쓰인 글을 정성스레 읽어주신 심사위원 양윤의, 차미령 선생님께 감사합니다.

혐오가 손쉽게 농담이 되고 다정함은 생존에 걸맞지 않은 취약한 마음 따위로 치부되는 현실에서 글쓰기란 그야말로 절박한 일이었습니다. 그런데 참 이상하게도 그리 절박한 일을 하는 동안 제가 행복한 얼굴을 하고 있다죠. 다만 그 얼굴이 분명히 하는 것은 앞으로도 제가 무언가를 써 내려가며 살아갈 것이라는 사실입니다. 이를 발견해 준 소중한 이들의 얼굴이 떠오릅니다. 특히 저의 '쓰는 삶'을 지지해 주시고 오랫동안 꺼내 볼 격려의 문장들을 주신 이상길 선생님, 글쓰기란 대화의 한 형식이라는 것을 알려주신 오혜진, 루인 선생님께 감사합니다. 또한 제 글쓰기에 대해 확신을 갖고 치켜세워주던 김영원, 김채운, 윤준희, 서광원 덕에 이따금 움츠러들 때마다 다시 움직일 용기를 얻습니다. 그리고 무엇보다 내가 살아가기/내기 위한 생生의 조건들을 끊임없이 마련해주시는 엄마 이소정과 아빠 박이성, 당신들이 계셨기에 늘 안전했습니다. 나에게 꽃을 자주 선물해 주던 동생 박상희, 당신의 행운을 아낌없이 나누어 주셨던 외할머니 이수연, 조부모 박종기와 김영자를 생각합니다.

지난날의 부주의와 서투름에 면죄부를 주듯 나를 이해하기 위해 써내려갔던 일이 이따금 또 다른 누군가의 삶에 위안이 되어주었다는 말을 듣습니다. 바로 그 지점에서 문학의 가능성을 믿습니다. 앞선 누군가의 글에 진 빚을 저 역시 쓰며 갚겠습니다.

문학평론

동아일보

박 지 민

2000년 경기 출생
고려대학교 국어교육과 졸업
동 대학원 국어국문학과 석사 수료
2026년 《동아일보》 신춘문예 문학평론 부문 당선
jmp2107@naver.com

나-나 연대기:
멸망 이후에도 살아남는 세 가지 시적 방법
―고선경, 신이인, 변혜지의 첫 시집을 중심으로[1]

박 지 민

1. 멸망 이후의 수잔(들)

《사자와 마녀와 옷장》으로 시작하는 C. S. 루이스의 판타지 아동문학 시리즈 《나니아 연대기》(1950~1956)에는 나오지 못한 마지막 권이 있다는 설이 있다. 루이스의 이른 사망으로 그가 아이들에게 보낸 편지에 흔적만 남았다던 그것은 지금의 완결작 《마지막 전투》 후의 이야기, '나니아의 수잔Susan of Narnia'이다. 수잔은 누구인가? 그는 줄곧 주인공 격이었던 4남매(피터-수잔-루시-에드먼드) 중 둘째로, 이중 마지막 전투로 나니아가 '멸망'한 후에도 새롭게 아슬란의 나라로 들어가지 못한 유일한 인물이다. 오직 수잔만이 열외된 까닭은 그가 더 이상 나니아를 '믿지 않아서'다. "나일론과 립스틱, 초대장에만 관심이 있"고 "늘 어

---

1) 이 글에서는 고선경, 신이인, 변혜지의 첫 시집을 읽는다. 고선경은 2022년 등단하여 첫 시집 《샤워젤과 소다수》(문학동네, 2023)를, 신이인은 2021년 등단하여 첫 시집 《검은 머리 짐승 사전》(민음사, 2023)을, 변혜지는 2021년 등단하여 첫 시집 《멸망한 세계에서 살아남는 법》(문학과지성사, 2023)을 냈다. 이하 본문의 시 인용은 해당 시의 제목과 시집에 실린 쪽수를 밝히고, 필요한 경우 그 앞에 작가를 밝혀둔다.

른이 되려고만 안달했다"던 수잔은 이제 나니아란 "유치한 어릴 적 놀이"일 뿐이라며 다른 남매들을 면박 주기까지 한다. 그래서 나니아를 위해 용감히 싸운 남매들이 사후 아슬란의 나라에서 영생과 명예를 누릴 때 수잔만은 홀로 현실의 런던 거리에 남겨진다. 나머지 남매들은 대형 열차 사고로 잃은 것이며, 자신이 옷장 속으로 들어가 직접 체험했던 나니아라는 나라는 어릴 적 상상일 뿐이라 믿은 채로.

《나니아 연대기》가 실은 성서의 알레고리이며 아이들의 기독교 교육을 위해 기획되었음은 주지하는 사실이다.[2] 지금 여기로부터 70년은 더 된 영국의 기독교적 아동문학을 2020년대 한국 시를 다룰 이 글에서 길어올린 까닭은 그러나 루이스의 질문과 같은 데서 출발한다: 수잔은 그 다음에 어떻게 되었는가? 멸망 이후를 살아가는 수잔(들)의 거취는 지금 여기 우리의 시대에서도 여전히 발견되는 듯하다. '믿을 만한' 것들이 사라진다. 어릴 때나 믿던 환상과 기대 같은 것은 접어두고 '어른'의 세계에 편입된다. 이걸 '멸망'이라 불렀으나 실은 그것도 거창한 듯싶다. 멸망 이후 우리에게 찾아온 것은 으레 연상되듯 심판의 지옥불이라든가 무법지대 아포칼립스 따위가 아니라 그저, 현실의 자질구레한 일상일 따름이다. 나일론과 립스틱, 초대장 말고는 딱히 빛나는 것도 없는 이 세상에서 우리는 무언가 분명한 포즈를 취하지 못한 채, 있던 것이 없어진 줄도, 있어야 할 게 없는 줄도, 멸망이

---

2) 20세기 영국의 문학자이자 기독교 저술가, 변증가로 널리 알려진 작가 루이스는《나니아 연대기》를 통해 성서의 주제들을 재현해 냈다. 예컨대 마지막 전투는 아마겟돈을, 사자 아슬란은 신을 상징하며 믿음을 가진 자들은 사후 아슬란에 의해 구원받는다는 설정 등이다. 본문의 인용은 영어 원문 및 C. S. 루이스,《나니아 연대기》, 햇살과나무꾼 옮김, 시공주니어, 2005, 1020쪽 참조.

멸망인 줄도 모르고 살아간다.

*

"자, 이번에는 금지어 미션입니다. 지금부터 제가 말씀드리는 단어는 시에 사용할 수 없습니다. 세계, 미래, 사랑, 기계, 영원, 천사, 바다, 숲, 여름, 겨울, 비, 눈, 유령, 죽음!"

습작생들은 탄식했다 심하게 좌절한 습작생의 경우 상담 치료를 신청하기도 했다

A는 세계, 미래, 사랑, 기계, 영원, 천사, 바다, 숲, 여름, 겨울, 비, 눈, 유령, 죽음을 모두 사용하여 프로그램을 비판하는 시를 썼고 퇴소라는 장렬한 최후를 맞았다

A를 제외한 대부분의 습작생은 다행히 세계, 미래, 사랑, 기계, 영원, 천사, 바다, 숲, 여름, 겨울, 비, 눈, 유령, 죽음을 대체할 단어를 찾았으나 I는 마지막까지 사랑을 잃지 못했다

(…)

*

미미한 투표율에도 극적으로 K가 최종 우승자로 뽑혔다 K는 많은 축하를 받았다 여러 방송에 출연하기도 했으며 각종 문예지에 시를 발표했다 K의 시는 재치 있는 발상과 첨예한 감각이 돋보인다는 평을 받았다 우승 상금 일억원은 큰 액수였으나 감당하기 어려운 액수

는 아니었고 인생을 뒤바꿔줄 액수도 못 되었다 세금을 제하면 더욱
그랬다 K의 블로그 방문자 수가 늘었다는 것을 제외하면 아무것도

아무것도 달라진 게 없었다

그러나 이제 곧 K의 시집이 출간된다고 한다 곧

출간된다고만 한다

-고선경, 〈스트릿 문학 파이터〉 부분 (63~70)

무언가 분명 멸망했다. 근데 그게 도통 뭔지 알 수가 없다. 그러한
감각이 2020년대 시에 들어서는 "세계, 미래, 사랑, 기계, 영원, 천사,
바다, 숲, 여름, 겨울, 비, 눈, 유령, 죽음!" 같은 시어들로 건져올려지는
듯하다. 위 시에서 "세계 최초 시 서바이벌 오디션"을 표방한 가상의
프로그램 '스트릿 문학 파이터'에서 이 단어들을 모조리 금지하자 습
작생들이 "탄식"하고 "심하게 좌절"하는 모습은, 이들이 이제 우리 시
에서 '없어서는 안 될' 소재가 되어 버렸단 점을 농담스럽게 보여주지
만 동시에 우리는 왜, 언제부터 이런 시어들에 기대게 되었는가를 되
묻지 않을 수 없게 한다.
　이전에 비해 최근의 젊은 시인들, 그러니까 2010년대에 활동을 시
작한 대체로 1990년대생 시인들의 시에서 '세계', '미래', '신', '죽음'
등의 시어가 마치 난립하듯 많이 나오는 현상이 하나의 시류를 형성

할 정도임은 이미 한 차례 주목된 바 있다.[3] 마찬가지로 2020년대 젊은 시인들의 시에서 나타나는 공통된 시대감각은 상실 이후, 세상에 대한 기대 자체가 사라져버린 시대의 무능감을 체화하는 데서 시작하는 듯이 보인다. 현실의 세목은 감당하기 어려워지고 세계, 신 같은 거대한 시어들의 의미는 가벼워졌다. 우리는 무엇을 잃었는가? 굳이 사회학적인 논의를 길게 덧붙이지 않더라도, 무언가 열심히 노력하면 삶이 달라질 거란 믿음이 곳곳에서 사라지고 있는 시대. "투룸 신축 빌라 보증금 이천, 월세 구십"(《샤워젤과 소다수》)같이 지금 여기의 일상을 사는 중인 고선경의 화자들은 대개 어른은 되었으나 "어른스러운 어른"은 되지 못해서 불안을 느끼고 있는 존재들이다(《땅콩다운 땅콩》). 그 일상을 채운 주된 정서는 "매년 연장되는 여름처럼"(《연장전》) 끝날 듯 끝나지 않는 지긋지긋함이다. 그러니 그들이 "교수님이 무서워서 돌연사! / 인생이 너무 심심해서 돌연사! / 애인이 생기지 않아서 돌연사!"(《살아남아라! 개복치》)처럼 일상의 순간순간 돌연 '돌연사!'를 꿈꾸는 데 밑에는 단순히 농담뿐이 아닌 무언가 더 작동하고 있는 것 같다. 고선경의 농담들이 파괴적인 까닭은 그것들이 동시대 청년들의 당사자성을 띠고 시대의 난관을, 또 나아가 시의 난관을 적극적으로 겨냥하고 있다는 점에서다. 위 시 〈스트릿 문학 파이터〉에서, Mnet 여성 댄스 크루 서바이벌 〈스트릿 우먼 파이터〉를 패러디하며 처음에 농담처럼 시작했던 시의 분위기는 프로그램의 저조한 시청률이 드러나면서

---

3) 예컨대 박상수는 2010년대 시인들의 세계 인식을 아즈마 히로키가 고안한 '세카이계(セカイ系; 世界系) 상상력'이란 개념을 통해 진단한 바 있다. 박상수, 〈기대가 사라져 버린 시대의 무기력과 희미한 전능감에 관하여〉, 《너의 수만 가지 아름다운 이름을 불러 줄게》, 문학동네, 2018 등. 본문 다음 문장의 표현은 위 글, 57쪽의 주요 논지이다.

점차 어두워지다 못해 인용된 대목에 와서는 아주 까마득해지기까지 한
다. "처참한 시청률과 대중의 무관심" 속에 "심사위원과 습작생 모두 알
수 없는 무력감에 젖어 있"는 프로그램 최종화의 분위기는 분명 예전 시
대의 시 쓰기와는 무언가 다른 감각이다. 여기서 무엇을 더 기대할 수
있을까? 아무것도 할 수 없어 울면 "[시 쓰라고] / [누가 칼 들고 협박
함?]"이란 냉소가 돌아오는 시대, 아무리 열심히 시를 써도 "블로그 방
문자 수가 늘었다는 것 외에는 아무것도 / 아무것도 달라진 게 없"는 현
실만을 확인할 뿐이라면.

이것은 정말로, 멸망한 시대다. 하지만 70년 전 루이스가 그랬듯이, 우
리가 여전히 남겨진 자들의 거취를 묻는 한 멸망이 멸망으로서만 끝나
지는 않을 것이다. 같은 질문으로 시작한다. 수잔은 그 다음에 어떻게
되었는가? 우리는 그 다음에 어떻게 되었는가. 혹은 될 것인가.

2. 우리 모두 조금씩은 이인증을 앓고 있다

멸망 이후를 묻기 전에 그 전까지의 과정을 잠시 되짚어본다. 앞 장의
논지, 그러니까 최근 시에서 주체의 영향 범위는 더욱 좁아졌고 주체는
그 좁은 영역만이 전체 세계라고 상상하게 되었다는 진단에 더하여, 2000
년대 이후의 한국시는 주체가 '해체'되고 '줄어드는' 과정이었다고 거칠게
요약해 볼 수 있겠다.[4] 아예 근대 이전부터로 본다면 '세계와 일치하는 주
체-시대와 대면한 주체-일상 속 주체-해체된 주체-줄어드는 주체-(…)'

---

4) 예컨대 임지연은 2000년대 이후 시단의 흐름과 그에 제기된 비평들을 면밀히 살핀 뒤
"2000년대 시가 해체된 주체를 통해 반서정을 구축하였다면, 2010년대 시는 작은 주체를
통해 일상의 서정에 관심을 두었다"고 정리한다. 임지연, 〈시는 사물(물질)의 생동성을 어
떻게 경험(기술)하는가?-2020년대 한국시와 신유물론〉, 계간《시작》83, 2023, 22~23쪽.

등으로 '나'의 자리가 현격히 좁아지는 현상은 더욱 분명해 보인다. 그런데 여기서, 주체의 영향 범위가 좁아지다 못해 이제는 '자기 자신'보다도 더 좁아지는 정도에 이르렀다면, 그래서 '나'보다 미만한 지점에선 주체가 자기동일성과 통합체로서의 주체를 해체하고 자기 안의 타자화된 영역과 대면한다면, 그리고 거기서 발생하는 이질감과 낯선 감각이 2020년대 최근 시의 한 경향성을 이루고 있다면 어떨까?

이를테면 이런 증상이다. 너무나 낯설고 나조차도 도무지 이해할 수가 없는 나. 내 안에 존재하는 것만으로도 모멸감을 느끼고 감추고 싶은 나. 어느 정도는 자기혐오에 기반한, 하지만 그래서 나밖에 알아봐줄 사람이 없는 나가 있다. 우리는 그러한 나-나의 분리 감각을 최근 시의 이인증(離人症, 자기가 낯설게 느껴지거나 자기로부터 분리, 소외된 느낌을 경험하는 것으로 자기 자신을 지각하는 데에 이상이 생긴 상태[5])적 주체라고도 불러 볼 수 있을 것이다. 그렇다면 주체-타자의 자리는 재조형된다. 2000년의 주체가 '타자 되기'의 미학을 실험했고 2010년대의 주체가 '타자 되지 않기'의 윤리를 지켰다면[6] 2020년대의 주체는 이제 '주체 안에서 타자(성)를 마주치는', '내 안의 타자(성)를 발견하기'에 왔다는 한 가지 다른 대답이 가능해진다. 최근 시의 특징 중 하나로 '메타적 자아의 중층화'[7] 등이 거론되는 연유도 이렇게 주체의 후퇴와 이인증적 주체로써 읽어낼 수 있다면, 이제 주체가 영원히 화해할 수 없

---

5) "이인증", 〈서울대학교병원 의학정보〉, https://www.snuh.org/health/nMedInfo/ nView.do?medid=AA000712(접속일:2025.11.28.).
6) 하혁진, 〈멸망 이후의 에피파니 – 영매가 된 주체들〉,《문학동네》119, 2024, 137쪽 참조.
7) 최다영, 〈동시대 가속류 시의 생산 조건과 가능성〉,《문학동네》119, 2024, 81~82쪽 참조.

는 '타자'라는 (불)가능성의 영역은 다름 아닌 주체 그 안에 살아, 공존한다.

밉다. 미워해. 이런 말은 모서리도 둥글고 또 귀엽게도 보여서
나는 나를 설명할 때 그런 스티커를 자주 썼다

오래된 스티커를 떼 내면 끈적하고 시커먼 자국
경멸해

화장실 타일마다 기분 나쁘게 끼어서
빡빡 닦아도 안 닦이는 애들
거기 있으라 하고
두는 수밖에 없었지

매번 그런 애들 앞에서 팬티를 내렸다

네가 어디를 제일 부끄러워하는지
어디를 공들여 씻었는지를 알고 있어

머리카락이 너무 길다고 귀신 취급을 받을 때 많았지만
할 수 없었지
나는 나를 머리끝부터 발끝까지 가려야 했다

-신이인, 〈검은 머리 짐승〉 전문 (111~112)

　신이인의 시에서 '나'가 가장 주요한 그리고 문제적인 키워드인 까닭은 '내가 나에게서 떨어져 있는 감각' 혹은 '내가 나 바깥에 존재한다는 감각' 때문이다. 그것은 때로 "몸 안의 몸이 주춤하는 기분"인 멀미의 감각으로 형상화되기도 하고(〈멀미와 소원〉) "액자에 걸린 용의자의 얼굴을 들여다본다. (…) "누나, 이거 거울인 거 알아?""(〈스톡홀름 증후군〉)처럼 거울을 사이에 둔 나와 나의 대치 장면으로 그려지기도 한다. "나를 나로부터 빠져나가게 / 해봐 / 해봐 / 해 봐 / 진심이야 해 봐"(같은 시) 등등 신이인의 시에서 자주 나와 나를 소격하려는 시도가 발견되는 것은 "내가 나인 이상 알 수 없는 기분이 존재"(〈외로운 조지-Summer Lover〉)한다는 이러한 이인증의 감각과 연동되어 있다.

　"밉다. 미워해 (…) 경멸해"라는 다소 직설적인 자기혐오로 시작하는 위 시 〈검은 머리 짐승〉은 그러한 감각을, 더 나아가 '검은 머리 짐승 사전'이라는 이 시집의 표제를 설명하는 실마리다. 오른쪽 정렬된, 자신이 붙였던 화장실 바닥 스티커 자국의 시점으로 발화하는 부분은 또다시 '나'를 관찰하는 '나' 구도를 만들어낸다. 이들은 화자가 "제일 부끄러워하는" 동시에 "공들여 씻는", 내 가장 숨은 안쪽의 '나'를 들여다보고 있다. 이처럼 신이인에게 '검은 머리 짐승'은 도무지 이해할 수 없는 나 자신의 모습을, 그 짐승을 기록한 '사전'은 나를 설명한 시집을 뜻하는 메타적인 메타포다. 표제작 〈검은 머리 짐승 사전〉에서 "이 사전을 출판하게 되기까지의 일들을 헤아려 봅니다. 나는 내가 아는 가장 큰 짐승에 대해 말하려고 했어요. (…) 천천히 둘러보세요. 페이지마다 기념할 만한 품종을 재현해 두었습니다."라 말하는 것과 같이, 시집 도처에 깔린 '나방', '고슴도치', '뱀', '그리마', '코끼리거북', '바다바퀴벌레' 등 다양한 품종의 '짐승'들은 비유적으로 '나'를 지시한다

볼 수 있다. 신이인의 화자들은 자신을 낯설게 여기고, 때로는 경멸하며, 또 그것을 '짐승'으로 적극적으로 타자화한다.

> 오리너구리를 아십니까? / 오리너구리, 한 번도 본 적 없는 // 고아에게 아무렇게나 이름을 짓듯 / 강의 동쪽을 강동이라 부르고 누에 치던 방을 잠실이라 부르는 것처럼 // 나를 위하여 내가 하는 일은, / 밖과 안을 기우는 것, 몸을 실낱으로 풀어, 헤어지려는 세계를 엮어, / 붙들고 있는 것 // 그러면 사람들은 나를 안팎이라고 부르고 / 어떻게 이름이 안팎일 수 있냐며 웃었는데요 // (…) // 요괴는 그런 식으로 탄생하는 겁니다 // (…) // 잊을 수 없다 / (…) / 안에도 밖에도 속하지 못한 / 실오라기 / (…) / 불을 켜세요 / 외쳐 보는 겁니다 / 아, 이상해.

-〈작명소가 없는 마을의 밤에〉 부분 (15~17)

이인증적 주체, 즉 나와 나 사이에서 낯섦과 이상함을 감각하는 존재는 따라서 안과 밖 사이에 있는 존재, 안과 밖 어디에도 속하지 못한 존재, 그래서 '안팎'이란 감각에 기민할 수밖에 없는 존재일 것이다. 신이인의 시편들에서 유독 '안팎'을 가진 시어들이 많이 발견되는 건 우연이 아니다. "소리 내며 저절로 열리는 서랍"(〈투성이〉), 흙이 들어있는 화분(〈멀미와 소원〉), 도자기와 도자기 속 물(〈폴터가이스트〉), 여러 잡동사니들이 들어있는 가방(〈왓츠인마이백〉), "내가 도달할 수 있는 최선의 안쪽"을 가진 의류수거함(〈의류수거함〉) 등, 이들은 안쪽의 것이 누출되거나 보여서는 안 되는 것들이지만, 대개 신이인의 시에서는 종국에는 이것들이 깨지거나 열리거나 빠져나오는 식으로 대상 안과 밖의 경계를 허문다. 그러니 위 시 〈작명소가 없는 마을의 밤에〉에서 화자가 다름 아닌 "안팎"으로 명명된 것 역시 우연이 아니다. "오리너구리" 처럼 대상의 표면적인 특성만으로 손쉽게 본질을 명명짓는 사람들과 달리 오리너구리는 실제로 오리에도 너구리에도 속하지 못하며, 따라서 안팎이라 불리는 화자 역시 "안에도 밖에도 속하지 못한" 존재다. 화자의 이런 '이상함'은 결국 "요괴"로 현현하여 세상에 대고 "아, 이상해"라고 외치는 모습으로 나타난다. 이러한 이인증의 감각, 자신에 대한 혐오와 자학, "모멸감"(〈올드 앤드 뉴 트라우마〉) 등은 이 시집의 핵심 정서이자, 나와 나가 쉽게 화해할 수 없는 지금 시대의 공통 감각이기도 하다.

3. 독자讀者이나 결코 독자獨子는 아닌

멸망 이후 세계에 대한 상상력, 그리고 나-나로 분리된 이인증적·복수태적 주체로서의 감각. 이제 살펴볼 변혜지의 시집은 지금까지의 논지를 일순 통어하면서도 또 하나의 방법론을 제출하고 있다고 보인다. 그 표제 '멸망한 세계에서 살아남는 법'에서 보듯이 그는 멸망 이후 세계를 상상함과 동시에 멸망 후의 실존에 대하여 묻는다. 그런데 시인이 직접 밝혔듯,[8] 이 제목의 원전은 따로 있다. 2018년 1월 6일부터 약 2년간 문피아 등에 연재되며 메가 히트를 기록한, 본편만 551화에 달하는 싱숑 작가의 판타지 장편 웹소설 《전지적 독자 시점》(이하 《전독시》)에 등장하는 가상의 웹소설, 〈멸망한 세계에서 살아남는 세

---

8) "'시의 위기' 속 첫 시집 펴낸 젊은 시인들…"쓰다 보니 시인이 됐다'", 《한국일보》, 2024.02.24., https://www.hankookilbo.com/News/Read/A2024021315160005657?did=NA(접속일: 2025.11.28.).

가지 방법〉(이하 〈멸살법〉)이 그것이다.

여타의 시집과 달리 한 편 시의 분량이 대체로 일정하며, 몇 부로 분절되지 않고 첫 시부터 끝 시까지를 한 호흡에 읽는 이 시집은 기실 웹소설과 마찬가지로 서사를 가지고 연재되는 한 권의 연작시집과 같다. 이 시집이 《전독시》와 여러모로 세계관을 공유하면서 그것을 거울 텍스트로 삼고 있는 이상 그 내용을 잠시 짚고 갈 필요가 있을 것 같다: 《전독시》의 주인공 '김독자', 그 이름은 혼자서도 강한 남자가 되라는 뜻으로 아버지가 지어주신 것이지만 그는 지친 퇴근길 지하철에서 웹소설 한편 읽는 게 낙인 평범한 28세 청년이다. 그가 읽는 웹소설은 총 연재 횟수 3149회로 무려 10년간 연재된, 하지만 사실상 김독자만이 유일한 독자인 인기없는 웹소설, 〈멸살법〉이다. 그런데 어느 날 〈멸살법〉 속 이야기가 갑자기 현실이 되면서, 김독자는 이제 멸망한 세계에서 살아남는 방법을 아는 유일한 사람이 되어 그 세 가지 방법(회귀, 귀환, 환생)으로 재앙에 맞서 게임을 플레이해야 한다.

이후 이어지는 《전독시》의 방대한 세계관을 여기 다 옮기진 못할 일이나, 중요한 건 김독자는 (〈멸살법〉의) '독자'이며 (《전독시》의) '주인공'이자 또한 (나중에 밝혀졌듯 〈멸살법〉의 모든 세계관을 탄생시킨) '작가'이기도 하다는 점이다. 이야기 그 자체인 이 세계를 지속시키는 힘은 그 이야기를 읽는 '독자'임을 유념하면서, 《전독시》라는 거울 텍스트로 이 시집을 읽을 때 또한 이 글의 논지를 잃지 않고 이 시집이 멸망한 시대의 우리에게도 유의미한 방법론을 일러준다고 읽을 때, 이 시집은 그저 난해하거나 별 의미 없이 언어적 유희만을 일삼는 최근의 가속류[9]

---

9) 이 표현은 최다영, 앞의 글, 83쪽에서 참고. 여기서는 동시대 시단의 주류로서 메타적 인식의 중층화, 산문화를 적극 활용하는 최근의 시적 경향을 편의상 '가속류'라고 지칭하고 있다.

시집을 넘어서 더 풍부한 의미로 읽힐 수 있을 것이다.

이번에도 완벽한 엔딩에 실패했다고 / 신은 실망스러운 얼굴로 중
얼거린다. // (…) // 전생에 손에 쥐었던 낙엽이 뺨을 스쳐서, 나는
자꾸만 얼굴을 긁는다. // (…) // 시스템을 초기화하겠습니까?
　　　　-변혜지, 〈누군가 또다시 손가락을 움직이고 있다〉 부분 (28~29)

나의 신은 육체노동을 하느라 바쁘다. / 취업 정보 사이트의 구인
공고란에서는 파트타임으로 근무할 신을 찾고 있었다. // 사무직 /
시급 9,620원 / 정규직 전환 가능 // (…) // 종종 과도한 업무로 주
의력을 잃으면 화면 너머의 사람들과 // 눈을 마주친다. // 바지를 벗
고 반신욕하는 사람의 영상을 나는 재빨리 넘긴다. // 가끔 나를 마주
치기도 한다.
　　　　　　　　　　　　　　-〈Enter the World〉 부분 (71~72)

신을 뒤집으며 시작한다. 위 시들에서 볼 수 있듯 신은 "완벽한 엔
딩"을 만들어내는 전지전능한 존재가 아니라 "육체노동" 혹은 "파트타
임"을 하는 사무직 근로자다. 첫 시에서 "또다시 손가락을 움직"여 "시
스템을 초기화"하는 신의 모습이나, 컴퓨터 키보드의 "Enter"키가 연
상되는 두 번째 시 제목을 보았을 때 신은 컴퓨터 시스템을 코딩하는
(《전독시》에서는 독자가 플레이할 게임을 만드는) 개발자에 가까워 보인다.
그러니 이 시집의 시적 공간은 주로 가상공간의 모습을 하고 있고,
'꿈'은 현실과 가상을 넘나들며 시점을 전환하는 기능을 한다. 따라서
두 번째 시에서 "바지를 벗고 반신욕하는 사람"은 바로 그 전에 배치
된 시의 내용을 받아들고(〈숏츠〉), "가끔 나를 마주치기도 한다"라는 서

술은 바로 그 다음 시(〈무해한 놀이〉, "아무리 가지고 놀아도 나는 아직 많이 남아 있다")와 이어진다. 즉 여기서 신은 내가 처한 게임 속 상황을 만든 개발자이며, 시적 주체 '나'는 이 시뮬레이션을 넘나들면서 현실-가상, 주체-관찰자, 캐릭터-플레이어 등의 경계를 해체하는 일종의 메타픽션적 주체다.

그런데 신이 그저 한 인간과 다름없는 존재로 격하되어 그려진다면, 한 인간인 '나'도 신과 같이 세계를 창조하거나 구원하는 존재로 그려질 수 있다는 뒤집힌 상상 역시 가능하다.[10] 이 시집에서는 《전독시》와 마찬가지로 그러한 신의 역할을, 이야기를 만드는 '작가'의 역할로 상정하고 있다. 우리는 이제 스스로 이야기를 만들어, 신이 멸망하도록 프로그래밍해 놓은 세계에서 "살아남아야 한다……". 비로소, "말씀과 상관없는 삶이 시작"된다(〈말씀과 삶〉).

> 이 세계를 네가 구했어. // 나를 사랑하는 이들이 나의 얼굴을 어루만지며 중얼거린다. 폐허가 된 도시에 둘러싸여서, 꿈속의 나는 아름다웠다. // (…) // 그 자리에 있어야 하는 건 네가 아니야. 내가 꿈속의 나를 향해 소리치자 // 나를 사랑하는 이들이 일제히 나를 노려보았다. // (…) // 비로소 이 꿈의 구성 방식을 알 것 같았고, // 나는 이 세계에 두고 나가야 할 것에 대해 생각해야 했다.
>
> -〈언더독〉 부분 (59~60)

따뜻한 빵을 손에 쥔 사람들이 영원히 배고프지 않은 세계입니다.

---

10) 이러한 신과 인간의 전도에 대해서는 박판식의 해설에서도 지적된 바 있다. 박판식, 〈묵시록의 성찬〉, 《멸망한 세계에서 살아남는 법》 해설, 문학과지성사, 2023, 106쪽 참조.

(…) 사랑하는 사람이 너무 많아서, 나는 자꾸만 잊어버리고, 얼굴을 잃어도 마음이 계속됩니다. 이것은 지속 가능한 사랑이에요…… 그런 말을 중얼거리다가 책을 펼치면, 페이지 속의 모든 단어가 바뀌어 있어요. 너를 주고 이 세계를 샀습니다.

-〈탐독〉 부분 (101)

"때때로 나를 복수複數로 칭하는 버릇"(《원 히트 원더》)이나 "가족들은 내가 태어나기를 기다리고 있다. (…) 가끔 서로를 깨뜨리면서 나는 내가 될 것이다."(《내가 태어나는 꿈》) 같은 시구에서처럼 나-나를 분리하는 복수태적 주체는 변혜지의 시집에서도 주되게 등장한다. 이것이 첫 시 〈언더독〉에서는 '나'가 '꿈 속의 나'를 바라보는 구도로 그려지고 있다. "내가 꿈속의 나를 향해 소리치"고 "화관花棺에 누운 내가 나를 보며 웃고 있"는 장면을 볼 때, '나'(편의상 '주인공')는 이미 세계를 구한 뒤 전사한 영웅이며 이 시는 그 뒤 주인공이 꾸는 꿈이다. 그런데 중간에 분위기가 반전되며, "사랑하는 이들이 일제히 나를 노려보"는 것을 보아하니 이 구세救世가 완전히 해피엔딩이 되진 않은 것 같다. 이에 주인공은 "이 세계에 두고 나가야 할 것에 대해 생각"하면서 이 꿈에서 이탈하고자 하며, 그것이 이 꿈의 "구성 방식"이다.

사실 이러한 환생과 회귀 모티프는 게임이나 웹소설에서 흔히 쓰는 설정이자, 《전독시》에서 죽음 후 부활을 기다리는 김독자의 스토리를 일부 연상케 하기도 한다.[11] 하지만 이 글의 논지를 놓지 않고 볼

---

11) 이러한 《전독시》와 〈언더독〉 간의 상호텍스트성, 해당 시의 메타픽션적 요소와 "구성 방식"과 관련해서는 다음 글을 참고하였다. 허희, 〈오늘의 한국시인_네트워킹적 주체들의 목소리〉, 《현대시학》 618, 2024, 87쪽 참조.

때 더 중요한 것은 이를 두 번째 시와 짝지어 읽는 일이다. 즉 변혜지의 시집이 서사를 가지고 연재되면서 시집 중반부 〈언더독〉이 마지막 〈탑독〉으로 변모했다면, 따라서 "이 세계를 네가 구했어"라는 전자의 선언이 "페이지 속의 모든 단어가 바뀌어", "너를 주고 이 세계를 샀습니다"라는 후자의 엔딩으로 이어졌다면, 전자에서 주인공이 '이 세계를 두고 나가는' 이유이자 그가 맞는 결말이 곧 후자의 "지속 가능한 사랑"이라 말해볼 수는 없을까. 그렇게 언더독이 탑독으로, 약자가 강자로, 열세가 우세로 '뒤집힐 때' 우리가 만나는 것은 이 시집 전반을 관류하는 사랑의 테마다. 우리는 그것으로 다음 제목, "멸망한 세계에서 살아남는 법"에 대한 이 시집의 답변을 가늠한다.

손꼽아 기도하던 날이 도래하였고, 그리하여 모든 이들이 엽총과 포도 한 송이를 손에 쥐고 세계를 떠났다. (…) 내가 이런 생각을 하는 바람에 이번 시도 실패할 것이다. (…) 그러는 동안에도 읽는 사람들이 있다. (…) 멸망한 세계에 너무 많은 자들이 남아 있어서 세계는 반쯤 질려버릴 것이다. 그러는 동안 그리고 또 그러는 동안…… 나는 눈으로 길러낸 것들을 다시 눈 속으로 넣겠다. (…) 그 말을 들은 나는 깨닫게 되는 사실이 있고, 그것은 이야기가 끝나버려서 더 이상 적지 못한다.

-〈멸망한 세계에서 살아남는 법〉 부분 (37~38)

이 시는 눈동자에 남반구 식물을 심게 된 경위를 다루고 있다. 나는 내가 깨달은 것을 기록하기 위해 앉아 있었다. (…) 모든 게 끝나버렸어. 그렇게 말하면 날이 밝는다. 가자. 전부 버리고 떠나 버리자. 침통

하게 말하던 사람이 직장에서 돌아와 배달 음식을 고르고 있다. (…)
눈동자 속의 나무를 가꾸는 일은 어렵지는 않아요. 눈을 감고 지켜보
기만 하면 되니까요. 이 고요한 파수杷守의 행위는 사랑이 아니지만
사랑 같았다.

-⟨절대 멸망하지 않을 세계에서 살아남는 법⟩ 부분 (39~40)

변혜지 시에서 이 사랑은 결코 '나' 혼자만의 것이 아니다. 다시 말
해 이 '살아남다'의 주체가 결코 하나의 단독자일 수 없음은, 이 시집
의 '나'가 때로는 이야기 속 주인공을, 때로는 작가를, 때로는 독자를
겸임하면서 이 자체가 텍스트 간 경계를 해체하는 하나의 메타 실험
이 될 때 다시 한번 드러난다. 첫 번째 시의 '나'가 이야기를 완결지은
작가라면 두 번째 시의 '나'는 그것을 밤새 완독한 독자로 대응된다.
즉 전자의 이야기가 "엽총과 포도 한 송이"로 대표되는 판타지적 멸
망의 세계라면, 후자는 "직장에서 돌아와 배달 음식을 고르"는 일상의
세계다. 하지만 "눈에서 길러낸 것들을 다시 눈 속으로 넣"거나 "눈동
자에 남반구 식물을 심"는 일처럼, 두 '나'가 하나의 깨달음으로 공명
할 때 절대 만나지 못할 것 같던 두 세계가 한 눈 안에서 조우한다. 그
것이 변혜지 시가 말하는 작가-주인공-독자의 존재론 혹은 생존론이
다. 즉 첫 시에서 "이야기가 끝나버려서 더 이상 적지 못한" 것을 이어
적는 것은 다름 아닌 다음 시의 읽는 이의 몫이며, 그렇게 "멸망한 세
계에 너무 많은 자들이 남아 있"는 한 세계는 완전히 멸망하지 않는다.
독자가 다시 작가로서 이야기의 생성에 참여할 때 이제 단일한 주체성
은 해체되며, 작가- 주인공-독자는 서로의 주체성이 교호되는 자리에

서 서로가 서로의 생존을 보호하는 순환 구조를 만들어낸다. 그 중심에 있는 "고요한 파수把守의 행위"로서의 사랑은 결국, "실패"한 이야기일지라도 계속해서 읽는 일, 그리고 쓰는 일과 연결되어 있다.

그렇기에 변혜지의 시집은 뒤표지에서 이렇게 밝히고 있다. "절대로 멸망하지 않을 세계를 살아가는 // 독자讀者이자, // 독자獨子는 결코 아닌". 또한, 《전독시》에서 독자가 다시 주인공이자 작가가 되면서 끝내는 텍스트 안팎의 경계마저 해체되듯이, 변혜지의 시집 또한 지금 이 표지 바깥에 있는 독자들을 직접 호명하면서 복수적인 새로운 주체성을 부여하고 있다. 그러니 (이 시집의) 독자이자 (멸망한 시대를 사는) 주인공으로서 또 (새로운 사랑에 참여하는) 작가로서 우리는 멸망에서 살아남는 방법을 말하게 된다. 어쩌면 그뿐만 아니다. 《전독시》 세계관에서, 오직 〈멸살법〉의 결말을 아는 독자만이 생존할 뿐 아니라 그 결말로 이 세계를 구할 수도 있게 됨을 기억하며 한발 더 나아가자. 마지막에 온 우리가 이 연대기로부터 더 읽어낼 것이 있다면 이 생존론을 구원론으로 바꾸는 힘이다.

4. I는 마지막까지 사랑을 잃지 못했다

다시 나니아와 고선경으로 돌아가 본다. 어쨌거나 《나니아 연대기》에서 수잔이 맞는 결말 중 하나는 그도 결국 아슬란의 나라에 들어가는 것이었다고 보인다. "결국 수잔만의 방식으로 아슬란의 나라에 갈 거라 생각한다"[12]던 루이스의 편지에서, 이는 성서의 알레고리로 따지

---

12) C. S. 루이스, 《루이스가 나니아의 아이들에게》, 라일 W. 도싯 · 마저리 램프 미드 엮음, 정인영 옮김, 홍성사, 2012, 103쪽.

자면 종말 이후 신이 현실의 인간들을 구원하는 묵시록적인 이야기였을 것이다. 하지만 더 이상 신의 시대에 살고 있지 않은 우리는 이러한 결말을 다시-쓰기 해볼 필요가 있다.

멸망 이후의 세계에 일상이 남았다면, 지금까지 살펴본 세 시인의 주체들이 단지 그것에 무력하게 고립된 작은 주체로서만 소진되지 않음은 분명해 보인다. 세 시인의 시가 그것을 받아들이고 재구성하는 방법론은 농담이며(고선경), 이인증이거나(신이인), 판타지였다(변혜지). 하지만 이 세 시집을 면면히 읽어보면 공통으로 발견되는 내용적인 요소가 있을 것이다. 또 한번의 진부한 그러나 필요한 이야기가 있다. 그러니까 신이 없이도 멸망으로부터 구원받을 방법에 대해 상상하는 일은 다시금 인간의 일로 돌아간다. 그것은 앞선 고선경의 〈스트릿 문학 파이터〉에서, '세계, 미래, 기계, 영원, 천사, 바다, 숲, 여름, 겨울, 비, 눈, 유령, 죽음' 같은 시어가 절멸해도 잃지 못할 어떤 것이다. 이제 "마지막까지 사랑을 잃지 못했다"던 "I"에 대해 해명할 때가 왔다.

너에게서는 멸종된 과일 향기가 난다

투룸 신축 빌라 보증금 이천에 월세 구십, 어떻게 해야 너를 웃길 수 있을까 하는 생각, 두 시간 동안의 폭우, 일주일 동안의 아침, 유리병 속 무한히 터지는 기포

현관에 놓인 신발의 구겨진 뒤축이 웃는 표정을 닮았어 너는 침대에 누워 있고 바람이 많이 부는 청보리밭에 가고 싶다 멸종된 기억을 가지고 싶다 너의 머리카락이 가볍게 흩날릴 때 나는 사라진 언어를 이해하게 된다

아침의 어둠이 이젠 익숙해

그래도 같이 씻을까

산책을 갈까

세상에서 가장 느린 산책로

쓰러진 풍경을 사랑하는 게 우리의 재능이지

-고선경 〈샤워젤과 소다수〉 부분 (17~19)

왜

죽을힘을 다해 살아야 하지 죽을힘으로

죽으면 억울하지 않을 것 같아

거짓말

나는 살아남아

시인이 됐다

처음으로

뭔가가 되어봤다

-〈숨어 듣는 명곡〉 부분 (153~156)

《샤워젤과 소다수》가 최근 가장 큰 호응을 받은 중 시집 중 하나인 까닭은 이 시집 전반을 흐르는 유머 감각 그리고 과거의 향수와 결합

한 감각적인 이미지 등과 더불어 곳곳에 사랑을 향한 의지와 각오가 보이기 때문인지도 모르겠다. 그럴 때 "세상에 없는 농담"처럼 우리는 멸망한 세계를 바라보며 "쓰러진 풍경을 사랑하는 게 우리의 재능이지"라고 자신 있게 말할 수 있게 될 것이다. 첫 번째 시, 〈샤워젤과 소다수〉에서 화자는 사랑하는 사람과 함께하는 평범한 일상 속에서 "멸종된 과일 향기", "사라진 언어" 같은 멸망의 이미지를 읽어낸다. 멸망과 생활, 일상과 비일상이 묘하게 섞인 전경에서 '나'는 그럼에도 "같이 씻을까 / 산책을 갈까"라고 말한다. 이것이 시의 핵심이다. 그러니까, 도무지 전망 없는 이 세계에서 사랑하자거나 희망을 갖자는 말은 오래전 멸망한 무언가를 되살리려는 판타지처럼 들릴지도 모른다. 어쩌면 평범한 일상을 이어가는 게 가장 어려운 시대에서, 그럼에도 같이 씻고, 산책을 가는 일상은 그러니 단순히 주어지는 것이 아니라 획득하는 것이다. 그렇게 고선경 시의 주체들이 "제일 잘하는 게 뭐야? 물을 때, / 일상이라고 대답하는 네가 좋았다"(〈여름 감기〉)와 같이 말할 때 일상은 하나의 수행적 개념으로서 우리 앞에 놓인다.

이것은 고선경의 시가 동시대와 강력히 접합되는 지점이기도 하다. 두 번째 시, 〈숨어 듣는 명곡〉에서 "살아남아 / 시인이 됐다"는 말은, 이미 '되어 있는' 것의 단순한 확인이 아니라 발화하는 순간 주체를 시인으로 구성하는 하나의 사건에 가깝다. 즉 고선경 시의 주체들은 언뜻 평범해 보이는 이 일상과 쓰기와 사랑이 배경처럼 먼저 와 있는 것이 아니라, "죽을힘을 다해" 일상을 살고, 글을 쓰고, 사랑을 지속하며 '살아남는' 일임을 아는 존재들이다. 이 살아남기의 과정에서, 주체 역시 매 순간 '나'를 수행하며 성립한다. 신이인 시의 주체들이 자기 안(밖)의 짐승들을 경멸하면서도 사랑하면서, 그 모든 것들을 끌어안고 "나는 인간을 한다"(〈영매〉)고 말할 때, 변혜지 시의 주체들이 이 "고요한 파수의 행위"에서 사랑의 지속 가능성이라는 결말을 끌어낼 때 우리가 보는 것도 그 동력이다. 무위해 보일지라도, 그것이 더 이상 무력하지는 않다는 점에서 그것은 지금 여기를 살아가는 독자들의 생존론이자, 죽을힘을 다해 세상을 무너지지 않게 하는 구원론일지도 모른다.

그러니 '나-나', 메타적 자아의 중층화라는 말 대신 이렇게도 바꿔보자. 우리 모두 마음 한쪽에는 무언가를 혐오하는 내가 있고 한쪽에는 사랑하는 내가 있다. 고선경 식으로 바꾸면, 한쪽에는 "돌연사!"를 꿈꾸는 내가 있고 다른 한쪽에는 "살아남아 / 시인이 됐다"는 내가 있다. 이 두 가지의 선택지에서 우리는 자주 널을 뛰며 갈팡질팡하게 되겠지만 고선경의 시집은 우리가 이 둘을 왕복하며 조금씩 단단해진다고, 또 이왕이면 사랑 쪽으로 기울어질 거라고 말해주는 듯하다. 고선경, 신이인, 변혜지 세 시인으로 본 2020년대 젊은 시인들이, '젊은'으로서든 '시인'으로서든 멸망한 시대에서 살아남는 법도 이와 같다. 사랑은 단지 어떤 대상을 향한 정열이 아니라 세상에 대한 태도 자체임을 기억하면서 그리고 그것을 나와 나의 연대기라 부를 수도 있으리라 가정하면서, 이를 우리의 방법으로도 말하기 위해, 앞선 고선경의 시구에서 조심스럽게 'I'를 '나'로, '못했다'를 '않았다'로 고친다. 나는 마지막까지 사랑을 잃지 않았다. 그리고 이왕이면, 앞으로도 부디, '않겠다'라고.

충실한 작품해석–논리구축 솜씨 돋보여

신수정 명지대 문예창작학과 교수
김영찬 계명대 국어국문학과 교수

응모작의 편수가 많이 늘진 않았지만 수준이 예년보다 크게 향상됐다. 문학평론이 인기 없는 주변 장르가 돼 버렸다는 세간의 인식에도 불구하고, 비평적 글쓰기에 대한 열망과 공력은 그에 반해 한층 높아지고 있다는 방증이겠다. 최종 논의 대상에 오른 것은 '올드 앤 슬로우-강성은 시의 환상적 스토리텔링', '‘정신머리’ 없는 감각, 말해지지 않는 문장-박참새 시의 말하기' 그리고 '나-나 연대기: 멸망 이후에도 살아남는 세 가지 시적 방법-고선경, 신이인, 변혜지의 첫 시집을 중심으로' 등 세 편이다. 이 작품들은 비평적 소양과 문제의식, 충실한 작품 해석과 안정적인 문장 등에서 다른 응모작들에 비해 우위를 점하고 있었다.

'올드 앤 슬로우'는 유행에 휩쓸리지 않는 심지, 시의 맛을 제대로 음미하고 살려주는 문학적 감수성이 돋보였다. 그러나 '아우라'의 회복이라는 문제 설정이 상투적이고 해석도 지나치게 전형적이었다.

‘'정신머리' 없는 감각’은 ‘실패한 주체의 시학’이란 문제 설정의 맥락
을 개괄하고 논증하면서 논리를 구축해 나가는 안정성이 돋보였다.

　당선작으로 뽑은 ‘나-나 연대기’는 멸망 이후 시적 주체의 가능성을
묻는 글이다. 세상에 대한 태도로서의 ‘사랑’을 강조하는 결론이 언뜻
상투적인 듯하면서도 거기에까지 이르는 비평적 논리를 축적하고 구
축해 나가는 솜씨가 돋보였다. 무엇보다 이 글에는 발견의 기쁨을 설
득해 나가려는 비평의 미덕이 있었다.

모든 글은 사랑의 시도… 더 읽고 쓸 것

박지민

지금 생각하면 아주 섣부르게도, 저는 제가 가진 사랑이 모두 끝난 것 같다고 생각한 적 있었습니다. 세상은 갈수록 이상해지고 타인은 알다가도 모르겠고 글쓰기는 병 주고 약 주고도 아닌 약 주고 병 주고를 반복하는 것 같고……. 물론 지금도 자주 그렇지만, 이제는 그 혼란 덕에 사랑을 포기하지 않는 법을 배웠다 말하고 싶습니다. 앞으로도 계속 배우라는 뜻으로 알겠습니다. 부족한 글에서 가능성을 봐주신 심사위원 선생님들께, 신춘에 제 이름을 불러 주셔서 감사합니다.

이름을 불러 주셔서 감사합니다. 반평생을 신문과 살아온 우리 아빠, 아빠가 사랑하는 지면으로 등단할 수 있어 기뻐요. 푼수데기 딸에게 늘 한결같은 사랑과 지지를 보내 주는 우리 엄마 그리고 귀여운 두 동생들 모두, 고마워. 늘 친구같이 응원해 준 삼촌도 얼른 봬요. 으레 그렇듯 친할수록 이상한 이름의 단톡방을 갖게 되는, 환멸 귀뚫 용현지 내 친구들 내 사람들에게, 얘들아 나 신문 나왔어! 학교에서 만난 분들께도 무한한 감사와 존경을 보냅니다. 이 글이 출발할 수 있게 해주신, 늘 문학적인 행운을 가져다주시는 김종훈 선생님, 수업 때 만난 작은 인연을 잊지 않아 주신 이현승 선생님 감사합니다. 같이 성장하는 대학원 연구방 동학들 같이 있어서 진심으로 기뻐요. 포기하고 싶어질 때마다 앞에서 날 끌어준 소연 언니, 또 내가 가장 먼저 가져본 문우 사랑하는 국교 보름회! 그리고 '책에 남아 영원히 남는 사람이 되렴'이라 말해준 모 동기까지 모두, 고마워. 그 문장을 읽고서야 그게 내 꿈이었구나 생각했다.

끝이 아니라 시작이라는 (아주 당연한) 생각이 듭니다. 이번에는 운이 따랐으며, 저는 사랑을 말하는 다른 텍스트들에 제 많은 것들을 빚지고 있는 것 같습니다. 이 글을 읽고, 그 갈팡질팡과 왕복의 과정마저 사랑 같다는 첨언을 남겨주신 것에, 감사합니다. 그 말이 맞다면, 사실 저에게 모든 글은 사랑의 시도라는 점에서 같았습니다. 그 사랑을 계속 증명할 수 있길 바라며 더 읽고 쓰겠습니다. 다시 한번 모두 감사드립니다.

문학평론

문화일보

오 웅 진

1991년 서울 출생
연세대 커뮤니케이션대학원에서
문화매개(Cultural Mediation)졸업
클래식 음악 방송국에 재직 중
2026년《문화일보》신춘문예 문학평론 부문 당선
lufitua@gmail.com

문학을 초과하는 언어로서, 음악
−김기태론[1]

오 웅 진

1. 노래하는 속인들의 픽션

　어느 인터뷰에서 소설가의 한 단편을 두고 질문한다. 소설에 대중가요의 노랫말이 어찌 그리 인용되는 것인지. 소설가가 되묻는다. 고다르를 인용하는 건 자연스럽고 대중가요를 인용하는 것은 문학적이지 않으냐고.[2] 영화지라는 매체를 참작한 나름의 유머였는지, 정말로 누벨바그 감독이 대중가요의 카운터파트라고 생각한 것인지 알 수 없다. 그러나 분명한 건 김기태의 소설에서 대중가요가 독특한 지위를 갖는다는 점이다. 그것들은 소설 중간에 한 구절씩 툭, 자주 등장한다. 이 세계에서 음악은 크게 두 가지를 증언한다. 우선은 비물질로서 세

---

1) 이 글은 김기태의 소설 가운데 〈전조등 〉, 〈롤링 선더 러브〉, 〈두 사람의 인터내셔널〉(《두 사람의 인터내셔널》 문학동네, 2024), 그리고 〈일렉트릭 픽션〉(《릿터》 민음사, 2024년 6, 7월호)을 다룬다.

2) 김소미, 〈혼란 앞에 정직해지기 위해 쓴다, 〈두 사람의 인터내셔널〉 소설가 김기태《 씨네 21》, 2024. 7. 19.

계에 실재하는 무언가 있다는 사실에 대한 증언이고, 다른 하나는 성 문화될 수 없는 언어의 무한한 확장성에 대한 증언이 그것이다. 실제로 음악은 다양한 경로를 통해 인간 사이를 유영한다. 때로는 에어팟 안쪽에서 내파의 방식으로, 때로는 추운 겨울 국회의사당 앞에서 떼창으로 불리는 외파의 방식으로.

그리고 김기태 소설은 지금, 여기에서 노래하는 이들을 살핀다. 그리고 이것은 그가 다수의 작품에서 취하는 전략과 교묘하게 연결된다. 그는 소설에서 화자가 얼마나 '보통 사람'인지 묘사하는 데 최선을 다한다. 이러한 제반 작업을 통해 그가 문학에서 이루고자 하는 것은 무엇인가. 누구를 향해 문학을 던지는 것이며 그의 문학에 닿아 독자는 무엇을 확인하는가. 오늘날 우리 문학이 구사하는 전략을 성찰할 적에 단연 논의되어야 하는 지점이 있다면 인물이 처한 상황이다. 대체로 그들은 결여되어 있다. 그것이 그들을 입 열게 한다. 더 정확히는 결여된 자의 음색으로 발화하게 한다. 하여 그들은 어떤 크고 작은 사건의 피해자이거나, 혹은 한 개인이 감당할 수 없는 수준의 과거를 짊어지고 독자 앞에 선다. 때로는 그 인물이 얼마나 적당한 깊이로 잠겨 있는지가 고스란히 작품의 문학적 깊이가 되기도 한다. 이러한 기준에 따르자면 김기태가 구사하는 글은 문학이 아니다. 그의 소설 속 인물들은 잠겨 있지 않다. 간혹 잠긴 것처럼 보이는 이에게 말을 걸어도 그들은 바짝 마른 목소리로 답한다. 자신들의 부침을 연민하지 않는다. 그들은 아무것도 연민하지 않는다. 그저 노래할 뿐이다.

2. '보통 사람'들의 문학적 '떼창'

"주인공 역을 맡았던 선배는 그날 밤 노래방에서 〈연극이 끝난 후〉
라는 곡을 예약했다. 경제학을 전공하는 회장이 익살스럽게 말했다.

"이 노래는 공공재니까 독점 금지다."

그는 처음 듣는 노래였는데 모두가 곧잘 따라 불렀다. 무언가를 가
져보기 전에 도둑맞는 게 가능한지 생각했다."(〈전조등〉 84쪽)

소설 〈전조등〉의 주인공은 전형적인 속인이다. 그는 고등학교 시절
야간 자율 학습에 빠지지 않고 공부하여 서울 중상위권 대학 통계학
과에 진학한다. 연극부는 그가 대학에 진학하여 스무 살 처음으로 가
입한 동아리였다. 그에게 연극은 입학 직후의 설렘과 잉여 시간을 투
자할 정도의, 예술보다는 '활동'에 가까운 일이었다. 그러나 이 소설에
따르면 연극은 졸업한 이후로도 끝나지 않는다. 그가 분扮 한 보통 사
람 역할이 작은 군청색 고무신으로 벗겨질 뻔도 했지만, 극의 흐름을
방해할 수준은 아니었다.

이쯤에서 앞서 선배가 던진 말을 다시 떠올린다. "이 노래는 공공재
니까 독점 금지다." '보통 사람'이 다분히 연극적인 노력에 근거해야 유
지할 수 있는 설정이라면 선배의 말은 다소 의미심장하다. 실제로 보
통 사람들에게 대중가요의 노랫말이 가장 모범적인 공통선 the common
good 이라면, 문학이 그것을 외면할 하등의 이유가 없다. 그것은 경전의

어떤 구절보다 우리 삶에 가깝고, 심지어 따라 부르기도 쉽다.

"세상은 어제와 같고 시간은 흐르고 있고 나만 혼자 이렇게…"(〈롤링 선더 러브〉 42쪽)

"그 사람 나만 볼 수 있어요. 내 눈에만 보여요오오오오."(〈롤링 선더 러브〉 60쪽)

〈롤링 선더 러브〉의 주인공 맹희는 연애 프로그램 '솔로농장'에 출연한다. "요새 노래"들처럼 "매가리 없는" 삶을 살아온 그녀로서 일생일대의 결심이었지만, 출연자들 가운데서 딱히 주목받지 못한다. 와중에 남자 출연진에게 집중하지 못하고, 그녀를 전담으로 찍는 PD에게 호감을 느낀다. 이소라 노래의 가사는 속마음 인터뷰 중 카메라 렌즈는 보지 않고 PD를 보는 맹희의 맹랑하고도 짠한 성격을 대변한다. 이처럼 음악은 생각한 것보다 훨씬 더 우리 삶 가까이에 있다. 김기태의 전략은 유쾌하다. 그러나 단순히 웃음만을 위한 전략은 아니다. 그의 이러한 인용은 저자의 문장이 어느 위상에 놓여야 하는지, 나아가 독자가 어떤 높이에서 글을 읽어야 하는지에 의문을 제기하기 때문이다.
　앞서 언급한 것처럼 전통적으로 소설은 적당히 인물이 잠길 수 있는 홈을 파내고 그 안에 그를 담가 설정한다. 그리고 인물에게 이입하는 독자일수록 함께 내려앉아 종국에는 그와 위상을 나란히 하게 된다. 이러한 방식은 픽션 내의 생생한 경험을 전하는 하나의 방식으로 유효하다. 다만 이때의 방식이 어떤 경험을 환원적으로 대리하는 체험관

의 콘셉트와 닮아있다면 김기태의 스타일은 조금 다르다. 가령 이소라와 이은미의 히트곡 후렴구의 등장이 유독 반가운 까닭은 그 문장이 우리에게 이미 익숙하기 때문이다. 각자의 사연이 후렴구에 내재하며, 개인의 역사가 해당 구절을 더욱 두텁게 한다. 우리는 맹희의 이야기와 우리의 이야기를 적당히 안배한 그 중간지점 어딘가에서 문학을 감각한다. 이것이 김기태가 픽션을 구사하는 방식이다. 그리고 이것은 독자 개개인에게 웃음을 주는 설정을 넘어, 궁극적으로 진정한 의미에서 문학적 '떼창'을 가능케 한다.

이소라와 이은미의 가사는 맹희의 마음을 대변한다는 측면에서 맹희의 문장이기도 하지만, 친숙한 만큼 독자인 우리의 문장이기도 하다. 그리고 이러한 상태는 "행위자와 제작자, 비평가와 관찰자가 동시에 서로 관여하고 참여하는" 측면에서 전통 미학과 구분되는 "일상 미학"의 전제 조건이기도 하다.[3]

실제로 우리는 '떼창'을 할 때 하나 됨을 넘어서, 묘한 안도감을 느낀다. 그것은 함께 따라 부르지 못하는 이들을 배척하고 그들을 격리하는 데서 오는 우월감을 근거로 하지 않는다. 이때 우리는 진정한 의미에서 주변과 어깨동무하고 하나로 일치된 목소리를 낸다. 일련의 미적 컨센서스共通感로서 합의된 노랫말에는 그런 힘이 있다. 합의된 노랫말이 없는 세계에는 머지않아 광기가 번진다. 칸트는 "광기의 유

---

3) 김광명, 〈공감과 소통으로서의 일상 미학-칸트의 공통감과 관련하여〉, 《인문학 연구》 제43집, 2014, 96쪽.

일한 일반적 증상은 공통감의 상실이며, 자기 자신만의 감각을 논리적
으로 고집스럽게 우기는 것인데, 자신의 감각이 공통감을 대신한다."
라고 이야기했다.[4]

　김기태의 문학에는 그런 광기에 사로잡힌 인물이 등장하지 않는다.
광인을 소재로서도 제물로서도 봉헌하지도 않으며, 그러므로 괜히 한
가운데의 제단을 둘러싸고 광장의 사람들끼리 서로를 두리번거리며,
고개를 주억거리고 괴랄한 연대를 하는 그런 풍경도 보이지 않는다.
대신 사람들은 노래를 부른다. 김기태는 그렇게 이상한 방식으로 인간
을 끌어안는다.

　　"Don't stop me now..... Don't stop me.....!"

　　딴 딴단단 딴딴. 딴 딴단단 딴딴. 사장이 가게 한 편의 피아노를 연
주했고 모두가 어깨동무를 하고 합창했다. 돈 스톱 미 나우 (커즈 아
임 해빙 어 굿타임)

　　돈 스톱 미 나우 (예스 아임 해빙 어 굿타임) 아돈워너스톱 앳 올.
다 함께 거리로 뛰쳐나갔고 노랫 소리를 들은 이들이 찜닭집과 스터
디 카페, 스크린 골프장에서 쏟아져 뒤를 따랐다. 세종대로 좌우로 도

---

4) 임마누엘 칸트《실용적 관점에서의 인간학Anthropologie in pragmatischer Hinsicht》,
백종현 옮김, 아카넷, 서울, 2014, 251~262쪽.

열한 고층 빌딩 창문이 열렸고 환호성 속에서 장미 꽃잎이 휘날렸다. 맹희는 군중에 섞여 행진했다.

퀸의 히트곡 인트로와 함께 고조되어 세종대로 좌우로 도열한 빌딩에서 환호성과 장미 꽃잎이 터지기까지, 점층적으로 달아오르는 해당 트랜지션 속에서 우리는 영웅에게 기대지 않고 세상을 구할 방도가 있다고 낙관하는 소설가의 연출을 본다.

3. 전기보다 거대한 세계 공통어가 있다면

그의 소설 속 인물들은 여간해서 가면을 벗지 않지만, 〈일렉트릭 픽션〉에서는 한 "사무 보조"가 전기의 도움을 받아 가면을 잠시 벗는다. 이 소설에서 사건이 발생하는 까닭은 소리가 '관통'하기 때문이다. 김기태는 작품을 통해 질문한다. 여기서의 소리가 무엇을 어떻게, 어디까지 관통할 수 있는지에 관하여. 이것은 일차적으로 자본주의가 자랑해 마지 않는 콘크리트 벽이나 두꺼운 철문 등 각종 건설 자재를 가뿐히 지난다.

"기타 연주하는 분께. 이웃끼리 배려 부탁드립니다. 집에 아기가 있어요."(124쪽)

누군가에겐 소음에 불과한 기타 연주를 작가는 어떤 가능성으로 확장한다. 정녕 문학적 탐색이다. 소리가 무언가를 넘나드는 성질로부터 김기태는 문학이 회복해야 할 세속성worldliness의 맹아를 본다.[5] 이웃집에 기타 소리를 선사하는 이는 한 전기 회사의 "사무 보조"(117쪽), 즉 아마추어 기타리스트이다. 아마추어의 동작은 고도로 전문화된 자본주의 시장에서 대개 자신의 정체성을 미처 획정하지 못하고 부유하는 몸짓으로 해석된다. 실제로 현대 사회는 어느 영역에서라도 기틀이 되고자 한다면 자격증을 요한다. 가령 의사 자격증 없이는 병원을 세울 수 없고, 누군가를 치료하고자 하는 호의마저 불법이 된다. 즉, 고도로 전문화된 사회에서 아마추어의 움직임은 자연스레 배회하는 몸짓으로 연결된다. 그리고 이 아마추어의 몸으로만 건널 수 있는 곳이 있으니, 바로 문이다.

> "거실 한 편에 거치되어 있는 기타를 상상하며 퇴근 시간을 기다렸다. 그건 그가 '기쁨'보다도 더 오랫동안 발음하지 않은 단어, '사랑'을 떠올리게 했을지도 모른다."(123쪽)

실제로 그 어원이 그러하듯 아마추어는 미숙함의 대명사가 아닌, 무언가를 깊이 사랑하는 애호가의 속칭이다. 그러나 "오늘날 대부분의 사람들은 더 이상 아마추어 음악가조차 되지 못한다."[6]

전문화된 세계에서 애호가의 지식은 늘 모자라고 그들은 '배경화'된다. 그러나 김기태는 이 애호가의 몸으로만 건널 수 있는 문이 있음을

---

5) 에드워드 사이드는 음악이 비물질적이며 초월적인 매체라는 특성을 빌미로 교조적이고 권위적으로 여겨지는 태도에 반하여 그것의 세속성을 강조하였다. (E.사이드,《음악은 사회적이다》, 박홍규&최유준 옮김, 이다 미디어, 132쪽).

6) 위의 책, 181쪽.

주지한다. 더 정확히 말하면 모든 문 앞에서 존재는 언제나 아마추어
가 된다고 그는 말한다.

> "문밖의 일은 문 안의 삶을 위하여 수행하는, 견디는 무엇이었다.
> 세상에는 반대로 사는 사람도 많았다."(116쪽)

여기에서 단어 '문'은 앞서 언급한 집의 자재나, 한 부품으로서 '문'
보다 좀 더 크다. 그리고 이 문을 넘나드는 기타 리프 선율은 앞선 대
중가요에서 필수인 '가사'조차 두르지 않은, 최소한의 음악이다. 그것
은 좀 더 비언어적이며 더 동물적이다. 사이드는 프루스트의 용어를
빌려 음악이 어느 정도로 문 안쪽까지 들어설 수 있는지 이야기한다.
프루스트는 선율air de la chanson이 있다고 말하면서, 이 문장의 배면
에 흐르고 있는 가장 내밀한 활자는 그 누구와도 함께 열람할 수 없는
가장 고독한 작품이자 침묵의 자식l'oeuvre de la solitude et les enfants du
silence이라고 말했다. 이처럼 가장 사적이고 내밀한 자신만의 방에서
음계를 변주하는 일은 언어를 실천하는 것과 동일한 행동이 되어, 궁
극적으로 음악과 문학이 완전히 동의어가 되는 것이다.

> "그 신호는 손가락 근육을 움직여 기타의 여섯 현을 울렸고, 두 개
> 의 마그네틱 픽업에 의해 다시 전기신호로 변환됐다. (…) 자신이 연
> 주했다는 게 의심스러울 정도로 듣기 좋을 때도 있었다. 매력적인 성
> 조와 강세를 가진 먼 외국의 언어로 말하는 기분이었다. 그 언어에는
> 그가 이름 붙일 수 없었기 때문에 존재하는지도 몰랐던 감정들이 포
> 함되어 있었다."(122쪽).

전기신호의 도움을 받아 비로소 세계에 드러날 수 있는 언어가 있다는 걸 확임함으로써 우리는 무엇을 얻을 수 있을까. 김기태에 따르면 우선은 가장 수동적인 방식으로 시스템에 대한 해킹이고, 그것은 다시 낯선 방식의 민주화로 확장된다. 인물이 민주화와 같은 거룩한 숙제를 해결하고자 기타를 구매한 것은 아니다. 그는 그저 퇴근 후 "핀란드어를 배우듯", "화엄경을 필사하듯" 기타를 구매한 것이었다. 다만 성실하게 전기세를 납부하고 있었음에도 기타를 연주할 때면 왠지 전기를 훔치고 있는 기분을 그는 느꼈다고 고백한다. 이것이 한 전기 회사에 "사무 보조" 수준에서 실천할 수 있는 가장 능동적인 해킹이다. 그리고 전문화된 이들이 주도하는 세계에서 아마추어의 움직임은 어떻게든 전복의 씨앗으로 오역된다.

"저는 전기 기타를 좋아합니다. 가끔만 집에서 연주합니다. 9시 이후에는 안 하겠습니다. 불편함이 있으시면 505호에 메시지를 남겨주세요. 죄송합니다."(125쪽)

배려를 부탁한다는 호소에 대한 답변이었고 주인공은 505호의 반응을 보며 이런 상상에 빠진다.

"배려와 무례가 섞인 문장들이 아주 조금 열어놓은 문. 그 틈으로 (…)자우림처럼 "신도림역 안에서 스트립쇼를" 하는 기분으로 옷을 벗어 던지며 흥얼거린, 자신이 노래를 잘 부른다고 믿었던 이를 돌아본다. 지난 8년 동안 그런 식으로 잠깐 존재를 알렸던 사람들 말이다."(125쪽)

아마추어의 연주로 발생한 '소음'이 이 빌라의 여러 문을 넘나든다. 이때 '소음'은 자크 아탈리의 시선을 통해 좀 더 정확하게 파악할 수 있다. 그는 서양 음악사의 전개를 '희생-재현-반복-구성'의 네 단계로 구분한다. 우선 '희생'은 앞서 언급한 '제물'로서의 음악과 연루된다. 만인이 공동체를 이루는 과정에서 불가피하게 쌓이는 노이즈나 불협화음을 음악이라는 희생양을 같이 감상하는 가운데서 함께 씻어내는 것이다. 다음으로는 이 '감상'을 전문적으로 수행할 수 있는 오디토리엄의 등장과 함께 '재현representing'이 찾아오고, 라디오나 축음기 등 매스 미디어의 출현과 함께 '반복repeating'이 일어난다. 그리고 김기태의 작품에서 등장하는 '소음'은 네 번째 단계 '구성'과 관련된다. 대체로 이 최종 단계에서 재구성되는 것은 '소음'이다. 이 지점에서 '어디까지를 소음으로 들을 것인지'에 관한 논의로, 태생적으로 소음인 것은 없으며 무엇이 소음 취급을 받는지에 관한 논의로 나아간다. 구성 단계에서 이르러 세계는 사운드 자체보다 그것이 어떻게 발생하고 제작되었는지 그것의 제작 기술에 주목한다. 이제 소리도 데이터라는 것이 되돌릴 수 없는 '사실'이 되었기 때문이다. 그런 의미에서 김기태의 〈일렉트릭 픽션〉은 고유의 사운드 제작 기술을 제시하는 것이다. 아마추어 기타리스트의 기타 리프가 그것이다. 그것은 전문화된 음악계에서는 취급하지 않는, 바깥으로부터 인입된 새로운 사운드 신디사이징이다.

엘리베이터에 붙어 있는 505호의 사과문 종이 아래에 주인공이 작게 '댓글'을 단다.

“저도 전기 기타를 좋아합니다.”(128쪽)

진정으로 사운드 아닌 성질의 무언가가 틈을 넘는 순간이다. 주인공은 501호에 산다. 그는 종이에 댓글을 달아 문장으로, 문학으로써 음악을 구사하는 데 성공한다. 최유준은 근대성과 자본주의적 권력에 의해 망각되고 순치된 소음을 재구성하는 가운데서 세계의 집단적 나르시시즘 치유할 수 있는 가능성을 확인한다.[7] 어떤 경우에도 자는 아기가 깨어서는 안 된다. 그러나 비록 환영받지 못한 사운드일지라도 그것을 통해 연대의 가능성을 확인했다면 그것을 음악이라고 부르는 의식 또한 놓치지 않아야 한다.

4. 포함되지 않은 실재들의 노래

김기태의 또 다른 작품에서는 이 연대를 “친한 사이”(〈두 사람의 인터내셔널〉, 142쪽)라는 구체적인 호칭으로 달리 부른다. 그리고 역사 속에서 실재했던 이 “친한 사이”들이 한때 범지구적으로 제창하던 유행가 ‘인터내셔널가’를 소환한다. 그것은 한때 “국제주의와 사회주의를 대표하는” “빨갱이”(138쪽)의 곡이었지만 경기도 서남부의 한 빌라에선 그저 가쁜 리듬을 성실하게 제공하는 노동요일 뿐이다. 소설의 두 주인공 진주와 니콜라이는 그들이 속한 사회에서 적자嫡子가 아니다. 졸

---

7) 최유준, 〈제의와 재현, 그리고 소음: 아탈리의 음악 정치경제학에 대하여〉, 《미학예술학연구》 제66집, 62쪽.

업 앨범에서도 그들은 "한끝과 다른 한 끝에"(116쪽) 서 있으며 그들을 달리 부르기 위해, 필요한 단어는 "사회적배려대상자", "국내거소신고 증" 같은 것이 있다.

그러나 그들은 스스로를 무겁게 연민하지 않음으로써 음악이 된다. 여기서 음악이란 블랑쇼가 문학이 지향해야 할 '관념'의 지대로서 제 시한 예술로서의 그것이다.[8] 그에 따르면 작곡자나 연주자가 음표나 악기를 통해 지시하는 것은 사물들이 사라져 가는 길이다. 즉 음악은 계속해서 '바깥'을 환기함으로써 문학이 궁극적으로 도달해야 하는, 언어로서 도달할 수 없는 곳에 대한 힌트를 제시한다. 실제로 오늘날 목격되는 대부분의 공동체는 바깥을 떠올리는 가운데서 작동하고, 더 욱 구체화된다.

시인 말라르메가 동료 작곡가 바그너에게 그에 반反하는 내용으로 편지를 보낸 적 있다.[9] 특정을 위한 민족 공동체를 구축하려는 바그너 를 향해 말라르메는 예술이 누구인 것도 아닌 형상, 혹은 장터 어디에 서나 발견될 수 있는 익명의 인간들을 제시해야 한다고 전했다. 이것 은 단순히 예술의 윤리에 관한 내용을 넘어서, 정치적 선언인데 구체 적으로 어떤 이름'들'을 두둔하기 때문이다. 소설에선 "세 다리로 서는 듯한 테이블", "정전을 계기로 앞집 부부와 치게 된 배드민턴", "아홉시 넘어 벽 너머로 들려오는 리코더 소리" 등 비교적 긴 이름으로 그것들 이 등장한다.

---

8) 박준상, 《바깥에서》, 그린비, 2014, 161쪽.
9) 위의 책, 276쪽.

실제로 현실에서 음악은 대개 "밤 아홉시 넘어 옆집에서 들려오는 아이의 리코더 소리", 혹은 유튜브가 추천해 준 "4시간 51분 분량의 95개국 〈인터내셔널가〉 모음"(139쪽) 처럼 바깥에서, 불현듯 들려온다. 그리고 택시 라디오에서 한때 수도 없이 반복해서 듣던 발라드 애창곡을 우연히 듣게 되는 순간과 같이 진정 음악에 감화되는 상황 역시 덜컥 찾아온다. 이처럼 음악은 들려오는 것이다. 이 동세를 근거로 음악은 문학이 추구해야 할 어떤 윤리가 된다. 이때의 윤리에 관해서는 랑시에르의 말을 빌린다. 그는 근대 픽션이 "도달해야 할 결말을 향해 곧게 뻗어 있는" 전통적 픽션과 다른 방식을 구사한다고 말한다.[10] 근대의 픽션은 '가장자리'에 주목한다. '가장자리'는 기존 픽션 세계에서는 여백에 머물렀던 존재나 상황이 있는 곳이고 포함되지 않는 실재의 잔혹함을 픽션 스스로가 맞는 곳이다.

포함되지 않는 실재의 잔혹함. 진주와 니콜라이가 무엇에 대한 의인화인지 우리는 랑시에르의 표현을 빌려 답할 수 있다. 이는 동시에 앞서 언급한 소설 〈전조등〉의 주인공이 얼마나 픽션에 부합하는 인물인지 상기하게 한다. 그는 현실에서 조금도 가장자리의 인물이 아니라는 점에서 되려 허구적이다. 그리하여 다시 픽션이 된다.

귀에는 눈꺼풀이 없다.[11] 그리하여 음악이 삶에서 여지없이 귀를 파고든다는 것을, 김기태는 적극 활용한다.

---

10) 자크 랑시에르, 《픽션의 가장자리》, 최의연 옮김, 오월의 봄, 2024, 188~189쪽.
11) 카스칼 키냐르, 《음악 혐오》, 김유진 옮김, 프란츠, 2017, 103쪽.

"오, 오오오, 오빠 강남스타일"(《두 사람의 인터내셔널》, 115쪽)

"기립하시오 당신도!"(135쪽)

　정치란 픽션이다. 우선 실재보다 과장된 집단을 설정하는 단계를 거쳐, 그들의 권익을 위한 구호를 정하고, 그 구호의 울타리 안으로 이해득실을 따져 적당한 실수實數의 사람들이 들어서도록 만드는 것. 이 일련의 단계를 정치의 과정이라 본다면, 이 소설에서 대중가요의 가사나, "기립하시오 당신도!" 라고 외치는 소녀 '짤' 등 온라인 커뮤니티에서 유행하는 각종 아이템의 인용은 꽤 곱씹어 볼 만한 장치이다. 실제로 우리에게 친숙한 유행의 등장은 우리를 들뜨게 한다. 더 이상 방관하지 않고 어떤 울타리 안으로 들어서게 만들며, 이때의 장력으로 우리 안에서는 자동으로 어떤 음악이 재생된다. 그리고 이것이야말로 진주와 니콜라이, 단 두 사람만으로도 담백하고 가성비 좋게 인터내셔널을 소환하는 방식이다.

5. 무플러들의 음악으로서, 문학

　네 음절짜리 제목의 연애 프로그램이나, 케이팝의 가사, 각종 온라인 커뮤니티의 '짤'이나 '드립' 등 그의 소설에 등장하는 요소들을 볼 적에, 누구라도 김기태의 소설을 읽거든 으레 '통속'이나 '세태', 혹은 '리얼리즘'과 같은 단어를 작품과 겹쳐보게 된다. 그러나 해당 관성에 떠밀리듯 그의 문학 지형을 파악하려는 태도는 다소 게으른 접근이다.

그의 문학은 차라리 어떤 언어 학습에 관한 소설로 읽는 것이 적합하
다. 기본적으로 그는 지구를 관통하는, 단일의 육중한 링구아 프랑카
가 엄존한다는 믿음을 바탕으로 한다. 그것은 영어라는 현재의 공통
어common language보다 커다랗고 과거 라틴어보다 오래된 것이다.
그러나 그것은 누구의 국어도 아니어서 어떤 민족이나 집단도 주변화
하지 않는다.

> "거칠지만 모두를 뒤덮을 만큼 커다란 손이, 이 조용한 동네의 골목
> 과 골목 사이로 조금은 엉켰지만 분명 이어진 전깃줄들을 벼락처럼
> 울린다면, 전부를 감전시킬 일렉트릭한 멜로디를 연주한다면, 나는
> 비밀스럽게 웅얼거렸던 몇 개의 문장을 큰 소리로 발음해볼 작정이
> 다. Hei Kaikki, 모두들 안녕하세요. Kiitos, 감사합니다. Pidän sinusta,
> 저는 당신이 좋아요"(《일렉트릭 픽션》, 128~129쪽)

그의 소설이 자꾸만 음악을 경유하거나, 그 언저리로 거듭 회귀하는
것처럼 보이는 건 결코 착각이 아니다. 음악은 세계에 비물질의 무언
가 실재한다는 걸 증거하는 가장 강력한 장르이다. 이것이 김기태가
생의 가까이에서 목격되는 음악을 기꺼이 집어 드는 이유이기도 하
다. 세상에는 크게 두 종류의 댓글이 있다. "인생을 반도 안 산 사람에
게 도태되었다는 표현을 하는"(《롤링 선더 러브》, 70쪽) 댓글과 "저도 전기
기타를 좋아합니다."(《일렉트릭 픽션》, 128쪽)라는 댓글이 그것이다. 그리
고 더 많은 수의 무플러, 즉 아무런 댓글도 쓰지 않는 이들이 같은 네
트워크 안에 있다. 활자화된 데이터만을 바탕으로 어떤 우주를 파악

하려는 태도에는 비약이 있다. 무플러들은 아무런 발언을 하지 않으면서도 트래픽을 생성함으로써, 리듬과 패턴을 형성하는 데 관여한다. 이것이 김기태가 음악적인 수사에 기대어 문학을 말하는 또 다른 이유이다.

김기태의 문학이 외국어로 번역될 때 겪게 될 딜레마를 상상해 본다. 마치 영화《기생충》에 등장하는 '짜파구리'를 라면과 우동을 조합해 만든 '람동'으로 표현한 한 번역가의 기지처럼, 언제나 근사한 대안을 찾아낼 테지만 앞서 그 딜레마가 어디서 기인하는지 살펴보는 것이다. 문제는 김기태의 소설이 어떤 콩글리시를 기반으로 하고 있다는 사실에서 비롯된다. 실제로 그것은 우리 국어를 기반으로 쓰여 있으나 언어의 지향은 세계 일반을 향해 기울어져 있다. 이때 번역은 단순히 해당 '기울기'를 그저 다른 국어로 전환하는 일이 아니다. 외려 우리가 실은 동일한 기울어짐을 공유하고 있다는 것을 깨닫게 하는 작업에 가깝다. 그것은 이 세계에서 "화엄경"이나 "전자 기타의 선율" 같은 게 내내 하는 일이다. 인류 보편을 아우르는 거대한 언어를 상상하는 것은 꽤 신나는 일이다. 단순히 나와 다른 피부색의 누군가와 통신할 수 있다는 설렘을 넘어, 범지구적인 영역에 걸쳐 유효할 만큼 매력적이고 멋진 '아름다움'이 실재한다는, 반증이기도 하니까. 소설에선 "아기가 꺄르륵 웃는 소리" 같은 것이 일례로 등장한다. 김기태는 이 소리를 "오직 자신만을 위해 존재하는 외국어처럼 들리는 것"이라고 서술한다.

"…협력사에서 유일한 계약직 직원으로 일하며, 규칙적인 박자로

복사물을 뱉어내는 복합기 앞에서 휴대전화 배경 화면으로 해둔 아
기 사진을 남몰래 본다. 저녁이 되어 되찾은 삶. 아기가 꺄르륵 웃는
소리는 오직 자신만을 위해 존재하는 외국어처럼 들리고……”(〈일렉
트릭 픽션〉, 124쪽)

현대인에게 퇴근이란, 복합기 소리로부터 아기가 꺄르륵 웃는 소리
로 되돌아오는 과정이다. 출근이란, 그 웃는 소리를 나날 성장시키는
과정이다. 김기태는 제 소설의 연주 가능성을 거듭하여 타진한다. 그
것은 다성 음악의 떼창과 흡사한 모습으로, 낭독이나 합평과 같은 수
준의 문학적 모둠 활동을 초과하는 일이다. 최근 있었던 뉴욕의 추수
감사절 행렬에서 《케이팝 데몬 헌터스》의 노래가 울려 퍼졌다. 전 세
계가 우리를 안다. 이제 그것을 의심하지 않는다. 그들이 우리의 ‘노
래’를 따라 불렀기 때문이다. 공통선은 어렵지 않다. 어렵다면 어쩌면
그것은 선善에서 요원한 것일지도 모른다. 모두가 널리 공유하는 것
들 가운데서 희망을 찾자. “아기가 꺄르륵 웃는 소리”처럼 간명하면서
도 충분히 완전한 것이 있음을 문학으로서 말하는 것. 이것이 김기태
가 인터내셔널을 건설하는 방식이다. 그것은 저 멀리 해외에 있지 않
다. 소설가는 출근길 눈에 밟히는 그것들 가운데 하나를 줍는다. 그리
고 조금 묻은 먼지를 털고 종이 위에 올려두어 소설을 완성한다.

막상막하 다섯 작품…
'얼마나 문학을 사랑하는지' 기준으로 심사숙고

김형중 문학평론가

올해 문화일보 신춘문예 문학평론 부문에는 총 28명의 응모자가 원고를 보내주셨다. 작년보다는 적은 편수였지만 평년보다는 많은 편수였다. 자주 등장하는 키워드는 예상했던 대로, 페미니즘, 인공지능(AI) 시대의 문학, 신자유주의적 비참 등이었다.

우선적인 심사 기준은 둘이었다. 첫째, 응모자가 한국문학의 현재 맥락을 잘 파악하고 있는지의 여부였는데, 이것은 착점의 문제다. 맥락을 이해하는 비평가가 지금 어떤 대상에 대해 어떤 말을 해야 유효한 발언이 되는지 그 위치를 가늠할 수 있다. 둘째, 평론 장르의 특성상 당연한 말이지만, 사용하는 개념적 장치들의 적절성과 문장의 정확성도 중요하다. 이론적 개념들을 생경하게 나열하는 것보다, 자신만의 리듬을 유지하면서 정확하고 적절하게 구사된 해석 작업이 문장의 가독성과 설득력을 높이는 법이다.

일단 이 두 기준에 따라 투고된 28편의 평문을 읽었다. 숙고 끝에 다섯 편이 남았다. '단지 인간적—박솔뫼론' "나'이면서 내가 아닌, 객체와의 관계 맺기-김혜순론' '에르고딕 시/픽션—한국 SF시의 가능성' "나'의 이야기는 그들의 세계로 생존합니다—문보영 시의 월드 시뮬레이션' '문학을 초과하는 언어로서, 음악―김기태론'이 그 글들이다. 고백하건대 어떤 글이 당선작이 되어도 무방할 만큼 우열을 가리기 힘들었다. 세 번째 기준이 필요했다.

작가와 시인만 독창적이어야 하는 것은 아니다. 같은 작품이라도 다른 시각에서 달리 볼 줄 아는 비평가가 문학장에 활기를 가져온다. 게다가 신인 비평가라면 더 그래야 할 것이다. 박솔뫼론과 김혜순론을 당선작에서 제외할 수밖에 없었던 것은 그런 이유였다. 구성과 문장, 그리고 개념적 장치들의 능숙한 사용이라는 점에서 두 글은 오히려 다른 글들보다 더 흠잡을 데가 없었다. 그러나 '비인간과 박솔뫼' '김혜순과 여성적 글쓰기'는 사실 잦고 익숙한 연결이었다.

남은 세 편을 두고 다시 고심했다. 문보영론은 문장의 호흡이 좋아 잘 읽힌다는 장점이 있었다. 주제도 흥미로웠다. 그러나 논지 전개가 평이하다는 단점이 눈에 띄었다. 잘 읽히는 것은 모든 글에 대해 미덕이지만 종종 예리함이라는 다른 미덕을 잃게 만든다. 사실상 '조시현론'이라고 해도 무방한 '에르고딕 SF시의 가능성'은 착점이 유독 좋았는데, 조시현의 시를 통해 한국 SF시 장르의 가능성을 타진한 글이다.

필요하고도 창의적인 글이었으나 표본 집단이 작다는 생각을 버리기 힘들었다. 하나의 장르가 태동한다는 사실을 제시하기 위해서는 더 많은 대상들에 대한 천착이 필요해 보였다.

결국 '문학을 초과하는 언어로서, 음악—김기태론' 한 편이 테이블 위에 남았다. 다른 글들에 비해 이론적으로 화려한 글은 아니다. 심지어 만약 쉼표가 없었더라면 제목마저 촌스러울 뻔했다. 그랬으니 이 글을 당선작으로 뽑은 것은 어느 정도 내기에 가까웠다. 김기태 소설에 자주 등장하는 대중음악과 그 노랫말에 관해 쓰면서 글은 시작된다. 그러나 애초에 작품의 소재 차원에서 거론되던 대중가요가, 논의가 전개되는 와중 김기태 소설 전체의 주제와 연결되고, 결국 신자유주의 시대 '공통감각'에 대한 논의로까지 가 닿는다. 김기태의 작품을 진심으로 좋아하지 않는 이상 쓸 수 없는 글이란 생각이 들었다.

그러니까 이번 심사의 마지막 기준, 그것은 이 예비 평론가가 얼마나 문학을 사랑하는지였다. 당선자에게는 축하의 말을, 다른 응모자들에게는 격려의 말을 전한다.

일상 속 파고든 음악처럼…
문학을 우리 삶 가까이에

오웅진

과거 싸이월드 시절의 어떤 청춘이 그랬던가요, 음악만이 나라가 허락한 유일한 무언가라고.

미어터지는 지옥철 안에서도 어떻게든 이어폰을 꺼내어 귀에 찔러넣는, 삼각형의 재생 버튼을 누르려는 누군가의 치열한 동작들을 볼 때면 안타까우면서도 묘한 안도감을 느낍니다. 마치 예술이 어떤 생존에 기여하거나, 일련의 회복에 도움이 될 수 있다는 희망을 갖게 만드니까요. 그리고 이때의 회복은 그가 해당 음악을 잘 아는 데서 비롯하는 건 아니겠습니다.

해외 팝의 외국어를 전부 알아듣지 못해도, 심지어는 지금 들려오는 고전음악의 소리가 관악기의 것인지 현악기의 것인지조차 구분하지 못할지라도 모종의 진실된 간절함으로, 음악을 향해 돌진하는 이들에겐 어떤 이유가 있는 것이겠죠. 이처럼 무언가를 아는 것만으로는 그것과 충분히 가깝다고 말할 수 없는 것처럼, 저 역시 누군가의 문학을 알고, 알리는 것보다는 그들의 문장을 우리 삶 가까이에 진정 붙일 수 있는 평론을 쓰겠습니다.

우선 그저 매체 타령만 할 줄 알았던 제게 예술이 무엇에 기대어 말

하고 있는지, 그것이 사회를 딛고 있음을 어째서 잊지 않아야 하는지
석사 시절 내내 큰 가르침을 주신 심보선 교수님께 감사합니다. 쑥스
러움이 많아 이곳저곳에서 글 지도를 받지 못했는데 제 글을 꼼꼼하
게 읽어준 나의 지원, 고맙습니다. 고마워요, 정말 고마워! 그리고 아
쉬운 작업 가운데서도 작은 가능성을 발견해주신 김형중 심사위원님
께도 감사하다는 말씀 전하고 싶습니다.

　그리고 방금 세상에 도착한 조카 준이에게. 네 이름을 여기 불러 둔
다. 지금 이 시간에도 안양의 한 아파트에서, 한 소설가의 표현대로
"꺄르륵 웃는 소리"로서 세상에 완전한 것이 있음을 나날 증언하고 있
을 테지. 문학이 지금 네 웃는 소리 정도만큼의 몫을 세상에 기여할
수 있길. 너 스스로의 목소리로 노래할 수 있을 때쯤 내게 씩씩하게
걸어와 예쁜 동요로 앞선 나의 호명에 신나게 답해 주길! 그동안 나도
문학에 비평의 언어로서 부지런히 보탬이 되고 있을 테니까, 우리 그
때 만나자. 끝으로 이번 당선의 모든 영예를 제 어머니와 아버지, 두
분께 돌립니다. 제가 말하고자 하는 바를 익히 말할 수 있도록, 그런
언어를 받게 된 것은 정말 두 분 덕이라고 생각합니다. 감사합니다.

문학평론

서울신문

배 민 정

1998년 서울출생
한림대학교 국어국문학과, 철학과 졸업
고려대학교 대학원 석사과정 졸업 예정
2026년《서울신문》신춘문예 문학평론 부문 당선
baemj8024@gmail.com

도망치지 않는 시[1]
―황유원의 시

배민정

1. 새로움이라는 단절

> 언제부터 시작된 풍습인지
> 그걸 아무도 모른다
> ―〈루마니아 풍습〉 부분(《세상의 모든 최대화》)

"소음"이 "노래"가 되었을 때, '침묵'은 야만이었나. "아우슈비츠 이후 서정시를 쓰는 것은 야만"[2]이라는 아도르노의 위치에서 다시 묻는다. 아도르노는 독일 나치에 따른 인류 최악의 참극 이후, 예술이 억압적인 현실과 어떻게 관계 맺는지에 관한 근본적 물음을 던졌다. 물론 이러한 질문은 포스트주의-세례의 여파가 여전한 현시점에서 새삼스러울지 모른다. 한국 현대시는 2000년대부터 "시인(1인칭)의 고백"이

---

1) 황유원은 2013년 등단 이후 다섯 권의 시집을 발간하였다. 《세상의 모든 최대화》(민음사, 2015), 《이 왕관이 나는 마음에 드네》(현대문학, 2019), 《초자연적 3D 프린팅》(문학동네, 2022), 《하얀 사슴 연못》(창비, 2023), 《일요일의 예술가》(난다, 2025)

2) T. W. 아도르노, 홍승용 역, 〈문화비평과 사회〉, 《프리즘》, 2004. 29쪽.

라는 통념에서 "완전히 자유로워졌"[3]음을 선언하지 않았던가. 2000년대 시가 정치적으로 무력한 '나' 대신 3인칭의 낯선 존재에 집중함에 따라, 2010년대 시가 역사란 '끊임없는 쇠락'과 '그에 따른 폐허의 잔해'라는 인식에 머물기를 택하게 된 것은 자연스러운 일이었다. 가령 "절벽은 무너진 다음의 가능태"(백은선, 〈중력의 대화자들〉,《가능세계》, 문학과지성사, 2018)라는 희망없는 세계에서, "나를 위해서 날지 않기로 마음먹"(김복희, 〈새인간〉,《내가 사랑하는 나의 새 인간》, 민음사, 2018)는 인간–동물의 사유와 같은 것, 혹은 "여기는 사망맵이야"(문보영, 〈배틀그라운드-사막맵〉,《배틀그라운드》, 현대문학, 2019)라는 식의 농담 속에 공통으로 파국의 그림자가 드리워 있던 것은 우연이 아닌 것이다. 이런 현상은 "지금은 새나라입니까 아닙니다 모든 사람들은 구구 울지 않습니다"(윤지양, 〈오 혹은 없음〉,《기대 없는 토요일》, 민음사, 2024)라고 말하는 오늘에까지 발견된다. 세계는 개선될 여지가 없고 세계 바깥의 타자는 끝내 파악할 수 없는 채 멎어있다면, 시가 향할 곳은 오직 '기대없음' 상태의 내면 공간뿐인 것이다.

2000~2010년대 전위, 실험시는 시적 자아의 영역을 넓힌 하나의 성과였으나, 문제는 바로 여기서 시작된다. 과연 우리는 '인간'과 '비인간'을 동등하게 받아들이고 있는가. 혹 기존 관습에 대한 변화라는 이유로 새로움에 막연한 정당성을 부여하고 있지 않은가. 어쩌면 우리가 화해의 손을 내밀 대상은 세계 바깥의 타자가 아니라, 기대조차 없는 이 현실일지 모른다는 의혹이 황유원의 시에는 담겨 있다. 시인이

---

3) 신형철, 〈2000년대 시의 유산과 그 상속자들〉,《창작과비평》41, 2013, 3, 165쪽.

"우린 문득 노래란 그런 것임을 절감하고/ 그 노래의 후렴구나 따라 불러야 했네"(〈시베리아 주제에 의한 다섯 개의 사운드 트랙〉,《세상의 모든 최대화》)라고 말했을 때, "노래"는 곧 부르는 순간 "후렴구" 같은 그리움만을 남기고 떠나는 특별한 언어일 것이다. 그리고 '시인의 말'에서 그가 "존재의 소음을 최대한 증폭"시키는 길과 "최대한 잠재워보는 길"[4]을 가보겠다고 밝혔을 때, "소음"은 곧 의사소통을 위한 언어라 볼 수 있다. 그러니 이쯤에서 이 글의 첫 질문으로 돌아가 보자. 황유원의 언어를 빌려보면, "'소음'이 '노래'가 되었을 때, '침묵'은 야만이 되었다'는 것은, 모든 언어를 시적인 것으로 승화시켜 윤리를 실천하는 최근 시적 경향에 의하여, 정체성의 규율 내에서 '침묵'을 지키는 예술 일반은 자연히 비윤리로 규정되고 말았다는 뜻이 될 것이다. 이때 황유원 시는 예술과 현실이 지닌 '차이'가 아닌, 그 차이를 '수용할 방법'에 주목한다. 그 점에서, 우리는 꿈과 현실의 '관계방식'에 대해 묻는 황유원 시세계를 확인할 수 있다. 그의 시세계 전반을 관통하는 '불가능한 꿈'의 요소들은 꿈꿀 수 없는 현실과 소통할 수 없는 타자를 모두 포용하고자 한다. 몰이해에 빠져 있을 때 '꿈'이라는 비약은 늘 이해의 다리를 건널 수 있게 하므로.

2. 첫 번째 되감기: 작은 불행에서 최대 불가능성으로

> 오늘 밤 동안만은 사라지지 않을 것이다
> ─〈天天來〉 부분(《세상의 모든 최대화》)

---

4)《하얀 사슴 연못》의 시인의 말.

이상하게도 파국이 예견된 현실에서 이미 해본 걱정을 재차 반복할 때, 우리는 묘한 안도감을 느끼곤 한다. 최근 시가 그러한 순간들로 하나의 묵시록적 세계관을 형성했다면, 황유원 시는 "생각만으로 혼미해지는/ 믿을 수 없이 빛나는 횡설수설의 밤"(〈지네의 밤〉, 《세상의 모든 최대화》)에 도취함으로써 당대적 분위기와 갈라진다. 물론 현실 공허를 토로하는 시와 끝내 사라질 신기루를 그려내는 시, 둘 중 무엇이 더 적합한지 묻는 일만큼 무의미한 것도 없겠지만, 황유원의 시에 그려진 냉혹하고 왜소한 현실은 동시대 시가 빚어낸 모습과는 사뭇 다르다는 점에서 눈길을 끈다. 그의 시에서 불가능한 꿈의 형상은 현실을 똑바로 직시할수록 점점 더 또렷해질 따름이다. 늘 허무로 귀결되는 환상은 현실과 만날 때라야 비로소 진실성을 얻는다는 것. 냉엄한 현실에도 희망은 피어나듯, 우리의 진심이 꿈을 향한다고 해서 마냥 헛된 것만은 아닐 것이다.

화물칸에 일렉기타를 한 만 대쯤 싣고 가는 세상에서 가장 길고, 무거운 마음

그 속을 누가 알겠냐마는 철로만은 알지,
짓밟힌 몸길이를 짓밟힌 시간으로 나눠 기차가 절망하기 시작한 지점에서부터 자기 합리화에 성공하는 지점까지 걸린 속도를 계산해내며 자기를 발끝에서 머리끝까지 짓밟고 가는 기차의 무게를 참고 견디지

기차가 아무리 짓밟고 가도 손가락도 발가락도 잘리지 않는 건 손

가락도 발가락도, 아무것도 없어서

(…)

현실도피란 없어 현실의 최대화만이 있을 뿐

—〈세상의 모든 최대화〉 부분(《세상의 모든 최대화》)

예술이란 결국 "자기 합리화"에 불과하다. 예술 작품은 결국 '내'가
꾸는 꿈에서 시작해 '내'가 그것을 실현했다고 믿는 한에서만 그 의미
를 생성하기 때문이다. 이러한 허무 의식에 사로잡힐 때, "일렉기타"를
가득 싣고 가는 예술가의 마음은 길고, 무거워진다. 온전히 꿈만 꾸고
싶은 사람일수록 도리어 그것이 허상이라는 진실에 강력히 얽매이게
되기 때문이다. 음악가는 기타 연주를, 시인은 시를 쓰면서 자신의 무
능을 자각한다. 그들이 음악과 시를 사랑할수록 그들은 "손가락도 발
가락도, 아무것도 없"는 꿈이라는 허무 의식을 견고히 쌓아간다. 그럼
에도 왜 이들은 구태여 "아무것도 없"는 장소에서 자기기만의 꿈을 꾸
기를 포기하지 않는가. 현실을 바꾸는 건 오직 꿈뿐이라고 말하는 예
술가적 허기는 기계가 생존과 번영을 책임지는 오늘의 시대와는 너무
나 동떨어져 있다. 문제적 현실을 한층 더 발전된 현실로 해결하는 시
대 속에서, 꿈은 현실 억압과는 무관한 일종의 자유로서 되려 그 존재

감과 의의를 상실하고 만다. 그러나 우리가 발전과 해결이라는 단일의 명분으로 얄팍해져 가는 현실의 두께를 자각할 수 있다면, 꿈은 여전히 우리에게 무한한 가능성으로 존재할 수 있다. 현실과의 완전한 결별을 선언하는 "현실 도피"로서의 꿈이 아니라, 예술은 결코 '나'라는 한계를 벗지 못하지만 그럼에도 현실을 넘어서려는 "현실의 최대화"라는 꿈인 것이다. "도피"의 결말이 '꿈은 환상에 불과'하다는 허망한 결론에 닿는다면, "최대화"의 결론은 '꿈' 혹은 '현실'이라는 이분법적 구도에서 벗어나 '나'의 진정성에 도달한다. 도저히 잊을 수 없는 것을 끝까지 잊으려 애쓰는 시는 어떤 실제와도 맞바꾸지 못할 내면을 간직할 수 있다.

꿈의 귀결점이 '나'로 이어진다는 점에서, 우리는 황유원이 전통 시론을 계승한다고 굳게 믿게 될는지 모르겠다. 그러나 〈세상의 모든 최대화〉가 꿈 안에서 '현실 인식'을 통해 비탄과 진정성을 획득한다면, 〈무한대의 밤〉은 '진정성 있는 꿈'이기를 넘어서, 진실한 내면의 순간을 생생히 숨 쉬게 할 장소이길 자처한다. 그곳에서라면 한없이 누군가를 기다리고 사랑하는 백치의 마음도 그리 우스꽝스럽지만은 않을 것이다. 어쩌면 그것만이 '진짜' 마음일지도.

물이 든 병에 천천히 꽃다발을 꽂아주듯
병든 꽃다발에 천천히 물을 부어주듯
서로 상처 주고
또 용서하고……

깨고 나니 꿈이었다

깨고 나니 꿈이었다

(…)난 사진찍는 거 싫어하는데 그 꽃을 그 모든 꽃을 모조리 다 찍
을 수 있는 모든 각도에서 찍어 간직했죠 오직 그대에게 보여주기 위
해 사진 한 장 한 장을 모두 기억했어요 그대는 내게 말했죠 네가 이
렇게 자유로웠던 적이 없었던 것 같아 그대는 아니라고 말하지만 이
모든 게 그대 때문이라고 말해요 이상한 봄이 왔어요 그대로 인해 모
든 게 그대로인데 그대로이긴 한데 난 그대에게 이게 다 당신 때문에
핀 거라고 당신은 내게 이제 너는 너무 자유로워졌다고 이렇게 아름
다운 꿈을 꾼 적이 없어 나는 눈물이 흘러 전 세계의 모든 계절에 피
는 꽃들이 다 피어 있는 언덕, 거기서 난 눈을 떴는데

눈을 뜨고도 생생한 꿈이어서

도무지 꿈 같지가 않았다

—〈무한대의 밤〉 부분(《초자연적 3D 프린팅》)

황유원 시에서 '현실 인식'이 헛된 꿈의 진정성을 획득하는 방식이
라면, 지금-여기에서 느껴지는 '실감'은 그 진정성을 믿을 만하게 만

드는 요소가 된다. 먼저 이 시에 드러난 꿈과 현실 인식의 관계를 살펴보자. 인용 시의 첫 연에는 냉철한 인식이 "상처"가 되고, 병적인 내면이 "용서"가 되는 과정이 그려져 있다. 내가 사는 물속인데도 거기 발을 담그는 일이 "상처"가 되는 것은, "물이 든 병에 천천히 꽃다발을 꽂아"줄 때까지 내가 허공을 걷는 줄 착각했기 때문이다. 반면 회복 불능의 병세가 완연한 게 "용서"되는 까닭은, "병든 꽃다발에 천천히 물을 부어"줄 때와 같이 누구나 타락에 기대어 무의미한 생을 건너본 기억이 있기 때문이다. 꿈은 분명 현실이 아니지만, 간혹 '가능할 것만 같은 기분'으로 현실에 잔류한다. 그때 '꿈같다'는 말은 '불가능'이 아니라, '잠재된 가능성'으로 모습을 바꿀 수 있다. 시인이란 바로 그 잠재적 가능성의 느낌을 최대한 이어가고자 생생한 언어를 찾아 헤매는 사람이 아닌가. 그렇기에 황유원은 "깨고 나니 꿈이었다"라는 허무감을 "도무지 꿈 같지가 않았다"라는 애틋함으로 전환하고자 놀랍도록 "생생한 꿈"을 펼쳐놓는다. 〈무한대의 밤〉은 장시의 형식을 취하면서 "깨고 나니 꿈이었다"의 반복과 변주를 보여주는 한편, 그 사이에 다양한 고백과 경험의 순간들이 파편적으로 기입된다. 이러한 불연속적인 전개는 그의 꿈을 무시간성의 순간으로 붙잡아두는 동시에 그 순간에만 머물고 싶은 '나'의 내면을 형상화한다. 인용문에서 감정이 가장 고조되는 4연에는 횡설수설한 발화가 펼쳐지고 있다. "그대"를 향한 애정이 적나라하게 드러날 때, 우리는 화자의 정서를 내 것인 양 온전히 느껴볼 수 있다. 믿을 만한 것이 마땅치 않은 현실 속에서 우리에게도 믿고 싶은 하나의 진실이 생긴다는 것은 생각보다 중대한 사건일지 모른다.

3. 두 번째 되감기: 영원을 위한 반복

진한 피맛이 날 때까지 하늘을 사랑하는
—〈북유럽 환상곡〉 부분(《세상의 모든 최대화》)

꿈꾸는 주체인 '나'는 현실 인식이라는 한계에 투신함으로써 단일한 '나'의 권능을 내려놓는다. 그러나 황유원 시를 읽는 우리는 여전히 헛된 꿈에 몸을 내던질 수 없다. 세상에 '있을 법한 환상'이란 남아 있지 않은 시대에, 현실은 말할 것도 없거니와 문학에서조차 '순수'가 부담스러워진 시대에, 꿈은 어디까지나 '불안한 위안'일 뿐이기 때문이다. 그럼에도 시인은 계속해서 덧없는 꿈을 꾸고, 그 실현을 믿기 위해 시를 쓴다. 그의 시에는 늘 일시적이고, 불명확할 따름인 믿음을 재차 확인하고 싶어 하는 우리의 욕망이 반영되어 있다. 기실 아무것도 기대하지 않는 비관은 끝까지 무언갈 믿고 싶었던 순수의 뼈아픈 흔적이자, 더는 무너질 수 없는 '나'의 최후 방어선이라는 것. 이때 황유원 시의 반복은 진실의 순간을 영원히 간직하기 위한 장치가 된다. 그의 시에서 "무언어"로 일관한 채 이뤄지는 윤회는 '나'의 내면을 널리 초월시키는 '종교적'인 순간과 연결되어 있다.

미켈란젤로 프람마르티노 감독의 영화 〈네 번〉 DVD 뒤에는
Language 무언어
Subtitles 무자막

Running time 88분

이라고 되어 있었다

매일 저녁 노인은

염소젖과 바꿔 온 한줌의 성당 먼지를

물에 타 마시고

그러면 자신의 병이 나을 거라고

굳게 믿는다

(…)

말과 말 사이

말 잠깐 쉬는 곳에서

먼지를 가루약처럼 물에 타 마셨다

멀리멀리 퍼졌다

—〈무언어〉 부분《하얀 사슴 연못》

이 시에 등장하는 영화 〈네 번〉은 "무언어" 즉 침묵을 일관한다. 여기서의 '침묵'은 언어 아닌 '공백'이면서, 삶 아닌 '죽음'이기도 하다. 영화에서 "노인"은 자신의 병을 낫게 하기 위해 매일 "한줌의 성당 먼지"를 물에 타 마신다. "먼지"가 병을 낫게 한다는 그의 믿음은 허무맹랑하지만, 그렇기에 그 믿음은 더욱 신실해 보이기도 하다. 그러나 영

화에서 "노인"은 먼지를 구하지 못한 단 하루 때문에 죽음을 맞게 된
다. 여기서 노인의 죽음을 색다르게 해석하기 위해서, 우리는 "먼지"가
노인의 헛된 꿈이었다는 식의 논리가 아니라, 노인의 '죽음' 자체에 초
점을 맞출 필요가 있을 것이다. 영화는 '노인-염소-전나무-숲'의 삶
과 죽음을 통해 총 네 번의 윤회를 보여준다. 이때 윤회의 과정은 "노
인"의 죽음이 염소, 전나무, 숲의 삶과 다를 바 없다는 사실을 깨닫게
하고, 영생을 향한 "노인"의 꿈은 그가 죽고 난 후에야 진정 이뤄질 수
있었음을 말해준다. 사실상 "노인"의 소망을 실현시킨 건 매일 같이
마신 "성당 먼지"가 아니라, '죽음'의 침묵이었던 셈이다. 그렇기에 이
시에서 "멀리멀리 퍼졌다"는 구절은 불변의 영적인 순간을 형성한다.
모든 존재는 '죽음' 앞에 비로소 평등하기 때문에, 황유원 시에서의 종
교성은 절대적 신성함이나 우월감으로 고립되는 방식이 아니라, 자기
바깥의 존재들에게 선뜻 다가섬으로써 인간 삶의 고결함을 증명한다.
이러한 사유를 "말과 말 사이"에서 "먼지"를 물에 타 마시는 화자에게
로 옮겨와 언어적 차원에서 살펴보자. 〈무언어〉에서 '시'가 갖는 초월
적 의미는 두 가지다. 먼저, 시적 언어는 불필요한 언어를 제거함으로
써, 가장 중요한 의미만을 남겨놓는다. 이때 언어의 공백은 언어가 자
기 자신을 넘어서는 영원성으로 초월하게 만드는 기제다. 다른 한편
으로, 시는 자신의 내부에서 불가능을 향해 나아가는 고통이기도 하
다. 시가 갖는 헛된 희망은 역설적이게도, 현실에서 간과되어 온 가치
가 있음을 밝혀주는 윤리가 될 수 있다. 아마 황유원 시의 고요함과
맑음 속에 그 나름의 독특한 온기가 느껴졌던 것은 바로 이 때문이 아
니었을지.

〈무언어〉가 윤회라는 종교성을 띤 반복을 통해 영원의 온기를 증명하고자 한다면, 〈존재와 시간〉은 실없는 말장난을 통해 영원을 체험한다. 뒤틀린 시간 의식과 현실의 균열을 일으키는 말장난에 의해 이뤄지는 반복은 끝없이 새로워지는 우리들의 속된 삶을 향해 있다.

"벌써 올 시가이 지났는데 저 셰기 고장난 거 아이야?"
곧 친구가 올 거라며 큰소리쳐보지만
가게 한구석 잿빛 신문지 위에 쌓인 굵고 기다란 순대들
시계 밖으로 꺼내져 토막난 시간의 내장처럼
고요하기만 해

24시간 영업하는 가게에 걸린 시계라고 해서 다른 시계보다 특별
히 더 바쁠 리는 없고
고장이 나서 어쩌다 하루 24시간이
42시간이 돼버리는 일도 일어나진 않을 텐데

(…)

조금 있다 다시 보면
흘러가버리고 없다
테이블에는 때마침 현재진행형으로 펄펄 끓는 순댓국 한 그릇과
찬 소주 한 병이 올려지고 있는데

문득, 영감이 그토록 고대하던 친구가

어쩌면 나였는지도 모르겠다는 생각이 드는 것이다

——〈존재와 시간〉 부분(《일요일의 예술가》)

24시간 순댓국밥집에서 얼큰히 취해 친구를 기다리던 "영감"은 엉뚱하게도 멀쩡한 시계와 시비가 붙었다. 'ㅣ'와 'ㅖ'를 뒤바꿔 "시계"라는 정正과 "셰기"라는 반反을 오가는 시의 말장난은 "합合"으로 나아가지 못한 채, "영감"의 일그러진 음성에 의해서 "영감"과 그의 현실 사이의 좁혀지지 않는 균열을 드러낸다. 주어진 시간을 그저 충실히 살았을 뿐인데, 이제보니 내 삶은 어디서부터 단단히 잘못되었다. 이런 "영감"의 회한은 그 시작점을 가늠할 수 없는 지난한 과거까지 소급되며, 또한 실상 자신조차 알지 못하는 "친구"를 기다리는 허황한 미래에까지 뻗어 나간다. 시에서 "24시간"이라는 후회가 "42시간"이라는 선망으로 뒤바뀌고, 또 그런 "42시간"의 꿈이 부상했다가 다시 "24시간"이라는 지극한 현실로 떨어지길 반복하는 동안, 그런 "영감"의 모습을 관찰하는 화자의 시선은 줄곧 현재 시제를 견지한다. "영감이 그토록 고대하던 친구가/ 어쩌면 나였는지도 모르겠다"는 화자의 생각이 과거와 미래라는 양단의 불가능성에 갇힌 "영감"의 존재를 "현재 진행형"의 시간성으로 끌어당기고 있는 것이다. 이 시에서 화자와 "영감"이 있는 곳은 어디까지나 지금 '이 시공간'이자, '그냥 여기서부터' 시작되어도 아무 상관이 없는 장소이며, '이제' 식사를 마치면 또 다른 시공간이 펼쳐질 모든 것의 '처음'이다. 이 시점에서 "영감"의 "토막 난 시간의 내장" 같은 허름한 과거는 "흘러가버리고 없"는 것이 되어 버리고, 그가 선망하는 미래 또한 소유 불가능성으로 인해 "둘이기에 잠시나마 하나가 될 수 있"(〈백호의 손〉,《일요일의 예술가》)는 영원의 가능 성으로 변모된다. 즉 후회와 선망이 무한히 교차되는 찌든 삶 속에서, "현재"는 화자와 "영감"이 "친구"가 되어 볼 수 있는 무한한 시간성으 로 잠재해 있는 것이다.

4. 세 번째 되감기: 타자에게 보내는 안부

너처럼 나도 그렇게 항상

네 옆에 있을 것

—〈새들의 선회 연구〉부분 (《세상의 모든 최대화》)

그리하여 낭만에서부터 출발한 황유원의 시는 최근 시의 화두인 타 자 사유에까지 도달한다. '낯선 존재의 새로움'이라는 하나의 흐름과 '타자는 온전히 파악할 수 없다'는 인식 사이에서 그의 시는 의문을 품 고 있는 듯 보인다. 과연 시가 타자를 더 많이 비춘다고 해서 인간의 자기중심적 사고는 약화될 수 있는가? 본래 인간의 뇌는 '나'와 무관 한 일에 특별한 정서를 느끼기 어려워한다. '나'가 사라진 시에서 애초 에 내가 왜 벌레나 먼지만큼 작아져야 하는지 알지 못한다면 윤리적 구호는 '나'의 비대함만 부각시킬 뿐, 어떠한 실천도 이끌어낼 수 없

는 것이다. 모든 것이 시가 될 수 있다고 말하기란 쉽지만, 그것이 곧 주체 중심 사고와의 결별을 보장하는 것은 아니다. 요즘 문학이 무슨 말을 하는지 알 수 없다는 대중의 목소리는 아마 이러한 사정과 무관하지 않을 것이다. 몸과 마음으로 직접 느낄 수 없는 윤리적 목소리는 가짜 화해, 가짜 자유, 가짜 욕망에 불과하다.[5] 그런데 왜 우리는 마치 정답이 있는 것처럼 끊임없이 주장할 뿐, 이 난점에 대해 고민하지는 않는가. 그렇기에 황유원은 현재 이곳이 편협한 지대라는 사실부터 깨닫고자 한다. 시는 명백한 고발에 의해 억압에 대해 생각하게 하는 것이 아니라, 꿈처럼 억압하지 않는 것이 있다는 것을 보여줌으로써 가상적 논리에 휘둘리지 않는 진실을 우리에게 보여준다.[6] 불화를 불화답게, 결핍을 결핍답게 그려낸 황유원의 시에서 우리는 윤리를 본다. 그곳만이 더 나은 삶을 위한 태도를 고민할 장소로서 유의미하기 때문이다.

> 불을 켜자마자 혼비백산하여 도망치는 벌레들이 있습니다
> 자, 한번 생각해봅시다
> 당신이 불을 켜기 전 벌레들이 담겨 있던 어둠은
> 얼마나 아늑하고 그윽한 것이었겠습니까?
> 혼비백산하여 도망치는 벌레들을 미안한 마음으로 바라보며
> 그러나 말이 통하지 않아 사과도 할 수 없다는 사실에
> 망연자실해하며 자, 한번 곰곰이 생각해봅시다

---

5) 김현, 〈문학은 무엇에 대하여 고통하는가〉, 《김현문학전집 1》, 문학과지성사, 1991, 57쪽.
6) 같은 곳.

당신이 불을 켜기 전 벌레들은 얼마나 천천히
얼마나 우아하게 이 욕실 바닥 위를 기어다니고 있었겠습니까?

(…)

자, 한번 생각해봅시다 그리고 설산 공감해봅시다
당신에게는 깊은 공감 능력이 결여되어 있습니다

(…)

그 속에 들어앉아
아직 채 가라앉지 않은 떨림 속에서
아까 듣던 그 음악을
계속
이어서 들어봅시다

—〈밤의 벌레들〉 부분《초자연적 3D 프린팅》

이 시각, 벌레들은 인간 없는 곳에서 "아늑하고 그윽"하다. 인간을
피해 자기 터전에서조차 몸을 숨겨야 하는 벌레에게서 "아늑하고 그
윽"함을 보는 것은 최근 시의 경향과 맞닿아 있는 부분이다. 그러나
황유원은 여타 시들과 같이 이 땅이 벌레와 인간이 평화롭게 공존하

는 터전이라 말하지 않는다. 인간 혹은 벌레, 둘 중 하나는 만났다 하면 "혼비백산", 한쪽은 박살이 나는 것이 진실된 풍경이기 때문이다. 이 시의 화자는 다분히 '인간'적인 입장에서 '벌레'의 심정을 대변하길 주저하지 않는다. "자, 한번 생각해봅시다"라는 말에는, 벌레의 존재성을 긍정하고자 부단히 노력해야만 하는 인간의 처지가 담겨 있는 것이다. 이미 불이 켜진, 낭만적 환상이 끝나버린 이곳에서 "우아"했을 벌레의 매력을 음미하기란 쉽지 않다. 그러나 시인은 최근 시에 자주 등장하는 해체적 사유의 틀 없이도, 인간과 벌레 사이의 존재론적 차이를 사유하도록 우리를 이끌고 간다. 이 시에서 벌레를 향한 인간의 "공감"은 역설적이게도, 화자가 인간과 벌레 사이의 해소 불가한 단절을 인정한 지점에서 이뤄지고 있다. 다시 한번 살펴보자. 화자가 '우아함'이라는 욕망을 충족하고자 "벌레"를 등장시켰을 때, 이 시의 목적은 '인간 욕망의 실현'이라 보기 어려워진다. 그렇다면 화자의 관심은 애초에 우상이나 소유욕과 같은 질서 세우기가 아니라, 인간과 벌레의 '다름'을 있는 그대로 수용하는 데에 있었다고 볼 수 있다. 대다수의 낭만이 욕망을 원리로 삼는 것에 반해, 황유원 시의 낭만은 차이를 있는 그대로 인정하는 데에서 출발해 있는 것이다. 그렇다고 해서 "깊은 공감능력이 결여"된 인간이 벌레를 "공감"하게 된 원리가 인간이 벌레만큼 작아졌기 때문인 것 또한 아니다. 이 시의 인간은 그저 도저히 익숙해지지 않는 "벌레"에게 느낀 그 "떨림 속에서/ 아까 듣던 음악을 계속" 듣고 싶을 뿐이다. "음악"이라는 아름다운 꿈을 꿀 때, 인간은 벌레를 감각을 선사하는 대상으로서 "공감"할 수 있게 된다. 이 시에서 벌레와 인간은 각자가 '있는 그대로' 충분히 평온하다.

　그러니까 진짜 문제는 '인간'과 "벌레"의 좁혀지지 않는 '차이'가 아닐 것이다. 꿈 없이는 차이를 발견하려는 여유도, 발견 후 그것을 깊이 고민할 여력도 남아있지 않은 이 협소한 세계. 바로 여기에 우리 삶이 놓였다는 사실이 가장 위급한 문제다. 그렇기에 황유원은 평등이 도래한 장소에서도 계속해서 '너'와 '나'의 차이를 견지하고자 한다. 고통을 경험한 '나'의 내면으로부터 사회적 관계에 따른 '너'를 향한 존중과 배려를 가능하게 한다.

　　　충분한 추위가 없으면
　　　일부러라도 눈을 내려
　　　설산에 오른다

　　　여러 고난을 겪을수록
　　　여러 사람의 고난을 이해하게 되고
　　　나는 여러 사람이 되고

　　　갑자기 하늘 어두워지면
　　　지그시 눈을 감아 그 어둠
　　　두배로 어둡게 만든다

　　　어느덧 두세배로 불어난 어둠 속에서
　　　하지만 두배든 세배든

실은 그냥 같은 어둠일 뿐인 어둠 속에서

하산을 시작한다

함께 내려가는 여러 사람들

다 돌아간 카세트테이프의 나머지 한쪽이

마저 돌아가기 시작한다

─〈오토리버스〉 전문(《하얀 사슴 연못》)

한 사람이 "여러 고난을 겪"었음을 고백할 때, 우리는 비단 그 사람
의 고난의 깊이만을 가늠하지 않는다. 흔히 '그것이 얼마나 아픈지 알
기에 더욱 슬프다'는 위로는 한 사람의 고난이 얼마나 넓은 아량을 갖
게 하는지를 알려주는 말인 것이다. 한 사람의 고난이 '나'라는 단수를
너머 "여러 사람"으로 향하고자 마음먹을 때, '나'의 고난의 깊이는 "여
러 사람의 고난"을 이해하게 하는 토대가 된다. 이 시의 "고난" 역시
"설산에 오른다"고 마음먹는 순간, 가늠할 수 없는 깊이와 넓이로 확
장된다. 그런데 이러한 화자의 태도는 구태여 헛된 꿈을 꾸면서 현실
에 관해 남보다 더 큰 고통을 느끼는 시인의 모습을 상기시킨다. 시를
더 구체적으로 살펴보자. 4연에서 화자는 "두세배로 불어난 어둠"이라
는 다수의 두려움을 "실은 그냥 같은 어둠일 뿐인 어둠"이라는 '나'의
두려움으로 응축시키기도 한다. 이때 두려움은 "하산을 시작"하는 순

간 발생하는 것이며, 이윽고 "함께 내려가는 여러 사람들"에 의해 그 기세를 잃고 만다. 여기서 우리는 시인의 꿈이 그것의 덧없음을 알게 된 뒤에 진정한 효력을 발휘한다는 사실을 깨달을 수 있다. 시인이 일부러라도 시에 고통과 상실의 감각을 새겨넣는 이유는, 그리하여 기껏 올라간 정상에서 "하산"할 운명을 하릴없이 받아들이는 이유는, 그 공연한 움직임 속에 어떤 변화가 일어나기 때문인 것이다. 이 시에서 나타난 공연한 움직임은 두 가지로 나타난다. 하나는 "설산에 오른다"와 "하산을 시작한다"라는 상하上下의 움직임이고, 다른 하나는 "카세트테이프" 한쪽이 다 돌아갔을 때 자동으로 재생되는 "나머지 한쪽"과 같은 끝에서 끝으로의 움직임이다. "설산"이라는 한쪽에서 아름다움 혹은 꿈처럼 고양된 기분을 느낄 수 있다면, "하산"해 돌아가는 다른 쪽에서는 무력감과 현실에 대한 고통스러운 인식이 발생할 것이다. 그러나 이때 발생한 고통은 더 나은 현실을 살고 싶다는 우리의 욕망에 기인한다는 점에서, 시인의 꿈은 부질없는 것일 때부터 이미 희망을 내포한 것이 된다. 황유원의 시가 자꾸만 예술이라는 끝과 현실 인식이라는 끝을 되감는 까닭은, 환상이 현실에 대한 불편감을 표할 때마다, 현실은 변화의 가능성을 갖게 되기 때문일 것이다. 그의 시는 스스로 이룰 수 없는 고통이 됨으로써 익숙하기 그지없는 현실을 수용하지 않겠다는 의지를 보여준다. 이때 꿈을 꾸는 시는 우리의 삶과 태도를 진정 변화시키는 윤리가 될 수 있다.

5. 희망은 어떻게 이어지는가

나는 걷는다

내가 널 버려도

너는 버려지지 않는다

—〈사랑하는 천사들〉 부분(《세상의 모든 최대화》)

영원할 것만 같았던 모험도 언젠가 끝이 나기 마련이다. 열 장 남짓한 페이지 안에서 황유원의 시는 어디든 오갈 수 있었다. 메마른 '현실'에서 가능하지 않은 '꿈'으로, '성스러운' 영원에서 '속된' 영원으로, 타인 같은 '나'로부터 '나' 같은 타인으로. 이런 모험이 가능했던 것은 무엇보다 황유원의 시가 '나'라는 주체를 잃지 않았기 때문일 터다. 그의 시의 '나'는 극에서 극을 오가면서 넓어지고, 또 깊어진다. 그러나 이렇게 한층 넓어지고, 깊어진 '나'는 역설적이게도 더 큰 아픔과 대적해야 하는 운명을 맞이한다. 가령 야심찬 꿈과 다짐들은 사실상 냉혹한 현실 논리에 강력히 종속되어 있다는 사실을, 혹은 성스러운 약속들은 때로 세속적인 삶의 회한보다도 생명력이 희미하다는 사실을, 혹은 타인은 '나' 같지 않고 '나' 역시 타인과 결코 같아질 수 없다는 사실을 남김없이 알게 되는 것이다. 그러나 한편으로, 그렇게 넓어지고 깊어진 '나'는 어떠한 삶의 무게에도 불구하고 언젠가 또 다른 극점을 만나리라는 여지를 항상 남겨둘 줄 아는 넉넉한 존재가 되기도 한다. 그러한 '나'는 간절히 바라던 끝이 허무하게 사라진 장소에서도 '과정'

으로서 자신의 생을 충분히 살아갈 수가 있다. 그리하여 황유원의 시는 "마지막 페이지는 이미 정해져 있음"을 "완벽하게 체감"시키는 이 결론에 다다라 "원래 없던 눈을/ 누구보다도 검게 꼭"(〈12월〉,《일요일의 예술가》) 감는다. 그의 시는 마치 이렇게 말하는 것 같다. 잊지 말라고. 이곳이 어디든, 꿈이든, 현실이든, 모험이 끝나버린 직후이든, 우리가 잠시 시를 잊을지라도 시는 우리를 결코 버리지 않는다고. 지금 이곳에서 다시 출발하는 그의 시는 보다 깊어진 걸음으로 또 한발 나아간다. 머지않아 사라지게 될 다음을 향해.

구체적 작품과 작가에 대한 성찰,
유려하게 풀어내

최진석 문학평론가
조효원 문학평론가

2026년 서울신문 신춘문예 문학평론 부문 응모작들의 특징은 전통적인 비평의 형식을 넘나드는 실험적 형태의 글쓰기가 늘어났다는 점이다. 문학과 철학을 비교하며 문학적인 글의 특수성을 사색한다든지, 현대시가 잃어버린 음악성의 원천을 고찰하며 랩과 시조의 관계를 묻는다든지, 시조의 현대시적 특색은 어디에 있는지를 묻는 등 규범화된 평론의 경계를 탐문하는 글이 눈에 띄게 늘어난 것이다. 비평의 본질과 한계, 그 너머의 가능성을 묻는 일은 비평이 본래 맡아야 할 영역이다.

이에 관한 글쓰기가 늘어나고 깊이 또한 심화하였다는 점이 반갑지 않을 수 없다. 다만, 실제적인 예시를 통해 질문을 구체화하지 않는다면 추상적 사변을 벗어나기 어렵다. 이런 점으로 인해, 심사자들은 숙의 끝에 작품과 작가에 대한 자기만의 성찰과 이를 유려하게 풀어낸 응모작에 손을 들어주었다. 배민정씨의 평론 '도망치지 않는 시 – 황유원의 시'가 그것이다.

이 글은 한 시인의 시적 세계가 가닿은 지평선의 끝을 섬세하게 추적함으로써, 지금 우리가 얻게 된 것은 무엇이며, 그로부터 다시 무엇이 시작 가능한지 줄곧 묻고 답한다. 문학이 형편없이 초라하고 진부해진 이 시대에, 시적 언어를 경유해 도달할 수 있는 비평적 사유의 고지를 잘 보여 주었다. 유행처럼 범람하는 다양한 의제들 사이에서 길을 잃기 쉬운 비평의 곤혹을 타개하기 위한 기반을 찾은 느낌이다.

경쟁작으로 제시된 '당사자성으로 공동체를 다시 쓸 때—성해나론'은 자기만의 문제의식을 소설과의 대화로 잘 풀어냈다. 다만 논지가 다소 산만해서 하나로 응축하는 힘이 부족한 감이 없지 않았다. '접속사의 삶—백은선론'도 흥미 있게 살펴본 글이다. 비평과 작품이 길항하며 얽혀드는 맛이 느껴지는 수작이지만, 불필요한 군더더기로 인해 집중력이 흩어지는 경향이 지적되었다.

이번 심사는 응모작 하나하나를 검토하며 내뱉는 감탄과 탄식이 교차하는 순간들이었다. 조만간 지면을 통해 꼭 마주하리라는 기대작들이 많았기에, 응모했던 모든 분의 열정과 분발을 꼭 당부하는 바이다.

외로울 때 벌써 있는 詩…
詩의 목소리에 귀 기울일 것

배민정

〈도망치지 않는 시〉는 제 삶의 큰 변곡점을 담은 글입니다. 처음 평론을 쓸 때 저의 자세는 그야말로 투신이었습니다. '안되면 될 때까지, 목을 매겠다!' 지금 돌이켜보면 그때의 저는 푹신한 악몽을 덮고 있던 듯합니다. 멀리 무자비한 현실을 예감하면서 무섭다, 슬프다, 쉽게 겸허하였습니다.

그런데 몇 번이나 투신해도, 상처 하나 없는 매끈한 삶이 계속해서 이어집니다. 온몸을 찢는 듯한 복통이 와도 장기들은 오로지 숨을 쉬기 위해 움직였습니다. 누군가를 아무리 이해해본들, 그것이 곧 용서가 되지는 않았습니다. 함께하면 즐거운 사람들이었지만, 그들과는 같이 갈 수 없는 곳도 있음을 배워야 했습니다.

어쩌면 도망치지 않는다는 건, 세상에, 그리고 스스로에게 고분고분하지 않는 '순수'이자, 끝내 세상과 스스로를 '순순'히 따르게 될 자신을 잘 헤아리는 일 아닐까요? 이 사실을 깨달았을 때, 비로소 저에게 등단 소식이 찾아왔습니다.

　이러한 제 성장통을 곁에서 동행하시며, 꾸준한 격려를 보내주신 김
종훈 선생님께 감사의 말씀을 드립니다. 선생님의 가르침 덕분에 제
사유에 늘 활력을 얻습니다. 부족한 글에 든든한 지지대가 되어주신
황유원 시인께도 감사드립니다. 문학에 정답이 아닌 자유가 있다고
처음 알려주신 손대출 선생님, 현대시로 이끌어주신 최희진 선생님,
'좋은 타협'이라는 치열한 고뇌를 일러주신 이근화 시인께 감사드립
니다. 그리고 변함없이 제 곁에 머물러 주시며 큰 힘이 되어주시는 김
명준 선생님께 감사드립니다. 선생님이 계셔서 현실이 조금은 친근하
곤 합니다. 묵묵히 사랑을 보내주시는 부모님과 새 가정을 꾸린 언니
에게도 감사와 기나긴 행운을 빕니다.

　'순수'와 '순순'. 어디로도 갈 수 없는 외로움이 엄습할 때, 거기에는
벌써 시가 있었습니다. 시의 목소리에 세심히 귀 기울이는 평론가가
되겠습니다. 감사합니다.

문학평론

세계일보

오 경 진

1991년 인천 출생
연세대학교 독어독문학과 졸업
연세대학교 비교문학 석사과정 재학
서울신문 문화체육부 기자
2026년《세계일보》신춘문예 문학평론 부문 당선
2026년《조선일보》신춘문예 문학평론 부문 당선
okj9524@naver.com

쓰이지 못한, 쓰인 적 없는
김숨,《간단후쿠》

오 경 진

> 나는 한동안 기다려야 했다.
> 거울의 바다가 갈라져 내면의 거대한 크리스탈에 발을 디딜 때까지.
> 파울 첼란

고통의 절대絶對

'아름다움美'은 언어를 절대적 고통에 맞붙인다. 한 철학자가 "말할 수 없는 것에 관해서는 침묵해야 한다"(비트겐슈타인,《논리철학논고》, 1921)고 했지만, 인간은 이 금언禁言을 부단히 어겨왔다. 시를 짓고 소설을 쓰는 것으로 고통에 다다를 수 있다고 믿으면서. 그러나 애석하게도 이것은 영원히 이루어질 수 없는 꿈이다. 자기의 고통이든 타자의 고통이든. '고통스럽다'는 말 안에 담길 수 있는 고통은 존재하지 않기에. 그렇게 고통과 대결코자 한 언어는 고통의 안으로 들어가지 못한다. 부딪히고 깨어져 산산조각으로 흩어진다.

이 불가능한 운명을 인식하고 있으면서도 끝끝내 고통에 다가가려는 문학이 있다. 거기서 언어는 처참한 잔해의 조각이 된다. 하지만 거기서 빛이 나기 시작한다. 깨어진 거울이 사방으로 빛을 발산하는 '크리스탈'이 되는 것처럼. 반짝이는 수정은 일견 아름답다. 그러나 그것은 동시에 날카로운 '칼날'이 되기도 한다. 살짝이라도 스치면 깊숙한 파열을 남기는. 하지만 그것으로 그 문학은 고통의 심연으로 발을 내디딘다.

김숨의 장편소설 《간단후쿠》(민음사, 2025)를 이야기할 것이다. 《간단후쿠》는 작가가 위안부 피해자 할머니들을 만난 지 꼭 10년이 됐을 때 탈고된 작품이다. 앞서 그의 소설 다섯 편을 엮어 분석한 한 논자의 표현을 빌리면 김숨에게 일본군 위안부 문제는 "인간의 정신적 에너지를 초과하는" 동시에 "자신을 증명할 수 있는 수단 자체를 상실한 딜레마적인 사건"(우미영, 2023)이다. 《간단후쿠》 작가의 말에서 김숨은 "10년이라는 '붙듦'을 하고 나서야, 체화가 돼 온전한 내 이야기로 들어왔다"(289쪽)고 썼다. 그래서일까. 소설은 지극한 '몸'의 이야기다. 인간성이 말살된 전쟁터에 끌려간 소녀들의 몸은 찢어지고 부서지고 폐허가 됐다. 쪼개진 영혼은 그럼에도 몸을 붙잡고 있다. 아주 고통스럽게. 김숨의 소설은 질문하고 있다. 문학은 고통을 재현할 수 있는지. 더 정확하게 말하자면 고통에 가까이 갈 수나 있는 것인지. 유구하게 제기됐지만, 좀처럼 대답할 수 없었던 그 물음을.

김숨의 소설로 들어가기 전 잠시 들러야 할 거대한 성城이 있다. 바로 파울 첼란이다. 언어와 고통 사이에 놓인 여러 비밀을 푸는 열쇠는 이 유대계 루마니아 출신 시인에게 있다. 첼란은 고통을 부단히 언어화했다. 그것도 자신의 부모를 살해했던 민족의 언어인 독일어로 거대한 고통과 마주했다. 고통을 준 언어로 고통을 말한다는 것은 무엇

일까. 나의 몸을 짓밟으라는 명령이 담긴 언어로 그것을 되돌려준다는 것은 무엇일까. 훗날 아도르노가 수정했지만(《부정변증법》, 1966) 유럽 문단에서 이른바 '아우슈비츠 이후의 서정시'를 쓰기 위해서는 반드시 첼란을 통과해야 했다. 절대적인 고통 앞에서도 일본어로 '이타이(아프다)'라고 말할 수밖에 없었던, 김숨의 소설 속 소녀들을 만약 첼란이 알았다면 그 역시 아마 깊이 아파했으리라.

비약飛躍의 리듬

제사에 인용한 문장은 첼란의 산문 〈에드가르 즈네와 꿈들의 꿈〉 (1948)에서 가지고 온 것이다. 첼란은 자신과 교류했던 화가 에드가르 즈네의 그림을 평하면서 자신의 시론詩論을 벼리고 있다. '거울의 바다'로 옮겨진 명사의 독일어 원어는 '해수면Meeresspiegel'이다. 해수면이라는 단어 자체가 '바다Meer'와 '거울Spiegel'의 합성어다. 첼란은 이 단어의 절묘한 결합에서 '크리스탈Krystal'로 나아간다. 이 단어를 일반적으로 '해수면'으로 번역하면 그것은 수면이 '갈라지는Zersprang' 것이고 그 갈라진 틈에서 내면세계의 정수精髓가 빛을 비추는 걸로 읽힌다. 그러나 이것을 '거울 같은 바다'로 번역한 허수경(파울 첼란 전집 3권, 문학동네)은 주어를 '거울Spiegel'로 봤다. 거울은 '깨지는Zersprang' 것이고 그때 크리스탈은 거울의 파편처럼 보인다. 그럴 때 '발을 디딘다 betreten'의 의미가 조금 더 생생하게 다가온다. 깨진 수정의 파편을 맨발로 지르밟는 것. 고통을 몸으로 체화하는 것이다. 둘 중 무엇이 맞는지는 알 수 없다. 첼란이라면 아마 두 방향을 모두 의도했을 것이다.

그것을 위해 고심 끝에 바다와 거울의 합성어인 '해수면'이라는 단어를 찾은 것 아니었을까. 시인 첼란의 산문은 산문조차도 시다. 반대로 소설가 김숨의 소설은 소설조차도 시다.

간단후쿠를 입고, 나는 간단후쿠가 된다.

아니다. 내가 간단후쿠를 입는 것이 아니라 간단후쿠가 나를 입는 것이다. 간단후쿠를 입는 것은 간단후쿠로 되돌아가는 것이니까.

…

군인들을 데리고 자는 동안 내 몸은 간단후쿠 안에서 휘어지고, 뒤집히고, 눌리고, 부서지고 쪼개진다. 어깨, 젖가슴, 배, 팔, 허리, 엉덩이, 다리가 간단후쿠 안에서 토막 난 물고기처럼 뒤죽박죽이 돼 어지럽게 허우적거린다. 뼈들은 번개가 돼 서로를 때리며 바닥 없는 바닥으로 떨어진다.

간단후쿠 안에는 몸짓이랄 게 없다. 군인들이 가고 날이 밝으면 간단후쿠는 놋대야에 매달려 강을 찾아간다.(7~10쪽)

'간단후쿠'는 일본군 위안소에서 소녀들이 입은 간단한 원피스 형태의 옷을 말한다. 소녀들은 간단후쿠가 된다. 소녀들의 몸을 두르는 천은 한없이 얇고 팔랑거린다. 아니, 그 안에 있는 것을 과연 '몸'이라고 부르는 것이 가능할까. 소녀들은 간단후쿠가 되어버렸으니까. 그 안에서 벌어지는 모든 일을 '몸짓'이라고 부르는 것은 슬프게도, 타당하지 않을 것이다. 어깨, 젖가슴, 팔…. 한때 인간이었던 소녀의 몸에 붙어서 소녀를 인간이게끔 했던 것들. 지금은 그저 '토막 난 물고기'일 뿐이다. 간단후쿠는 어떤 '장소'처럼 보인다. 그곳에서는 몸이 '몸 아닌 것'으로 변모한다.

몸이 물건(간단후쿠)이 되고, 물건이 장소가 되기까지의 과정을 톺아보기 위해 여기에 한 프랑스 철학자의 문장을 불러와 본다. 장-뤽 낭시가 1992년 쓴《코르푸스》의 한국어판(김예령 역 · 2012) 부제는 '몸, 가장 멀리서 오는 지금 여기'다. 낭시도 몸을 장소로 보고 있다. 다만 그곳은 '멀고도 가깝다'는 역설로만 설명될 수 있다. 낭시는 몸에 관해 우리가 할 수 있는 질문은 단 하나라고 강조한다. "어떻게 해서 나는 '거기'일 수 있는가?" 김숨이 위안부 피해자들의 이야기를 쓰겠다고 했을 때, 나아가 그들의 몸을 소설로 쓰겠다고 했을 때도 중요한 것은 이 질문이다. 소설을 쓰는 나(김숨)는 '요코'를 비롯하여 소설 속 소녀들의 몸, 즉 '거기'가 될 수 있는가. 충분히 '거기'가 될 수 있는가.《간단후쿠》출간 직후 김숨은 한 인터뷰에서 이렇게 말했다.

소녀들의 몸속에서 밤마다 펼쳐진 악몽에 가닿는 건 불가능한 욕망이겠죠. 누군가의 몸 안에서 일어나고 있는 고통을 완전하게 이해하고 참여하는 데는 한계가 있을 겁니다. 몸은 가장 가까이 있으면서 가장 멀리 있는 모순의 장소 같습니다. 그럼에도 가닿으려 했던 노력이 이 소설을 끝까지 쓰게 한 것 같아요.

가장 가까이 있으면서 가장 멀리 있는 모순의 장소. 소녀들의 몸으로 들어가, 소녀들의 몸이 되는 것은 김숨의 불가능한 욕망이다. "몸은 물질적이다. 몸은 밀도를 지니며 침범할 수 없다. 만약 몸 안에 침투한다고 한다면, 그것은 몸을 분해하고 꿰뚫고 찢는 것이다."《코르푸스》 낭시는 경고한다. 소녀들의 몸으로 들어가려는 김숨의 시도는 결국 그 몸을 나름대로 해체하려는 시도다. 그렇게 꿰뚫어 찢어진 몸으로 글을 쓴다는 것. 그래서인지 소설의 문장은 대단히 시적詩的이다. '시적인 것'에 관해 방대한 논의가 있지만, 짧디짧은 이 글은 하나의 입장을 선택할 것이다. 토막 난 문장은 곧 토막 난 몸의 은유다. 반복을 통해 모종의 리듬이 탑재된다. 문장과 문장은 끊어질 듯 끊어지지 않고 이어진다. 하지만 그사이 공간은 대단히 심원하다. 그것이 바로 고통의 크기다. 문장과 문장 사이의 커다란 침묵이 있다. 그 심연은 어떤 언어로도 메워질 수 없다. 그저 뛰어넘을 뿐이다. 고통을 논리적으로 설명할 수 있는가. 불가능하다. 그래서 그저 앞으로 나아갈 뿐이다. 《간단후쿠》는 그래서 시적이다. 소설이지만 시의 언어가 필요하다. 시어의 리듬이 아니고서는 소녀들의 고통을 말하는 건 아마 가능하지 않았을 것이다.

스즈랑은 바늘 공장이다.
스즈랑은 실 공장이다.
스즈랑은 비단 공장이다.
스즈랑은 신발 공장이다.
스즈랑은 군복 만드는 공장이다.
스즈랑은 돈 많이 버는 공장이다.
스즈랑은 좋은 공장이다.

스즈랑은 간호사 양성소다.(58쪽)

‘스즈랑’은 소녀들의 몸이 날마다 훼손됐던 위안소의 이름이다. 일본어로 ‘은방울꽃’을 의미한다고 한다. ‘틀림없이 행복해진다.’ 은방울꽃(스즈랑)의 꽃말이다. 누구의 행복인가. 이미 간단후쿠가 돼 버린 소녀들의 행복인가, 아니면 이곳에 들른 군인들의 행복인가. 그것도 아니면 이 모든 사태를 일으킨 제국의 행복인가. 소녀들은 ‘틀림없이’ 행복해지기 위해 이곳으로 왔다. 바늘 만드는 공장인 줄 알고, 실 만드는 공장인 줄 알고, 비단 만드는 공장인 줄 알고. 그저 돈 많이 벌 수 있을 줄 알고. 언젠가는 반드시 행복해질 거라는 욕망. 스즈랑은 그런 곳이어야 했지만, 현실은 그렇지 않았다. 위안소와 ‘좋은 공장’ 사이의 차이는 산문의 언어로 채워질 수 없다. 시로 넘어야 한다. 참담한 슬픔으로 비약해야 한다.

뻐꾸기의 희망, 고라니의 슬픔

군인을 데리고 자는 공장에서 여자애들이 군인들과 돌림노래를 부르며 만드는 것은 울부짖음, 짧은 비명, 긴 비명, 움츠린 말, 뭉개진 말, 깨진 말, 애걸복걸, 탄식, 한숨, 한탄, 이타이 이타이, 아리가토고 자이마스다.(65쪽)

고통 앞에서 쪼개지는 것은 영혼뿐만이 아니다. 언어도 쪼개진다.

'울부짖음'도, '아리가토고자이마스'도 그 어떤 소리도 소녀들의 고통을 담지 못한다. "삿쿠(콘돔)를 쓰지 않고 우리 몸에 들어오려는 군인들"(28쪽)에게 소녀들은 욕도 하고 울거나 발버둥도 쳐본다. 하지만 군홧발에 짓이겨질 수밖에 없다. 소녀들은 그저 "아리가토, 아리가토, 아리가토"(28쪽) 한다. 언어가 허공으로 흩어진다. "언어의 한계가 곧 세계의 한계"(비트겐슈타인, 앞의 책)라던 한 철학자의 말을 떠올려 본다. 나에게 고통을 주는 존재에게 그저 '감사하다'고 말할 수밖에 없는 소녀들의 언어, 즉 세계는 어떤 곳인가. 그저 '뒤틀리고 왜곡됐다'고 설명하면 그것으로 전부인 걸까. 아니, 이미 물화物化한 소녀들에게 세계 같은 것은 없다고 말해야 하는 걸까. 아니, 애초에 저것을 언어라고 부를 수 있는 걸까.

> 레이코 언니가 몸을 흐느적거리며 "뻐꾹, 뻐꾹." 딸꾹질을 한다.
> "뻐꾹 나 뻐꾹뻐꾹 고향에 뻐꾹 보내 줘 뻐꾹뻐꾹."
> …
> "뻐꾹 뻐꾹뻐꾹 뻐꾹뻐꾹뻐꾹뻐꾹뻐꾹."
> 레이코 언니의 딸꾹질은 멈추지 않는다.
> 만주에는 뻐꾸기가 없다. 레이코 언니의 몸속에는 뻐꾸기가 있다. 그녀의 몸속에 있는 뻐꾸기는 그녀가 술만 마시면 운다. 고향에 가고 싶은 건 그녀가 아니라 그녀 몸속의 뻐꾸기다.(152~155쪽)

언어가 불가능해진 곳에서 소녀들은 새의 말을 한다. '뻐꾸기'가 되어 '뻐꾹뻐꾹'하고 운다. 정말로 아무런 의미도 지니지 못하는 '아리가

토고자이마스'와는 다르다. '뻐꾹뻐꾹'이야말로 소녀들에게 더 큰 의미의 언어다. 만주에는 뻐꾸기가 없다고 한다. 그런 곳에서 뻐꾸기가 된다는 것. 새가 된다는 것은 무엇을 의미하는가. '새-하기Doing Bird'의 시를 펼쳤던 김혜순의《날개 환상통》을 해설한 이광호는 이렇게 정리한다. "새가 된다는 것은 새의 형상을 닮는 것이 아니다. 더 이상 동물과 여성과 분자 같은 것들이 서로 구분될 수 없는 분화되지도 않은 잠재성의 영역으로 진입하는 것이다."(〈새하기와 작별의 리듬〉, 2019) 이말을 더 이어서 쓴다면, 레이코의 '뻐꾹뻐꾹'은 잠재성에의 갈망이다. 고향으로 돌아갈 가능성이자 스즈랑의 꽃말처럼 행복해질 수 있다는 가능성이다. 뻐꾸기가 되어 하늘로 날아오를 수 있으리라는 희망이기도 한데, 그것은 곧 딸꾹질을 뻐꾸기의 울음으로 읽어낸 소설의 화자 요코의 간곡한 소망이기도 하다.

전생을 보여 주는 책이라고 했어. 할아버지가 책을 펼치더니 그림 하나를 내게 보여 줬어. 고라니가 배에 화살 세 개를 맞고 피를 흘리며 눈밭 위에 쓰러져 있었어. 털모자를 쓰고 털옷을 입고 화살을 손에 든 사냥꾼이 그림 귀퉁이에 서 있고. 내가 고라니한테서 눈을 못 떼자 할아버지가 그랬어. 내가 전생에 사냥꾼이었는데 새끼를 가진 고라니를 죽였다고.

…

전생의 죗값을 치르느라 이 고생을 한다고 생각하니까 덜 억울하더라. 죗값을 얼마나 더 치러야 할까. 죽을 때까지 치러야 하는 건 아

니겠지.(167~168쪽)

차라리 완벽한 물건이 됐다면 좋았을 것이다. 하지만 그럴 수 없는 소녀들은 결국 자신들의 죄罪를 설명할 체계를 동원한다. 이 가혹한 운명을 나름대로 정당화하기 위해서 소녀들은 자신의 전생을 제멋대로 설정한다. 그것이 아니고서는 도저히 이 고통을 이해할 수 없기 때문이다. 레이코는 자신이 전생에 고라니를 죽인 사냥꾼으로 생각한다. 그는 그러면서 "뱃속에 새끼를 가진 고라니인 줄 알았으면 안 죽였을 거야"(168쪽)라고 울부짖는다. 하지만 이를 듣는 요코는 그것을 부정한다.

아니요. 언니는 새끼를 밴 고라니였어요. 시든 풀 한 포기 안 보이는 눈밭에서 먹을 걸 찾아 헤매다 사냥꾼을 만났어요. … 언니는 죽지 않았어요. 언니의 뱃속 아기도 죽지 않았어요. 언니는 굴속에 있어요. 날이 어두워지고, 사냥꾼이 지쳐서 산을 내려갈 때까지 언니는 굴에서 나오지 않을 거예요. 언니는 굴속에서 새끼를 낳을 거예요.(253쪽)

요코는 레이코의 전생을 다시 확신한다. 요코의 재해석에는 희망이 깃들어 있다. 하지만 부질없는 희망만으로는 지금 내 몸에서 벌어지고 있는 고통을 이해할 수 없다. 소녀들의 자의식은 이처럼 불안하다. 레이코의 정당화(그것은 곧 절망이다)와 요코의 재해석(그것은 곧 희망이다) 사이에서 끊임없이 진동한다. 절망과 희망 사이에서 갈피를 잡지 못하는 소녀들의 의식은 분열된다. 부처의 전생 이야기인 《본생담》에는

부처의 전생 중 하나가 새끼를 밴 암사슴을 대신해 죽고자 한 '사슴왕'이었다는 이야기가 담겼다. 그러나 현생에도, 어쩌면 전생에도 레이코를 살펴 줄 존재는 없었다. 전생에도 현생에도 고통만 끝없이 반복된다.

죄는 인간과 관련한 것이다. 덴마크의 한 철학자(키에르케고르)가 날카롭게 논의한바, 무無로부터 죄罪를 향한 공포와 불안이 야기된다. 그리고 그것은 순전히 '정신'의 소산이다. 그는 "동물에게서는 불안을 찾아볼 수가 없다. 왜냐하면 동물은 그의 자연성에 있어서 정신으로서 규정되어 있지 않기 때문"(《불안의 개념》, 1844)이라고 강조한다. 동물은 불안하지 않다. 새끼를 밴 채 죽음을 맞이하는 어미 고라니에게서 죄책감을 느끼는 것은 레이코의 불안이다. 그것이 죽지 않다고 재해석한 것 역시 요코의 불안에서 비롯된다. 소녀들은 온전히 몸을 버릴 수 없었다. 소녀들의 불안과 슬픔은 소녀들에게 곧 정신이 있다는 뜻이다. 여전히 인간으로서 몸을 갖고 있다는 뜻이다. 그들은 결코 '간단후쿠' 따위의 물건이 아니었다. 첼란과 마찬가지로 유대인으로서 제2차 세계대전 당시 나치의 수용소에 갇혀있었던 철학자 에마뉘엘 레비나스의 말을 들어보자. "신체로 있다는 것, 그것은 한편으로는 스스로를 유지한다는 것이고, 자기의 주인이라는 것이다."(《전체성과 무한》, 1961)아무리 물건이 되고자 해도 정신을 가질 수밖에 없는 존재의 슬픔. 도저히 물화할 수 없는 몸의 아이러니.

몸의 안, 자본의 밖

몸은 또 하나의 가시철조망 울타리다.

몸은 보따리이기도 하다. 몸이 있는 곳에 내가 있다. 그래서 나는 여기, 만주에, 스즈랑에 있는 것이다. 몸이 여기, 만주에, 스즈랑에 있으니까. 몸이 가면 나도 간다. 몸이 트럭으로, 기차로 던져지면 나도 함께 던져진다.

…

몸이 없으면, 그래서 입이 없으면, 배고픈 것도 모르겠지.

몸이 없으면, 그래서 얼굴이 없으면, 내 얼굴이 엄마 얼굴보다 늙은 것도 모르겠지.

몸이 없으면, 간단후쿠를 입지 않아도 되고 군인들을 데리고 자지 않아도 될 텐데.

몸이 없으면, 트럭으로 기차로 날 던지지 못했을 텐데.

하지만 몸이 없으면 집에 돌아가지 못한다. 몸 없이 집에 어찌어찌 돌아간다 해도, 내가 돌아온 걸 엄마나 동생들이 모른다.(116~122쪽)

없애고 싶은 몸, 그러나 벗어날 수 없는 몸. 이 몸으로 끊임없이 군인들이 다녀간다. 몸을 위해 소녀들이 할 수 있는 일이라고는 "몸에 다녀가는 군인의 개수를 세"거나, "삿쿠를 껴요"라고 말하거나, "군표를 내요"라고 하는 것뿐이다. 몸으로 들어오지 못하게 하는 선택지는 없다. 전쟁을 자본이 극단으로 치달았을 때 나타나는 증상이라고 할 때, 자본을 비판하는 낭시의 문장은 또다시 김숨의 소설과 공명한다. "자본이란 이것이다. 몸이 상품화되고, 수송되고, 이동되고, 재배치되고, 대치되고, 하나의 자리와 자세에 처하는 그 과정을 마모될 때까지,

결국 실업의 상태에 빠져 기아에 이를 때까지 계속 밟는 것. … 저들의 손에 앉은 굳은살과 딱지를 보라. 저 허파들을, 척추 뼈들을 보라. 더러워지며 일당을 받는 몸들. 기호 작용의 환을 완벽히 아물리는 더러움과 보수. 그것을 제외한 나머지가 문학이다."《코르푸스》)

그렇다. 자꾸만 잊게 되지만, 문학은 진실로 자본의 바깥에 있는 것이다. 자본은 우리의 온몸을 지배한 채 끊임없이 강탈하지만, 그럼에도 그것을 거부하는 게 문학의 일이다. 아무리 숙련된 독자라도《간단후쿠》를 펼치기는 쉽지 않다. 아마 끝까지 읽어내기는 더더욱 어려울 것이다. 소설이 어려워서가 아니다. 모든 문장이 찌르듯 아프기 때문이다. 거대한 고통이 너무나도 생생한 얼굴을 하고서 우리에게로 육박하고 있어서다. 하지만 김숨에게 그런 것은 그리 중요하지 않았던 듯하다. 아니, 염두에 둘 겨를조차도 없었을 것이다. 이미 할머니들의, 저 옛날 소녀들의 몸으로 들어가기로 마음을 먹었으니, 그 안에서 벌어지는 고통을 '남김없이' 써내는 것만이 유일한 과제였을 것이다. 그리고 소설가이기에 그것이 한 옛날의 역사가 아니라 바로 오늘의 이야기, 즉 문학으로 만드는 일이 중요했을 것이다.

　　내 몸에서 없어도 되는 건 입.
　　내 몸에서 또 없어도 되는 건 눈에 달린 입.
　　내 몸에서 또 없어도 되는 건 귀에 달린 입.
　　내 몸에서 또 없어도 되는 건 코에 달린 입.
　　내 몸에서 또 없어도 되는 건 아래보다 아래에 있는 영혼에 달린 입.
　　…

내 몸에서 없어도 되는 입은 또 있다. 아기집 속에 있는 입이다.

아기집은 아래의 아래에 있다.(259~260쪽)

눈에도 귀에도 코에도 달린 입은 심지어 영혼과 아기집에도 달렸다. 소설은 일본군의 정액은 '군인 콧물'이라는 말로 은유한다. 삿쿠가 막지 못한 콧물은 결국 요코의 몸으로 흘러들었고 새로운 생명을 잉태하고 말았다. 그 뒤로 요코의 온몸에 입이 생겨버리고 말았다. 눈에도 입이 달려 "다른 여자애의 손에 들린 보리주먹밥"을 먹고, 귀에도 눈이 달려 "할아버지가 이빨도 없는 입으로 까먹는 해바라기씨"를 까먹는다. 요코의 몸에서 자라나는 아기를 살려야 할까 죽여야 할까. 아기는 요코의 뱃속에서 요코의 몸을 먹으며 점점 커간다. 하지만 그 아기의 절반은 나의 몸을 겁탈한 군인으로부터 온 것이다. "그래도 집에 돌아갈 수 있다면 어디에 다녀왔다고 해야 하나? … 집에 돌아가는 길에 아기가 태어나면 어쩌지? 아기는 어쩌지? 누구 아기냐고 하면 뭐라고 하나? 군인 아기라고 해야 하나? 군인들 아기."(147쪽)

인간은 새 생명을 잉태하는 것으로 개별자로서 자신의 한계인 '죽음'을 넘어선다. 하지만 소녀들의 몸속에 깃든 새 생명은 이 문제를 복잡하게 만든다. 끊임없이 훼손되고 죽음에 가까워지고 있는 소녀들의 생이, 소녀들의 몸을 죽음으로 몰고 간 군인들의 씨앗으로 이어져야 한다는 것은 어린 소녀들이 감당할 수 없는 거대한 역설이다. 심지어 요코는 아기를 잉태한 채로 군인들을 받는다. 부른 배를 보고 한 군인은 "가와이소다"(263쪽)라고 말한다. '불쌍하네'라는 뜻이다. 그러

나 요코는 이렇게 생각한다. "가와이소다는 나쁜 말이다. 그건 아리가 토고자이마스보다 훨씬 나쁜 말이다."(263쪽) 역설로 가득한 소녀들의 삶은 동정조차도 불가능하다. 말로 설명할 수 없어서 물건이 되고자 했던, 애써 정신을 지우고 몸을 지우고자 했던 소녀들에게 얄팍하게 '인간적인 것'을 불어넣는, 그리고 다시 파괴하는 저 싸구려 동정은 차라리 배를 짓밟는 군인들의 군홧발보다 더 악랄하다.

그러나 피해자와 가해자가 쉬이 둘로 나뉘지 않기에 이 폭력의 구조는 쉽사리 해소되거나 깨어질 수 없다. 차라리 할 수 있는 것은 더 높은 곳에 있는 악을 보는 것. 그것이 과거의 고통을 바라보는 소설이 비단 채록에만 그치는 게 아니라 "문학적 글쓰기로서의 증언"(우미영)으로 거듭나는 길이기도 하다. 전쟁은 소녀들만 간단후쿠로 만들지 않는다. 군인도 '군복'으로 만든다.

군인의 얼굴이 천장을 향해 들린다. 나는 군인의 입속으로 새끼 쥐가 떨어질까 봐 조마조마하다. 똑바로 가누지 못하는 몸을 그네처럼 앞뒤로 흔들던 군인이 괴성을 지르며 내 몸 위로 엎어진다. 격렬히 떨며 내 몸에 매달린다. 내 배에 대고 뜨거운 입김을 가쁘게 토한다.

"마마, 마마!"

"죽지 마!, 죽지 마!"

"마마, 마마!"

"죽으려면 네 엄마 몸 위에서 죽어!"

나는 군인이 죽을까 봐 무섭다. 아니다. 내 몸 위에서 죽을까 봐 무섭다. 아니, 아니다. 군인이 죽는다면 간단후쿠 위에서 죽는 것이다. 나는 간단후쿠를 입고 간단후쿠가 됐으니까. 군인도 군복을 입고 군인이 된 걸까.

내가 군복을 입으면 나도 군인이 되는 걸까. 간단후쿠가 되는 것보다 군인이 되는 게 나으려나. 군인이 되면 밤마다 군인을 데리고 자지 않아도 되니까.

'간단후쿠, 군복, 간단후쿠, 군복……' 나는 머릿속에서 해당화만큼이나 꽃잎이 많이 달린 꽃의 꽃잎을 하나씩 따며 간단후쿠와 군복을 번갈아 중얼거린다.(157~158쪽)

쓰인 적 없는 편지

나오미는 미치코 언니의 집에 편지를 썼다. 그녀가 돼서. '아버지, 어머니, 나는 만주에서 죽었어요.' 주소는 몰라서 적지 않았다.(275쪽)

조금만 천천히 생각해 보면 "나는 죽었다"는 발화는 불가능하다는 걸 알 수 있다. 죽은 이가 어떻게 말하는가. 죽음과 동시에 몸에 붙어 있는 혀는 기능을 멈춘다. 하지만 우리는 "나는 죽었다"고 글을 쓸 수는 있다. 대니얼 헬러 로즌은 여기서 생각을 뻗어나가 그리하여 '나'가 '하나'가 아니라는 것을 논증하기에 이른다. '말하는 나'와 '글쓰는 나'는 다른 존재다. 살아있는 나에게서는 이 둘이 복합적으로 얽혀있지만, 죽음 이후에 남는 건 결국 '글쓰는 나'뿐이다. "어떤 경우든 '혀/

어'는 화자와 화자의 몸 너머로 뻗어나간다. 한때 자신을 낳았고 또 살게 해준 존재를 망각에 빠뜨림으로써 살아남는 것이다. 우리는 이렇게 결론내릴 수 있다. 우리가 '언어'라고 부르는 것은 자기 자신보다 오래 살아남는 존재에 다름 아니다."(대니얼 헬러 로즌,《에코랄리아스》, 2005)이것이 김숨의 소설에서는 아주 슬픈 방식으로 변주된다. 나오미는 미치코가 되어 '나는 죽었다'고 글을 쓴다. 그것만으로도 상당히 의미심장하지만, 편지에 주소가 적히지 않았다는 점이 더욱 심오하게 다가온다. 편지는 도대체 누구에게 갈 것인가. 누군가에게 과연 읽히기는 하는가. 누구에게도 가지 않고 누구도 읽지 않는 편지라면 왜 쓰여야 하는가. 요코 역시 강물에 대고 편지를 쓴다. 강물에 쓰는 편지는 누구도 읽을 수 없는 편지다. 아니, 더 정확히는 '쓰인 적 없는' 편지다.

'엄마, 나 만주 실 공장에서 아기를 낳을 것 같아요. 누구 아기인지는 묻지 마세요. 실 공장에서 번 돈은 집에 갈 때 가지고 갈게요. 답장은 마세요.'
너무 길다.
꼭 쓰고 싶은 말만 써야 한다면.
'답장은 마세요.'(287~288쪽)

편지는 단 한 문장으로 압축된다. '답장은 마세요.' 어차피 읽힐 수도 없지만, 아무 내용도 없이 '답장은 마세요'라고 쓰인 편지를 받는다고 생각해 보라. 황당하기 짝이 없을 것이다. 하지만 그것으로 누군가는 요코가 살아있(었)음을 알게 될 것이다. 요코는 그저 자기가 '여기에' 있었다는 걸 알리고 싶었던 것 아닐까.

문학이 꼭 대단한 역사적 사명을 띠어야 하는 것만은 아니다. 늘 그 안에서 전위를 추구하고 있지 않아도 된다. 다만, 누군가가 여기에 있었다는 것을 알리는 것만으로도, 그 문학은 자기 나름의 독자와 위치를 찾아 나간다. 당장 대답이 없더라도 괜찮을 것이다. 아니 살아서 답을 듣지 못한다고 해도 괜찮을 것이다. 김숨의 말마따나 '뿌리뽑힌 존재들'의 목소리가 작가에게로 깃든다. 작가는 그 목소리를 충분히 써 내고 우리는 충분히 들으면 그것으로 된다. "신학으로부터 불가피하게 분리됨으로써 구원의 진리를 무조건적으로 요구할 수 없게 된"(아도르노, 《미학이론》 1970) 예술. 그런데도 김숨은 집요하게 위안부 소설을 썼다. 김숨만 쓴 것도 아니다. 물론 우리가 지금 소설을 쓴다고, 소설을 읽는다고 80년 전 만주의 위안소에서 참혹하게 훼손되는 소녀들을 그곳에서 구출할 수는 없을 것이다.

그래서 고통 앞에서 문학이 무엇을 할 수 있는지를 따지고 묻는 것은 김숨에게 큰 의미가 없다. 누구도 읽지 않았던, 읽지 못했던 편지를 붙잡아 두는 것. 그러니까, 소녀들의 몸으로 들어가서 그 편지를 다시 쓰는 일만이 작가의 과제다. 이 글이 쓰이고 있는 지금, 생존해 있는 일본군 위안부 피해자 할머니는 총 6명이다. 이제, 저 쓰인 적 없는 편지에 답장을 보내야 한다. 한시라도 빨리, 더 늦기 전에.

"고통의 언어화 가능성에 질문…
근래 보기드문 수작"

김주연 문학비평가

올해에는 30편의 응모작 가운데 절반쯤 되는 작품들이 당선작에 육박하는 높은 수준을 보여주었다. 특히 인상적인 것은, 응모자들 가운데 한 분은 1946년생(이국헌), 다른 한 분은 1947년생(김기진)으로 80세에 가까운 고령자로서 평론 내용에 있어서도 만만찮은 실력을 지니고 있었다. 이렇듯 팽팽한 경쟁구조에서 이미 작고한 소설가 박상륭론을 두 분이, 중견 소설가 김숨론을 두 분이 선택했는데, 이 4편이 내용면에서도 서로 각축을 벌일 정도로 우수하였다.

박상륭 소설가는 난해한 작가세계로 인하여 그동안 비평적 접근이 어려웠는데 '쓸쓸한 행로의 윤리; 박상륭 소설에서 니체의 초인과 감내하는 인간'(신화정), '존재의 전회와 시원적 소리의 지평'(윤이담) 두 편의 평론은 이에 대한 과감한 도전으로 주목을 끌었다. 소설 '죽음의 한 연구'에 집중한 윤씨의 글은 그 자신 난해한 구문을 피하지 못하고 있어서 안타까웠으나 신씨의 글은 니체와의 대비를 통한 신성의 탐구가 흥미로웠다. 박상륭이 전개한 신의 문제를 깊이 있게 살펴보는 일은 여전히 두꺼운 벽과 싸우는 일이라는 사실이 실감되었다. 두 분의 용기를 크게 상찬해 드리고 싶다.

당선작은 김숨 소설가의 최근작 '간단후쿠'를 밀도 있게 분석함으로써 고통과 언어의 관계를 형이상학적으로 추적한 오경진씨의 역작 '쓰이지 못한, 쓰인 적 없는'으로 돌아갔다. 비평의 모티프 발견과 문체에 있어서 탁월한 기량을 발휘하고 있는 이 평문은 근래 보기 드문 수작으로서 일제 식민지 위안부에 가해진 고통을 위안부 및 전지적 시점을 오가면서 간명하게 서술한다. 글의 본질은 고통의 언어화 가능성, 즉 문학의 자리에 대한 가열한 질문이다. "고통 앞에서 문학이 무엇을 할 수 있는지를 따지고 묻는 것은 김숨에게 큰 의미가 없다.(…) 그러니까, 소녀들의 몸으로 들어가서 그 편지를 다시 쓰는 일만이 작가의 과제"라는 이 평론은 아마도 이와 비슷한 문제의식을 갖고 쓰인 글들 가운데 최초의 문제적 인식일 것이다.

또 다른 한 편의 김숨론(이레)도 잘 쓰인 글이었으나 앞의 작품에 불가피하게 양보할 수밖에 없었다. 한편 문학에서 음악의 문제를 발견하고 이를 발전시켜 나간 '음악을 회복하는 일'(오웅진)도 충분히 흥미로운 논제가 될 수 있다는 점을 덧붙여 말해두고 싶다. 한 작가에 대한 집중적인 분석이 문학평론 본연의 자리에 가깝다는 점을 환기하고자 한다. 당선자에게 축하를 보낸다.

문학은 불안한 희망,
천천히 그리고 아프게 쓸 것

오경진

적대와 사랑. 꽤 오래 나를 사로잡고 있는 문제다. 하나가 영원의 일이라면 다른 하나는 찰나의 일이다. 세상을 둘러보라. 무엇이 영원의 일인지는 분명해 보인다. 그러나 문학은 이를 뒤집는다. 찰나에 속한 사랑을 마치 영원한 것처럼 이야기한다. 기어이 그것을 진실이라고 믿게끔 한다. 문학은 불안한 희망이다. 덧없는 세계를 사랑하도록 만드는. 이 '거짓말'을 나는 너무나 사랑하고 있다.

잡념이 끓어오르면 노트북 앞에 앉았다. 빈 화면에 글자를 채우면, 그리하여 내 안의 언어를 다 토해내고 나면 조금 괜찮아졌다. 말이 떨어졌다 싶을 때 다시 책을 집었다. 책이 없으면 불안했다. 그래서 내 가방은 늘 무거웠다.

나를 비평가로 키워낸 것의 팔할八割은 조효원 교수님이다. '정확히 길을 잃는' 방법을 알려준 스승께 오늘의 기쁨을 돌린다. 지난 2년간 나의 글들을 예리한 눈으로 읽어준 김미경·홍지민 선배를 포함한 동료들이 없었다면 오늘의 이 글은 완성되지 못했을 것이다.

이미 하늘에 계신 어머니와 아직 지상에 계신 아버지, 그리고 나의 '즐거운 편지'(황동규)를 받아 마땅한 이에게.

"반복되는 전쟁과 폭력과 학살. 간단후쿠를 입고 간단후쿠가 된 소녀들은 여전히 곳곳에 있다. 우리가 보고 있지 못하거나 보려고 하지 않을 뿐."(김숨, '간단후쿠' 작가의 말에서)

'간단후쿠'가 돼야 했던 소녀들에게, '쓰인 적 없는' 편지를 보내온 이들에게 뒤늦은 답장을 보낸다. 부질없는 이 기록을 어여삐 읽어주신 김주연 선생님과 세계일보사에 깊은 감사의 인사를 드린다.

얼마 전 거금을 들여 가볍고 부드러운 만년필을 하나 샀다. 그런데 오늘 손에 쥔 이 만년필이 왜인지 무겁고 뻑뻑하다. 느리게, 천천히 그리고 아프게 쓰겠다.

문학평론

조선일보

오 경 진

1991년 인천 출생
연세대학교 독어독문학과 졸업
연세대학교 비교문학 석사과정 재학
서울신문 문화체육부 기자
2026년 《세계일보》 신춘문예 문학평론 부문 당선
2026년 《조선일보》 신춘문예 문학평론 부문 당선
okj9524@naver.com

무無의 정치, 혀의 신학
―김혜순론[1]

오 경 진

"마지막으로 파멸되어야 하는 원수는 죽음입니다."(코린토1서 15:26)
사도 바울은 단언한다. '마지막 원수'인 죽음은 파멸될 수 있다고, 극
복할 수 있다고 그는 말한다. 이는 죽음을 넘은 뒤 다시 만나자는 '약
속'이기도 하다. 이 약속은 믿을 만한 것인가. 소박한 진실인가, "신성
한 거짓말"(니체)인가. 누구든 일단 믿어볼 수 있을 것이나, 누구도 끝
까지 확신할 순 없을 것이다.

왜 그런가. 죽음死은 살아있음生의 부정否定이기에, 산 것의 차원에
속한 우리는 살아서는 도저히 죽음에 도달할 수 없기에 그렇다. 나이
듦老 혹은 아픔病을 통해 간극이 좁혀질 수는 있으나 절대로 가닿을
수는 없다. '점근선'에 무한히 가까워지는 어느 곡선 함수의 그래프를
상상해 보라. 곡선은 점근선에 한없이 가까워지지만, 결코 거기에 닿

---

1) 이 글은 김혜순이 가장 최근 발표한《싱크로나이즈드 바다 아네모네》(난다, 2025)를
비롯해 그의 시집 열다섯 권 모두를 비평의 대상으로 다룬다. 다만 죽음에 관한 시인
의 생각이 첨예하게 드러난 '죽음 트릴로지'(《죽음의 자서전》·《날개 환상통》·《지구
가 죽으면 달은 누굴 돌지?》)에 조금 더 밀착한다. 작품 인용 시 작품명과 함께 작품
이 실린 시집명도 병기하되, 페이지는 따로 밝히지 않는다.

지 않는다. 무한대無限大의 개념을 통해야만, 비로소 선과 선은 점으로 만난다.

유구하고도 유일한 인간의 욕망, 바로 죽음의 초극超克이다. 그러나 유한에 속한 우리에게는 도저히 무한을 손에 쥘 방법이 없다. 그래서 발명된 게 바로 신神이다. 점근선 너머에 존재하는, 무한을 뛰어넘는 무한. 유한한 인간이라도 '믿기만 하면' 누구나 이 무한 옆에 다가설 수 있다고 약속하는 기독교(혹은 바울의 철학)는 그렇게 역사상 가장 강력한 '가르침'이 됐다. 그러나 그것으로 다 된 것인가. 정말로 죽음은 극복되었는가. 믿는 것만으로 우리는 죽음의 공포를 완전히 떨쳤는가. 애당초 우리가 무엇을 완전히 믿는 게 가능한가. 우리는 바울을 '거짓 말쟁이'로 추궁하며, 멋대로 신을 '살해해' 버린, 그리하여 훗날 미치 광이로 죽음을 맞이한 문헌학자(니체)의 문장을 통과한 시대에 살고 있다. 정말 신이 죽었는지, 죽을 수는 있는지 알 수 없지만, 분명한 것 은 전지전능하다고 여겨졌던 그 신이 이제는 점점 힘을 잃어가고 있 는 것처럼 보인다는 사실이다.

죽음을 '극복하려는' 전통을 부정해 보는 것이 이 글의 목표다. 죽음을 생의 종말, 혹은 개체의 소멸로 보지 않을 것이다. 죽음을 '본능을 거스르는' 사태 대신 '공동체'를 열어젖히는 계기로서 해석할 것이다. 이를 위해 구체적으로 음미할 텍스트는 바로 김혜순의 시다.

김혜순은 그로테스크한 몸의 언어로 죽음과 죽음 이후의 경지를 노래한다. 그것은 앞서 가부장적인 세계의 질서를 폭로하고 해체하는, "정치적으로 급진적인"(이광호) 여성의 언어로 이해됐다. 하지만 김혜 순의 시는 여기서 그치지 않는다. 감각의 언어로, 감각이 포착할 수 없는 형이상학의 세계를 붙잡는 '부정의 철학'이기도 하다. 김혜순은 이렇게 말한다. "시는 자신 안의 부재에 거주함으로써, 자신의 죽음을 그 죽임에 맞댐으로써 중심의 영역을 가로지를 수 있다."《여성, 시하다》 시에서 죽음은 '나'를 '너'로, '너'를 '나'로 만드는 일이다. 죽음을 통해, 죽음의 시를 쓰는 것을 통해 우리는 연대하고 공동체를 만든다. 이렇게 김혜순의 문학은 저 영원한 어둠에 놓인 죽음의 무대를 잠시나마 밝힐 작은 빛이 될 수 있다. 요컨대 그의 시는 '없음'無의 세계를 통치하는 정치이자 무한의 죽음으로 몰락한 신의 흔적을 더듬는 혀의 신학이다.

보이지 않는 하나님을 찾는 부정의 리듬

죽음의 공포는 생리학적이고, 보편적이다. 그래서 상실이고, 슬픔이다. 문화인류학자 어니스트 베커는 모든 인간 활동의 목표를 "죽음이 인간의 최종 목적지임을 부정"하는 것이라고 주장했다. 그렇다. 죽음은 피해야 할 것이다. 그러나, 우리는 왜 죽어서는 안 되는가. 모든 삶의 귀결은 결국 죽음인데, 왜 우리는 죽음에 저항하려는가. 스스로 특별한 '영웅'이라 생각하기 때문이라는 게 베커의 결론이다. 그리고 이것은 유기체라면 어쩔 수 없이 가지고 태어나는 '자기애'에서 비롯된다고 그는 덧붙인다.[2] 죽음은 왜 슬픈가. 왜 눈물이 나는가. 김혜순은 이 질문을 안고 '죽음 다음'으로 나아간다.

---

2) 어니스트 베커 《죽음의 부정》, 노승영 옮김, 복복서가, 2023, 29~50쪽.

둥그런 배를 안고 여자가 모로 누워 있다

숨길 수 없는 우물이
핏속을 돌다 어느 날 터졌다
터진 수맥을 품고
그 여자가 하루 종일 웃었다
평생의 모든 순간들이 너무 우스워
죽은 여자는 울다가 웃었다

…

고층 빌딩을 닦는 사람처럼
너는 네 몸 밖의 유리창에
매달려 눈물을 닦았다

너는 저 세상에서 왔건만
지금 너는 저 세상을 임신 중이다

분만대에서 태어나는 중인 신생아처럼
제 무덤 속에 목을 집어넣은 여자가
휴대폰의 제 사진을 들여다보는 시간

〈묘혈〉,《죽음의 자서전》

둥그런 배를 품고 죽어서 누운 여자의 모습은 마치 봉분封墳을 연상케 한다. 시에서 죽은 여성은 '웃다가 울고, 울다가 웃는'다. 몸의 바깥으로 떨어지는 '눈물'. 왜 죽음은 눈물로 이어지는가. 생生에 도대체 무엇이 있었길래, 여자는 '무덤' 속에 목을 집어넣고 '휴대폰'에 있는 제 사진을 들여다보는가. 그녀의 평생은 '우스웠던 순간의 집합'이다. 그렇다고 해서 죽음은 절대로 기꺼운 일이 될 수는 없었다. 혹시 두고 온 것은 없을까. 찬란했던 사랑의 순간은 없었을까. 화자는 돌아본다. 죽음 이후에도 여전히 생은 강력한 유혹이다. 이제 막 태어나는 중인 '신생아'의 본능처럼. 여자는 죽음을 '임신'하고 있다. 임신은 끝이 아니라 탄생과 시작이다. 순환을 상징하는 원처럼 둥근 배, 그 안에 담긴 죽음. 죽음은 끝이나 종말이 아니다. 새로운 차원으로 나아가기 위한 사건이다. 시인은 '저세상'이라고 하지 않고 '저 세상'이라고 썼다. 시인이 예비하고 있는 죽음 이후의 세계가, 하나의 단어로 쓰일 만큼 관습화한 곳이 아니라는 이야기다.

○

구멍, 나의 거지.

구멍, 나의 왕자.

구멍, 내 몸의 움직임을 위한 콘크리트.

구멍, 나의 아득한 만다라.

구멍의 원활한 교통, 그것이 삶이다.

구멍이 나의 길이요 진리니, 나의 시작이요 마지막이니, 당신은 당신의 구멍을 다해 구멍하라.

내 구멍의 정체, 내 구멍의 고독. 내 구멍의 중독.

내 구멍의 관제탑에 앉아 계시는 이 누구신가?

내가 내 구멍의 미로 속을 실을 풀며 간다. 구곡양장의 머나먼 길.

〈맨홀 인류〉 부분,《슬픔치약 거울크림》

색色은 백白으로, 백은 공空으로. 내부가 텅 비어있는 구멍(○)은 삼라만상을 포괄하는 절대적인 법칙이자, '없음'의 형식이다. 모든 '있음'은 결국 '없음'으로 빨려 들어간다. 죽음이란 결국 이 과정을 유기체의 언어로 표현한 것에 지나지 않는다. 우리가 탐구해야 할 곳은 이 구멍의 세계다. 구멍은 김혜순의 시 세계에서 매우 중요한 위치를 차지하고 있다. 그는 언젠가 "시의 한가운데 구멍 뚫려 있는 자리, 장소 없는 장소가 시의 장소"(《여성, 시하다》)라고 말한 바 있다. '시작'이자 '마지막'인 곳. 그곳에 다가가기 위해 우리는 '구멍을 다해 구멍'해야 한다. 그렇게 '구멍하고' 있는데, 뜬금없이 관제탑에 앉아 계시는 이가 보인다. 도대체 누구신가? '무로부터의 창조'creatio ex nihilo를 끌어내신, 그 분일까?

아님께서 아님을 아니하시고 아님에 아니하고 아니하시니 아님이
아니하온지라

아님을 아니하고 아니하여 아니하대

아님이 아닌 아님은 아님이 아니나니 아님이 아님의 아님이요

아닌 아님은 아님이 아니나니 아님이 아님을 아니할 아님이요

〈아님〉 부분, 《죽음의 자서전》

부정을 부정하기. 부정의 부정의 부정을 부정하기. 자칫 장난스럽게 보이는 이 반복과 변주는 치열한 부정의 시학이요, 강력한 부정신학否定神學이다. '아님께서 아님을 아니하시'는 것으로 시작되는 이 부정의 말놀이는 '있음'의 언어로 '없음'을 파고들려는 몸부림이다. 성공하는가. 아니다. 아니, 더 정확하게 말하면 애초에 성공할 수 없었다. 그러나 실패가 오히려 성공이다. '있음'의 세계에서 실패하는 것만이 '없음'의 세계에 빛을 비춘다. 대차게 실패하기 위하여, 시인은 '아님의 리듬'을 직조한다. "보이지 않는 하나님"(《알라모아나》, 《싱크로나이즈드 바다 아네모네》)을 불러내는 주문. 아님의 반복과 변주 속에서 'Lord No'(최돈미)는 잠시 모습을 보인다.

돼지와 테트리스의 정치신학

개별자에 갇혀서는 죽음을 끝이 아닌 시작으로 볼 수 없다. 주체를 넘어서는 보편의 사유가 요청된다. 하나를 넘어선 여럿. 그것을 위해 복무하는 죽음. 헤겔은 일찍이 죽음이 개별을 초월하고 공동체를 이루는 사건이 된다는 사실을 직시했다. 정신적 자기의식Selbstbewusstsein을 지닌 존재에게 죽음은 자연적인 의미의 죽음, 즉

"자연적 보편성 속에서 종결되는 운동의 결말"을 뛰어넘는다고 그는 해석했다. "죽음은 … 개별자의 비존재에서 벗어나 자신의 신앙 공동체 속에서 살고 그 속에서 날마다 죽었다가 부활하는 그런 정신의 보편성으로 거룩하게 변용된다."[3] 자기 안에 갇힌 주체의 정신을 인륜성 Sittlichkeit이라는 공동체적 개념으로 확장하고 고양하는 것. 죽음의 소임은 이것이다.

《날개 환상통》 시인의 말에 김혜순은 이렇게 썼다. "우리 엄마/우리 아빠//이제 보니/우리는/작별의 공동체" 헤겔의 공동체와 김혜순의 공동체를 곧장 이어 붙일 수 있을까. 그러려면 '신앙'(헤겔)과 '작별'(김혜순)이라는 거대한 두 단어가 해명돼야 한다. 그 고리가 김혜순의 시에서 발견된다. 바로 '돼지'다. 시를 한 편 읽을 것이다. "아무래도 돼지를 십자가에 못 박는 건 너무 자연스러워, 의미 없어"로 시작해서 "기쁘다 돼지 오셨네/만백성 맞으라!"로 끝나는, 지극히 신학적이고 정치적인 장시長詩 〈돼지라서 괜찮아〉(《피어라 돼지》)다.

우리는 어느 날 다큐멘터리를 찍는다. 영원히 생존할 자아를 위한 장기(臟器) 농장 프로젝트 촬영 중이다. … 나는 당신의 염통이 되려고 길러진다. 나는 당신의 폐가 되려고 길러진다. 나는 당신의 피부가 되려고 길러진다. 나는 당신의 쓸개가 되려고 길러진다. 심지어 나는 당신의 뇌가 되려고 길러진다. … 당신은 연두색 형광조끼를 입고 와

---

3) 게오르크 빌헬름 프리드리히 헤겔, 《정신현상학》 2권, 박준수 옮김, 아카넷, 2022, 758쪽.

서 내 사지를 묶어서 질질 끌고 간다. 당신은 내 간, 당신은 내 콩팥, 당신은 내 심장, 당신은 내 눈알, 당신은 내 피부, 간절히 울부짖어도 당신은 내가 당신인 줄도 모르고 나를 끌고 간다.

〈돼지라서 괜찮아—돼지에게 돼지가〉 부분,《피어라 돼지》

"네 이웃을 너 자신처럼 사랑해야 한다. 나는 주님이다."(레위기 19:18) 지구상에서 '돼지'만큼 모세의 계명을 잘 지키는 존재가 있을까. 돼지는 철저히 '당신'을 위해 길러진다. 당신은 인간, 이 글을 읽을(수 있는) 우리다. 돼지, 우리의 피부요 우리의 쓸개요 우리의 뇌. 하지만 우리는 우리가 '돼지인 줄 모르고' 돼지를 죽인다. 돼지를 십자가에 못 박는 게 자연스러운 이유, 돼지가 만백성이 맞아야 할 구주救主의 자리를 대체할 수 있는 이유는 분명해진다. 십자가를 지고 골고타 언덕을 올랐던 예수, 이웃을 내 몸처럼 사랑했던 예수, 그런데도 온갖 모욕을 당하며 십자가에 못 박힌 예수. 돼지를 죽이는 인간과 오래전 예수를 죽였던 인간은 과연 다른가? 예수의 몸과 돼지의 몸은 '희생'이라는 단어로 수렴한다. 이 '신성모독'에서 우리는 사랑의 본질을 확인한다. 내 육신의 죽음을 앞뒀음에도 타인에게 향하는 것. "하느님께서는 예수님을 속죄의 제물로 내세우셨습니다. 예수님의 피로 이루어진 속죄는 믿음으로 얻어집니다. 사람들이 이전에 지은 죄들을 용서하시어 당신의 의로움을 보여 주시려고 그리하신 것입니다."(로마서 3:25) 신은 십자가의 고통을 통해 드러난다. 한 저명한 신학자의 말을 빌리자면 십자가는 "(신이) 죽임으로써 살리는 분이라는 사실을 엄숙하게 기억하는 것"[4]이다. 십자가에 못 박혀 고통에 떠는 저 몸에서 우리는 신의 빛을 본다. 고통스러운 몸을 그리는 김혜순의 언어도 그렇게, 사랑과 연대로 나아가는 정치적, 신학적 실천이 된다.

모니터를 켜고 벤야민은 테트리스를 시작한다. … 20년 묵은 시영 아파트를 무너뜨리고 다시 그 자리에 고층 아파트를 짓겠다고 주민들이 모두 떠난 명일동 재개발 아파트 군단이 창 앞에 도열해 있다. … 지수가 올라갈수록 천국이 가깝다 한다. 또 하나, 시멘트 빌딩이 높아져 하늘에 닿으면 그 나라는 멸망한다는 규칙. 빌딩이 높아질수록 이 땅에 살아 남아 있을 수 있는 시간은 짧다 한다. … 이 전자 게임은 보이지 않는 천사와의 싸움이다. 하늘에서 시멘트 덩어리를 던지는 보이지 않는 천사. 이 땅에 보이지 않는 집을 짓는 것은 벤야민의 몫이고, 시멘트 덩어리를 던지는 것은 천사들의 몫이다. … 한쪽에선 301동이 지축을 뒤흔들며 단 한 번에 무너져내린다. 아직도 이사를 떠나지 않은 벤야민의 방이 부르르 떤다. 지구시계地球時計가 무거운 몸을 뒤채는 소리를 곁에서 들을 때처럼 302동 303동 차례로 무너지는 소리를 참을 수 없다.

〈벤야민의 테트리스〉 부분,《나의 우파니샤드, 서울》

'벤야민'은 그저 텅 빈 기표일지도 모른다. 시인은 처음부터 끝까지 테트리스 게임을 하고 있는 벤야민이 '발터 벤야민'임을 드러내지 않

---

4) 칼 바르트,《로마서》, 손성현 옮김, 복 있는 사람, 2017, 283쪽.

는다. 그러나 '하늘', '천사', '하나님', '멸망'…. 이 시어들에서 우리는 비참하게 생을 마감한 저 매혹적인 유대인 철학자의 얼굴을 떠올리지 않을 수 없다. "쇠락하고자 애쓰는 것, … 이것이 세계 정치의 과제이며 이를 위한 방법은 '허무주의'(니힐리즘)로 불릴 수 있다."[5] 벤야민이 1921년 작성한 짧은 에세이 〈신학적·정치적 단편〉의 의미심장한 마지막 문장은, 신학과 정치의 불가분한 관계를 암시한다.

세속의 정치를 생각한다. 그것의 과제는 '쌓아 올리는' 것이다. 견고한 벽을 짓고 그 안에서 안락하게 영속永續하는 것이다. 벽은 저들과 우리를 가르는 경계. 정치가 "적과 동지의 구분"이라고 했던 칼 슈미트의 정의대로 적대敵對를 자양분으로 삼는 현실의 정치는 점차 혐오와 테러의 수위를 높이며 자기들만을 위한, 강고한 성을 구축하고 있다. 그러나 벤야민과 김혜순의 정치는 정반대다. 그들에게 정치는 "쇠락하고자 애쓰는 것"이고, "무너져 내리는 것"이며 결국 몰락하는 것이다. 천사들이 던지는 '시멘트'는 신의 시험이다. 그것을 알아채지 못하고 시멘트 빌딩을 계속 높이는 것은 멸망으로 이어진다. 벤야민, 어쩌면 우리의 '몫'은 지상에 보이지 않는 집을 짓는 것. 즉, 우리가 철저히 지상에 속한 존재임을 알고 끊임없이 몰락을 반복하는 것이다. 한 줄이 채워지면 그 줄이 사라지는, 이것을 무한히 반복해야 하는 게임인 테트리스는 신과 인간 사이의 거리를 역설적으로 보여주는 은유다.

---

5) 해당 문장의 독일어 원문은 이렇다. "Diese zu erstreben, auch für diejenigen Stufen des Menschen, welche Natur sind, ist die Aufgabe der Weltpolitik, deren Methode Nihilismus zu heiβ en hat." 국내 소개된 여러 버전(조효원·최성만·김영룡)의 한국어 번역을 참조해 이 글의 맥락에 맞게 수정했다. '쇠락'으로 옮긴 단어는 이 문장 바로 앞에 있는 'Vergängnis'로 덧없음, 소멸, 무상함, 몰락, 스러져 가는 것 등의 의미를 담고 있다.

'301동'이 무너지고, '302동'과 '303동'도 차례로 무너진다. 시의 마지막 문장은 이렇다. "벤야민은 이제 레벨 13의 시멘트 언덕을 기어오르기 시작한다." 도대체 시멘트 언덕을 어디까지 올라야 할지 알 수 없다. 하지만, 그것이 정치와 시의 전부다. 시몬 베유는 이렇게 말한다. "죽은 자들에게 바쳐진 사랑은, 미래를 전범 삼아 생각해 낸 거짓의 불멸성을 향하지 않는 한, 전적으로 순수하다. 더 이상 새로운 그 어떤 것도 줄 수 없이 이미 끝난 삶을 욕망하기 때문이다."[6] 영원 속에서 한없이 가라앉는 것. 세계의 중력을 음미하고 낮은 데로 향하는 것. 몰락과 죽음을 끌어안는 것. 어쩌면 무너져 내리는 것만이, 완고한 저 적대의 성을 깨뜨릴 수 있는 유일한 힘일지도 모른다.

사랑의 죽음, 혹은 죽음의 사랑

　　나는 지금 아름다운 싱크로나이즈드 말미잘
　　물도 없는데
　　물속에 있는 듯

　　내 코에서 돋아나온 문어 같은 조갯살 같은 코끼리의 간 같은
　　널찍한 혀 같은
　　나는 식물도 동물도 어류도 파충류도 아니야.

　　…

---

6) 시몬 베유,《중력과 은총》윤진 옮김, 문학과지성사, 2021, 92쪽.

네게 노래 불러주면 나는 성별이 달라져

여자가 되었다가

남자가 되었다가 다시 여자도 남자도 아닌 자가생식의 성

너와 뒤척이면서 나는 인종이 달라져

레드 인종 블루 인종 핑크 인종

고음을 낼 땐 설치류의 얼굴이었다가

저음을 낼 땐 물에 사는 조류의 얼굴이었다가

내 몸에서 내 몸이 돋아 나올 때

내 몸이 세상 전체일 때

〈싱크로나이즈드 말미잘〉 부분,《싱크로나이즈드 바다 아네모네》

김혜순 스스로 명명한 '죽음 트릴로지'(《죽음의 자서전》·《날개 환
상통》·《지구가 죽으면 달은 누굴 돌지?》) 이후 나온 최근작《싱크로
나이즈드 바다 아네모네》는 다소 발랄하다. 죽음에서 벗어나려는 몸
부림일까. 아니다. 시인은 여전히 죽음을 논하고 있다. 그렇다면 발랄
함과 죽음이 어째서 하나로 놓일 수 있는가? 김혜순은 알고 있었던 것
같다. 죽음이 격렬한 슬픔이기만 한 게 아니라는 사실을. 죽음이 동시
에 지극한 '사랑'과도 맞닿을 수 있다는 사실을.
　시인은 몸의 운명인 성性과 종種의 구분을 어떻게 깨뜨릴 수 있을지

탐구한다. '식물도, 동물도, 어류도, 파충류도 아닌' 나. 여자였다가, 남자였다가 여자도 남자도 아닌 존재가 되는 나. 그렇게 내 몸은 세상 전체가 된다. 세계는 무상無常하다. 세계에 속한 몸 역시 끊임없이 변화하기에 그것을 붙잡는 방법은 끝없는 부정뿐이다. 그래서 김혜순의 시는 부정의 춤을 춘다.

'노래'란 타인에게 예술로 말을 거는 것, 바로 시다. 시에서 우리는 몸으로 세상을 담을 수 있다. 몸이 세상이 되면, 그 안에 있는 모든 존재를 품을 수 있을 터. 그것보다 큰 사랑이 있을까. 이런 게 '십자가의 사랑' 아닌가.

사랑을 보여줘 하면
내 옷을 찢어야 하나
춤이라도 춰야 하나

…

얼른 보여줘 자꾸 보여줘 하면
둘이 같이 비닐을 쓰고 비를 맞자
이 비닐을 벗고 싶을 때까지 사랑하자
그렇게 말하자

아니면 좁디좁은 우주선에 둘이 타고 우주로 나가서

냄새 지독하고 폐소공포증 터지는

우주선에서 내리고 싶을 때까지 사랑하자 그렇게 말하자

〈연인과의 타이틀매치〉 부분,《싱크로나이즈드 바다 아네모네》

　이제 시인은 정말로 '달콤한'(?) 사랑을 말한다. 사랑이야말로 인간이 몸으로 수행하는, 가장 인간적인 것이다. 그러나 김혜순이 사랑을 포착하는 방식은 통상적이지 않다. 화자는 '비닐을 벗고 싶을 때까지' 그리고 '폐소공포증 터지는/우주선에서 내리고 싶을 때까지' 사랑을 속삭이라고 권유한다. 죽기 직전까지, 사랑하자는 말이다. 이는 연인들이 으레 서로에게 속삭이곤 하는 "죽을 만큼 사랑해"의 김혜순식 표현이다.

　앞서 등장했던 헤겔은 '사랑'에 관해서도 의미 있는 글을 여럿 남겼다. 그는 젊은 시절 쓴 아주 짧은 단편에서 이렇게 말하고 있다. "사랑은 모든 대립을 배제한다. … 사랑은 여전히 분리된 것, 개별성에 관해 분노한다." 그렇다. 사랑은 '나'와 '너'를 합치는 일이고, 외따로 떨어져 있는 것에 분노하는 일이다. 그는 이렇게도 덧붙인다. "사랑하는 자들은 죽어 있는 많은 것과 연결되어 있다."[7] 죽음과 함께 사랑이 끝난다면, 그것이 어찌 사랑일 수 있을까. 어떤 사랑은 죽음으로 완성되기도

---

7) 헤겔,《청년 헤겔의 신학론집》, 정대성 옮김, 그린비, 2018, 445~449쪽. 일부 번역은 독일어 원문과 대조해 수정했다.

한다. 트리스탄과 이졸데, 두 사람의 사랑이 그것을 증명한다. "그리워하고 갈망하던/사랑의 죽음이여!/네 품속에서/거룩하고 따스한 네게 바쳐져서,/깨어남의 고통에서 벗어나라!"[8]

　사랑이란 게 대체 뭘까요? 사랑이란 것은, 자기 안에 중심을 가지고 있는 게 아니라 모종의 결핍을 가지고 있다는 뜻입니다. 다른 누군가가 필요한 거죠. 다른 사람이 없이는 못 살겠다는 겁니다. … 사랑은 나의 결핍을 고백하는 겁니다. 완전한 상태가 되어서도 인간은 '내'가 아니라 '우리'로 존재할 거라는 겁니다. 결핍은 완전함 자체 안에서도 존재할 거라는 뜻이죠. 〈고린도후서〉에 이렇게 쓰여져 있듯이 말입니다. "너의 힘은 너의 약함 속에서 작용한다."

야콥 타우베스,《바울의 정치신학》[9]

　'나'는 '나'의 죽음은 경험하지 못한다. 타인의 죽음을 '목격'할 수 있을 뿐이다. 그것에 슬퍼하는 것, 애도하는 것, 그리고 나 역시 죽을 수 있음을 깨닫는 것. 죽음과 사랑이 함께 놓일 수 있는 이유는 바로 여기에 있다. 타우베스는 인간이 '완전한 상태'가 되어도 '우리'를 향해 나아갈 거라고 확신한다. 아니, 그의 말은 수정돼야 한다. '오롯이' 있는

---

8) 리하르트 바그너,《트리스탄과 이졸데》, 안인희 옮김, 풍월당, 2021, 261쪽. 인용한 부분은 2막 2장에서 트리스탄과 이졸데의 이중창

9) 야콥 타우베스,《바울의 정치신학》, 조효원 옮김, 2012, 133~134쪽. 저자의 강연을 번역한 것으로 가독성을 위해 군말은 생략했다.

나는 결코 '완전'할 수 없다. '나'는 반드시 '너'를 필요로 한다. '나'는 '너'로써 완성된다.

"사람은 '너'에게 접함으로써 '나'가 된다." 부버에게서 '나'와 '너'는 서로 따로 존재하는 것이 아니다. 그는 '나-너'가 "'근원어'Grundworte 로서 '짝말'Wortpaare"이라고 주장한다. '나-너'의 '관계'가 존재와 세계의 본질 중 하나라는 해석이다. "자기의 존재를 기울여 거듭난 관계에의 힘을 가지고 '너'의 세계로 나가는 사람은 자유를 깨닫게 된다."[10] 사랑은 결핍을 깨닫는 일이고, '나'와 반드시 함께 있어야 하는 '너'의 없음을 고백하고 찾는 일이다.

인간은 결핍으로 사랑을 찾고, 사랑하는 이의 죽음을 슬퍼하며 그것으로 나 역시 죽을 수 있음을 안다. 그리고 나의 죽음이 '나'를 넘어 '우리'를 결집한다는 걸 비로소 인식한다. 이렇게 죽음은 공동체의 사건이 된다. 끊임없이 반복되고 있는 저 '참사'들을 보라. 우리는 죽음의 슬픔으로서만 서로를 확인하는 존재일지도 모른다. 타자를 통해, 사랑을 통해 '나'를 넘어서서 진정한 '우리'가 되는 것. 여기서 레비나스의 말을 빌려올 수도 있을 것이다. "우리는 얼굴에서 타인의 에피파니를 전제함과 동시에 하나의 지평을 보여 줄 필요가 있다. 이 지평에서 자아는 죽음을 넘어서 자신을 지탱하며, 또한 자기로의 복귀로부터 자기를 회복한다. 이러한 지평이 사랑과 번식성의 지평이다."[11]

---

10) 마르틴 부버, 《나와 너》, 표재명 옮김, 문예출판사, 1995, 7~77쪽. 이 책에서 부버는 '나-너' 외에 다른 근원어로 '나-그것'이 있다고도 밝히며 자신의 논지를 펼쳐 나간다.
11) 에마뉘엘 레비나스, 《전체성과 무한》, 김도형·문성원·손영창 옮김, 그린비, 382쪽.

나는 목소리는 듣지 못하고

뼈만 보는 사람이 되었어

살 속만 보는 사람이 되었어

백만 명의 인파가 한 사람의 노래를 따라 부를 때

턱이 열리고 윗니와 아랫니 턱뼈와 코뼈

각자의 손에 뜬 빛을 받은 뼈들이 몸을 흔드는 광경

악기 소리는 들리지 않고 백만 개의 뼈들이 내는 소리

…

이 뼈들이 백만 개의 빛을 들고

백만 개의 연기가 공중에서 만나 사랑을 나누고

…

제 뼈를 갈아 노래를 부르는 것 같은 저이는 누굴까

〈백만 명의 뼈〉 부분,《싱크로나이즈드 바다 아네모네》

뼈는 죽음 이후에 드러나는 물질이다. 살의 안쪽에 있는 것이다. '뼈
만 보는' 화자는 삶 가운데서도 죽음을 응시한다. 그곳에 악기는 없지
만, 백만 개의 뼈들이 내는 소리가 있다. 심지어 제 뼈를 갈아 노래를

부르는 것 같은 이도 있다. 이곳에는 시인과 시가 있다. "우리는 엄마의 몸이라는 구멍, 엄마의 몸이라는 떠남, 엄마의 몸이라는 죽음과 함께 자랍니다. 우리는 엄마의 죽음으로 '내'가 되었지만, 그 죽음 때문에 죽음을 향해 달려가게 되지요."(《김혜순의 말》) 우리가 도달하려는 죽음은, 우리를 서로에게 밀어붙이고, 상실과 슬픔을 넘어 공동체를 결속한다. '백만 개의 연기가 공중에서' 만나는 사랑은 그런 것이다. 저 멀리, 남아프리카공화국으로부터 도착한, 죽음과 정치의 문제를 치열하게 사유한 어느 철학자의 글이 어쩌면 여기에 포개어질 수 있을지도 모른다. "죽음은 정확히 내가 권력을 행사할 수 있는 대상이자 그 너머에 있는 지평이다. 하지만 또한 죽음은 자유와 부정이 작동하는 공간이기도 하다."[12] 이제 우리는 비로소 김혜순의 장시 〈작별의 공동체〉(《날개 환상통》)가 무엇을 말하는지 해명할 수 있다.

무풍지대와 작별의 공동체

　　우리가 영원을 시작하던 시절

　　늘 시작만 하던 시절

　　　…

---

12) 아쉴 음벰베,《죽음정치》, 김은주 · 강서진 옮김, 동녘, 2025, 176쪽.

흐린 날개들이 있었다
불가사의하게 긴 속눈썹을 깜빡거리면서
무한히 작아진
추방된 빛처럼
투명한 쌀알갱이들이 쏟아져 내리듯
작은 영혼들이 있었다

…

우린 이미 죽음을 시작했으므로
모두 평등이었는데
그땐 왜 몰랐을까

…

그곳엔 시작도 없고 마지막도 없고
이미도 없고
아직도 없고
여자도 없고
아빠도 자식도 없잖아
그래서 평평하잖아

그래서 무한하잖아

〈작별의 공동체—작별의 신체〉 부분, 《날개 환상통》

‘우린 이미 죽음을 시작했’다는 화자의 선언을 생각한다. 죽음은 ‘시작될’ 수 있는가. "나는 죽었다." I am dead.라는 말을 생각한다. 일상적으로는 자주 쓰이지만, 잘 보면 절대로 성립할 수 없는 발화speech다. 죽은 존재가 어떻게 말하는가. 죽은 자의 혀가 어떻게 떨릴 수 있는가. "나는 죽었다"고 말할 수 있는 사람은 존재하지 않는다. 죽은 자는 말이 없다. 그러나 ‘없는 것’은 전적으로 ‘말’일뿐이다.

"말speech과 언어language의 한계는 다르다. … 우리가 ‘언어’라고 부르는 것은 자기 자신보다 오래 살아남는 존재에 다름 아니다."[13] "나는 죽었다"고 말할 순 없지만, 그렇게 ‘쓸’writing 수는 있을 것이다. "나는 죽기 전에 죽고 싶었다."(《죽음의 자서전》 시인의 말) 시인의 욕망은 오로지 시쓰기, 문학을 통해서만 채워질 수 있을 것이다.

김혜순은 문학을 "독재정권 속에서 무풍지대 같은 공간으로 들어가는 것"으로 정의한 적 있다.(《김혜순의 말》) 어떤 곳일까. 이런 말들로 설명해 볼 수 있을 것이다. 끊임없이 죽음이 시작되는 공간, 너무나도 ‘없어서’ 바람조차 불지 않는 무풍지대, 로고스적인 적대의 법칙이 통하지 않는 무의 세계, 현실에서 추방된 ‘부재자’들이 사랑하는 공간,

---

13) 대니얼 헬러-로즌, 《에코랄리아스》, 조효원 옮김, 문학과지성사 2015, 194~199쪽

만물이 '평평'하고 '무한'한 곳, 죽음 그 자체인 곳, 와해를 통해서만 끈끈해질 수 있는 '없음의 유토피아'. 현실에 이런 곳은 없다. 앞으로도, 영원히. 그러므로 이곳은 역설과 이율배반의 언어로만 포착할 수 있다. 시는 그런 것이다. 끝없는 소멸, 그 무한한 '지움' 가운데에서만 영원히 '쓰이는' 것. 그렇게 새롭게 피어났다가, 다시 사라지는 것. '없음'과 '없음' 사이에 아주 잠시 '있는' 것, 그리고 다시 '부정'의 여정을 떠나는 것.

비평 주체와 텍스트의 긴장감 넘치는 대화

우찬제 문학비평가

대폭 늘어난 응모작들은 저마다 비평적 열정과 도전적 감수성으로 빛났다. 문학에 대한 진지한 관심과 수행이 K-문학의 질적 도약으로 이어지기를 기대하며 신인들의 비평적 목소리를 경청했다. '애도로서의 삶, 봄밤의 윤리: 백수린론', '장면들의 전개도, 정물화에서 큐비즘으로: 이기리론', '가벼움과 무거움 사이, 치열한 동시대 감각', '잔영과 여음' 등은 끝까지 잘 읽힌 평문이다.

노벨문학상 효과로 많았던 한강론 중 "몸 된" 언어로 부르는 진혼곡'에 눈길이 오래 머물렀다. 한강의 텍스트들을 가로지르며 육화된 기억과 신체화된 언어로 감정 공동체가 빚어지는 양상을 잘 분석했는데, 일부 문장들이 불안정해 보여 안타까웠다. '플레로마의 새'는 기품 있는 문장으로 최승자 시 세계를 숙고한 글인데, 비평적 관점의 그물 사이로 빠져나가는 시적 에너지의 잉여를 성찰케 했다. '사물의 심연, 혹은 폐허 위에서 추는 객체들의 무도舞蹈'는 진중한 발상과 접근으로 눈길을 끌었지만, 제재인 운동화뿐 아니라 그것을 빚어낸 텍스트의 객체 지향 존재론도 함께 고려했더라면 더 좋았겠다.

당선작인 '무無의 정치, 혀의 신학—김혜순론'은 인문학의 중층적 맥락을 가로지르며 성찰의 복합성을 수행한 글이다. 풀기 어려운 김혜순의 시적 징후의 매듭을 풀어보려는 언어의 공동체가 어떻게 형성될 수 있을지 그 가능 세계에 도전한다. 비평 대상에 이끌리지도 않고 대상을 재단하지도 않는, 비평 주체와 텍스트의 긴장감 넘치는 대화가 어지간하다. 그 비평적 열정과 예지를 헤아리며 당선의 영예를 선사한다. K-문학의 도약으로 비상할 비평적 실천을 예감하며 미리 감사와 축하의 인사를 보낸다.

언어뿐인 우리가 할 수 있는 일,
그저 끝없이 쓰는 것

오경진

'죽음'은 유구한 질문이자 무한한 공포였다. 인간이라는 종種에게도 그리고 나에게도. 몸의 소멸은 정말로 정신의 '없음'이 될까. "나는 죽기 전에 죽고 싶었다."('죽음의 자서전' 시인의 말) 김혜순 시인의 문장을 앞에 두고 생각에 잠긴다. '나'는 죽을 수 있는가. 죽은 '나'는 '나'가 아니다. 그러므로 '나'는 죽을 수 없다. 그러면 죽기 전에 죽고 싶다는 건 불가능한 욕망 아닌가.

사춘기 소년은 어느 날 밤 죽음이 두려워 온몸을 떨었다. 무상한 세계에서 결국 모든 게 스러질 거란 허무함. 유한의 무게가 짓누를 때 문학으로 파고들었다. 가진 것이라고는 언어뿐인 우리가 할 수 있는 일이라고는 그저 끝없이 말하고 끝없이 글을 쓰는 것. 그러나 글이 말보다 한 수 위다. 말이 몸과 함께 사라져도 글은 '나'를 넘어서니까.

"오 쓴다는 것, 써야 한다는 생각에/내가 얼마나 높이 높이 내 희망과 절망을 매달아 놓았던가를/내가 얼마나 깊이깊이 중독되어왔던가를"(최승자, '워드 프로세서')

　문학이라는 출구 없는 미로에 나를 가둔 스승 조효원 교수님께 오늘의 기쁨을 돌립니다. 문학이 아니었으면 만나지 못했을 든든한 형님 양순모 박사와도 즐거움을 나누고 싶습니다. 하루도 빠짐없이 제 글을 읽어주신 김미경·홍지민 선배가 없었다면 제 문장은 나아지지 않았을 것입니다.

　부족한 글에서 가능성을 읽어주신 우찬제 교수님과 귀한 지면을 기꺼이 내어 준 조선일보사에도 깊은 감사의 인사를 올립니다.

　하늘에 계신 어머니와 지상에 계신 아버지. 죽음은 어떤 것도 끝낼 수 없기에 우리는 여전한 사랑의 공동체입니다. 그리고 나의 '즐거운 편지'(황동규)를 받아야 할 사람. 한없이 '사소한' 사랑으로 매일매일 일상의 구체적인 행복을 함께했으면.

2026 신춘문예 당선평론집

영 화 평 론

동아일보 최우정

부산일보 김형식

영화평론

동아일보

최 우 정

1996년 경기 출생
서강대학교 국어국문학과 학부·석사 졸업
연세대학교 국어국문학과 박사과정 수료
2026년《동아일보》신춘문예 영화평론 부문 당선
wjchoi@yonsei.ac.kr

믿을 수 없음을 미적분하기:
탈진실 시대의 영화론
― 〈괴물〉, 〈추락의 해부〉, 〈괴인〉을 중심으로

최 우 정

밤하늘의 테트리스

이 세계와 별세계의 이야기로 시작하자. "별이 총총한 하늘이 갈 수 있고 또 가야만 하는 길들의 지도인 시대, 별빛이 그 길들을 훤히 밝혀주는 시대는 복되도다"[1]라고 게오르크 루카치는 썼다. 익히 알려진 바처럼, 이는 근대에 이르러 영혼과 세계의 총체성을 잃어버린 개인에게 소설이라는 장르가 새로운 삶의 방향을 모색하는 이정표가 되어줄 수 있겠다는 20세기의 시대정신을 함축한다. 《소설의 이론》의 기념비적인 첫 문장을 돌이켜보면서, 우리는 지난 세기가 바로 영화의 시대이기도 했고, 어둠 속에서 빛으로 영사되는 영화가 문자 그대로 밤하늘과 닮은 서사예술임을 떠올릴 수 있다. 아울러 도시의 광光공해로 별빛이 희미해진 시대, 각자도생하는 개체들이 '갈 수 있는 길'을 찾아 헤매는 시대, 거대서사의 종언과 함께 '가야만 하는 길'은 더욱 구태의

---

1) 게오르크 루카치, 《소설의 이론》, 김경식 옮김, 문예출판사, 2007, 27쪽.

연한 것이 되어버린 시대에 조금은 유치한 질문을 던져볼 수도 있다. 왜 달이 아니라 별이었을까?

별은 여럿이다. 사전적 정의에 따르면, 성좌는 별의 위치를 정하기 위해 밝은 별을 중심으로 천구天球를 나눈 것을 뜻한다—현대 천문학에서 합의된 별자리는 88개다. 천구가 곧 관측자가 설정한 가상의 구이고, 별자리가 곧 지구인의 관점에 따라 별들을 모아서 붙인 이름이므로, 성좌는 곧 별들이 차지하는 공간을 어떻게 경계지을 것인가 하는 인간의 선택적 인지작용의 산물이라고 말할 수 있다. 그런데 별자리가 더 이상 지도가 될 수 없다면, 예컨대 기준점이 되는 별을 분간할 수 없다면, 혹은 관측자가 저마다의 천구를 조망하고 있다면, 혹은 인공위성과 별이 엇비슷하다는 견해가 빗발쳐서 천체라는 범주마저 흔들리는 중이라면 우리는 같은 하늘 아래 살고 있다고 얘기해도 괜찮은 것일까. 어쩌면 루카치가 은유한 '별'에는 근대인의 소외뿐 아니라 현대인이 마주하는 정보의 홍수와 파편화라는 화두까지 점지되어 있었는지도 모른다.

'탈진실Post-truth: 객관적 사실보다 개인적 감정과 믿음에의 호소가 여론을 형성하는 데 더 큰 영향을 미치는 상황.'[2] 2016년 옥스퍼드 사전에 올해의 단어로 선정돼 2026년 현재까지도 빈번히 호출되고 있는 개념이다. 물론 뜬소문의 유포가 21세기만의 일은 아니지만, 거짓이 진실을 왜곡하거나 실제적 허구를 창조하는 것을 넘어 사실과 거짓 사이의 구분이 모호해지는 현상은 예사롭지 않다. 대수학의 기호

---

2) "Word of the Year 2016", Oxford Languages, Oxford University Press, https://languages.oup.com/word-of-the-year/2016/ (접속일: 2025년 11월 28일)

를 끌어와서 오늘날 사실과 거짓의 가치는 절댓값으로 치환됐다고 등식화해 보자면 이렇다. '|사실| = |거짓|' 문제는 정보가 무한히 확산되고 증식한다는 조건 자체보다는, 기존의 데이터와 알고리즘에 기반해서 맞춤화된 정보만을 제공받는 우리에게 공통된 현실감각이 사라져 간다는 점이다. 이를테면 온/오프라인을 불문하는 혐오와 분열과 배제의 정서는 나에게 익숙지 않은 목소리를 무의미한 소음으로 치부해 버리는—⟨돈 룩 업⟩(2021)과 ⟨화이트 노이즈⟩(2022)를 상기하자—전 지구적인 사태와 긴밀하게 연동된다.

인간의 모든 의사소통은 무엇을 믿(지 않)게 할 것인지 조정하려는 발신자와 어떻게 믿(지 않)을 것인지 선택하려는 수신자 사이의 역동적인 줄다리기다. 영화 역시 특정한 믿음을 포개거나 허물어트리는 주체들의 상호작용이며, 이때 관객의 머릿속은 곧 한정된 공간에 무작위로 떨어지는 블록을 쌓아 올리다가 어떤 순간에는 그 블록들이 소멸하기를 반복하는 테트리스 게임으로 비유될 수 있다. 영화의 본질은 조작이다. 첫째, 어둠과 빛, 색과 구도, 이미지와 사운드를 질료로 삼아 영화적 우주는 생성된다操作. 둘째, 영화는 인간 사회의 현실을 반영하면서도 거기에 귀속되지 않는 환영적인 세계, 즉 폴 리쾨르가 말했던 '마치 그런 것처럼as-if'[3]의 영역을 구축한다造作. 셋째, 영화는 허구적 '사실'의 투명도와 속도를 조절하면서 관객의 시점에서 서사적 '진실'이 짜맞춰지는 순간—테트리스의 수평선이 완성되는 순간을—통제하려는 의도적인 배열의 결과다.

---

3) 원문은 "마치 ~같은 것(comme si)"이다. 폴 리쾨르,《시간과 이야기 1: 줄거리와 역사 이야기》, 김한식 · 이경래 옮김, 문학과지성사, 1999, 147쪽.

여기 세 편의 영화가 있다. 초 단위로 명멸하는 숏폼 콘텐츠가 지배화된 시대에 각각 127분, 152분, 136분의 러닝타임을 채택하고도 들쑥날쑥한 블록들을 남겨둔 채 게임 오버를 선언하는 영화들. 그러면서 믿음과 진실 같은 것이 때로는 남루하고 대체로 요원하지만 연약하고 외로운 존재들이 버텨내기 위해서는 여전히 필요하다고 속삭이는 영화들—고레에다 히로카즈의 〈괴물〉(2023), 쥐스틴 트리에의 〈추락의 해부〉(2023), 이정홍의 〈괴인〉(2022). 관객의 불신을 서사적 동력으로 취하다가 되레 거기에 혼돈과 균열을 일으키는 이들을, 최단 경로인 직선을 마다하고 이곳저곳을 에둘러 가는 포물선의 영화라고 불러도 좋겠다. 이 글은 바로 그 포물선의 면면에서 쏟아져 내렸던 블록들을 복기하며 영화 안팎에 잠재되어 있던 마찰과 파동의 궤적을 연산하는 또 하나의 포물선이 될 것이다.

정화되는 숲: 〈괴물〉의 경우

'괴물Monster'은 '입증하다demonstrate'라는 단어와 어근을 같이한다. 타오르는 건물을 틸트업하는 오프닝 시퀀스에 붉은색 타이틀 '괴물'이 떠오를 때 자연스레 우리는 밤중에 풀밭을 홀로 거닐던 소년의 얼굴이 궁금해진다. 그러나 캔들라이터의 진짜 주인을 확증하기 위해서는 각기 주인공을 달리하며 일부러 관객을 함정에 빠뜨리는 3막의 구조를 거쳐야 한다. 이른바 가족영화의 성질을 띠고 있다는 점 외에도 〈진짜로 일어날지도 몰라 기적〉(2011)의 기차나 〈태풍이 지나가고〉(2016)의 기후처럼 고레에다의 전작에서 동원되어 온 모티프들이 〈괴물〉에는 적잖이 발견된다. 그의 필모그래피에서 〈괴물〉이 특별한 위치를 점하는 이유는 '구조'의 영화가 빠지기 쉬운 도식성을 본인의 주특기인 '인물'의 영화로 너끈히 돌파해내는 고레에다의 연출적 지평을 새롭게 입증하기 때문이다.

1막과 2막의 주인공인 사오리(안도 사쿠라)와 호리(나가야마 에이타)는 서로의 적수이자 짝패다. 아들이 학교폭력의 가해자로 지목당하자 걸스바에 다니는 당신이 곧 방화범이 아니냐고 사오리는 공격한다. 본인이 편모 가정에서 성장했음에도 싱글맘은 극성이기 마련이라는 성별화된 고정관념을 호리는 재생산한다. 불확실한 소문과 배타적인 통념, 압축하자면 잘못된 믿음은 자기를 보존해야 하는 자들의 무기이자 흉기가 된다. 나날이 첨예해지는 진실 공방, 호리의 일상을 파고드는 언론과 오물, 막간에 배치된 화재와 폭우에 이르기까지 온 동네가 거대한 미궁에 휘말리는 형국을 영화는 고요히 응시한다. 그동안 '괴물'은 "몬스터"(선생이 사오리에게), '비인간'(사오리가 선생들에게), "외계인"(아이들이 요리에게)이란 별칭들로 디제시스를 유유히 순환한다.

하지만 〈괴물〉은 누가 괴물인지보다 무엇이 비/인간을 규정하는지를 묻는 영화이고, 더욱 정확하게는 "평범한" 존재만을 규범적 인간으로 승인하는 사회가 얼마나 비좁고 갑갑한 틈바구니로 구성원들을 몰아넣는지 현시하는 영화다. 사오리가 주차하는 장면이 세 차례나 삽입된다는 점에 주목해 보자. 두 번째 방문부터 정장으로 갈아입은 그녀는 세 번째 방문에 이르러 "흰 선"을 맞추지 못하고 충돌한다. 일찍이 어빙 고프먼이 사회적 상호작용을 공연에 유비했듯, 개인은 일상에서 남들에게 자신을 표현하고 행동하는 방식을 제어한다. 사회가 기대하는 틀에 걸맞게 자아를 연기하고 수정하는 과정을 우리는 사회화라고 부른다.[4] 사오리와 호리가 계단을 오르는 숏이 반복해서 제시되는 것은 첫째, 싱글맘과 초임교사의 고단함을 부각하기 위해서고, 둘째, 상승에서 하강으로 전환될 위치 에너지를 비축하기 위해서다. 거추장스러운 페르소나를 내던지고서야 그들은 아이들의 심연에 도달한다.

행복幸福. 3막의 주인공들에 관해 얘기하기 전에 삐딱하게 접근해 볼 낱말이다. "행복을 이 세계를 형성하는 하나의 형식으로 생각해 본다는 것은 행복이 어떻게 세상을 소위 올바르다고 하는 사람들을 중심으로 돌아가게 만드는지를 생각해 본다는 것이다."[5] 행복의 각본을 가르쳐서 '올바른 사람'으로 키우려던 어른은 가정과 학교로부터 아이가 밀려나는 데 일조하고 만다. 대신에 미나토(쿠로카와 소야)와 요리(히이라기 히나타)는 땅 밑으로 향한다. 그들의 손길로 말미암아 버려진 열차가 다시 태어난다. 그렇다고 해서 영화는 아이들을 순진무구한 천사로 묘사하지 않으며 불민한 어른들을 단죄하는 데 몰두하지도 않는다. 어쩌면 교장(다나카 유코)이야말로 사오리와 호리를 농락하는 구심점이겠으나 두 소년의 허물을 덮어주고 핵심적인 대사를 발화하는 인물도 그녀다. "몇몇 사람만 가질 수 있는 건 행복이라 부르지 않아." 불행한 이들의 만남은 경직된 행복의 형식을 재구성한다.

---

4) 어빙 고프먼, 《자아 연출의 사회학: 일상이라는 무대에서 우리는 어떻게 연기하는가》, 진수미 옮김, 현암사, 2016, 7쪽 · 51쪽 참조.
5) 사라 아메드, 《행복의 약속: 불행한 자들을 위한 문화비평》, 성정혜 · 이경란 옮김, 후마니타스, 2025, 32쪽.

요컨대 〈괴물〉이 취하는 입장은 아무래도 진실을 알 수 없다는 불가지론이 아니다. 오히려 진실, 행복, 미래 같은 추상적인 관념들에 얽매여서 눈앞의 구체적인 현실을 놓치지 말아야 한다고 영화는 강조한다. 분명히 신호가 있었다. "나는 아빠처럼 될 수 없어"라는 나직한 고백, '돼지의 뇌를 고쳐 놓겠다'는 요리 아버지의 엄포. 일상을 지연시키는 태풍은 재해이지만 일상이 재난이었던 이들에게는 몸과 마음을 씻어내는 세례가 된다. 2.39:1의 시네마스코프와 탁월히 어울리는 엔딩을 어떻게 해석하는지에 따라 〈괴물〉의 조성은 다르게 들린다. 하나는 잡음과 뒤섞여 전달되는 소음에 귀 기울이지 않으면 더 많은 생명을 잃게 될 것이라고 경고하는 단조의 비가悲歌. 다른 하나는 남들보다 길고 어두운 터널을 지나고 있는, 혹은 그것을 기어코 통과해서 살아남은 퀴어 아이와 어른을 향한 장조의 찬가讚歌. 내가 지지하는 결말은 후자다.

작가들의 법정: 〈추락의 해부〉의 경우

일상과 용례를 달리하는 법률 용어로 선의善意와 악의惡意가 있다. 일반적으로 전자는 착한 마음을, 후자는 나쁜 마음을 뜻하지만, 법학에서는 전혀 다르다. 간단히 말하면 선의는 모르고 한 일이고 악의는 알면서 한 일이다. 그런데 법률에서도 악의가 윤리의 문제로 다뤄지는 예외가 있는데 바로 이혼 사유를 다투는 경우다. "배우자가 악의로 다른 일방을 유기한 때"(「민법」 제840조 제2호). 부부 일방 혹은 쌍방의 법적-도덕적 과실을 가리는 일, 나아가 가정이라는 사적 영역과 법정이라는 공적 영역을 겹쳐놓는 일은 세계영화사에 극적인 순간들을 부여해 왔다. 〈레베카〉(1940), 〈검찰 측 증인〉(1957), 〈씨민과 나데르의 별거〉(2011), 〈결혼 이야기〉(2019)…. 목록을 열거하자면 과히 길어질 테니 이렇듯 쟁쟁한 부부 법정물의 계보 가운데 〈추락의 해부〉가 어떤 변별점을 갖는지 살피는 게 좋겠다. 예고하건대 이 영화는 컨텍스트의 층위를 포괄해서 논할 때 비로소 그 진가를 드러낸다.

먼저 오토 프레밍거의 〈살인의 해부〉(1959)를 인유하는 제목을 눈여겨보자. '살인'의 자리를 대체한 '추락'은 두 가지 차원의 의미를 지닌다. 첫째는 물리적 추락. 물론 이는 사고인지 자살인지 살인인지 불분명한 사뮈엘(사뮈엘 테이스)의 추락사死를 일컫는다. 둘째는 상징적 추락. 이때 추락의 주어는 둘이다. 생전에 사뮈엘은 가부장적 권위를 잃었고 베스트셀러 작가였던 산드라(산드라 휠러)의 명예는 재판으로 실추된다. 공교롭게도 두 배우와 배역의 퍼스트 네임이 같다는 점, 산드라가 오토픽션의 저자라는 점을 염두에 두면서 작중 TV 쇼에 나와 '작가의 남편 살인이 어느 교수의 자살보다 훨씬 흥미롭다'고 말하는 논자의 정체를 확인하자. 그는 감독 트리에의 실제 파트너이자 공동 각본가인 아르튀르 아라리다—트리에와 아라리는 일과 가정의 양립에 관한 인터뷰를 남기기도 했다.[6] 이쯤에서 우리는 의심해야 한다. 〈추락의 해부〉는 법정물의 외피를 쓴 메타-오토픽션인가?

<hr>

6) Clarisse Fabre, "Justine Triet, cinéaste: ≪Ecrire à deux, c'est un jeu de ping-pong≫", *Le Monde*, 2021.2.3.

> *"궁금한 게 뭐야?"* [···]
> *"독자에게는 불편해요. 실화잖아요.*
> *오직 경험한 일만 써야 하나요?"*

사실 〈추락의 해부〉는 첫 장면에서부터 자신의 패를 절반쯤 내보인다고 해도 과언이 아니다. 산드라의 성적 지향이 조에(카밀 루더포드)와의 미묘한 긴장을 통해 암시될뿐더러, 둘의 대담은 이 영화가 진실과 허구와 실재, 그리고 스토리텔링에 관한 것임을 알려준다. 현상학자 데이비드 카의 언급처럼 "이야기는 실제 삶으로서 겪는 가운데 말해지며 말해지는 가운데 실제 삶으로서 겪어진다. 삶 가운데의 행위와 고통들은 스스로에게 이야기를 말하는 과정, 그러한 이야기에 귀 기울이는 과정, 그리고 그것을 실행하거나 겪어 나가는 과정으로 볼 수 있다."[7] 그러나 이야기는 밖으로도 흐른다. 〈추락의 해부〉의 법정이란 이야기를 말하거나 듣거나 실행하면서 자신과 타인의 고통을 심화하거나 경감시키는 인간 사회의 축소판과도 같다. 여기서 피고인, 증인, 검사, 변호사는 공통된 임무—사법적 '진실'로 판정될 만한 가장 개연성 높은 '픽션'을 빚어내기—를 수행한다. 즉 그들은 작가다.

이처럼 문자언어의 역학을 다루면서도 영상언어가 자못 정교한 편인데 산드라와 다니엘(밀로 마차도 그라너)의 장벽을 구현할 때가 유달리 그렇다. 타국어로 스스로를 변호하려 애쓰는 산드라의 입술을 클로즈업하거나, 보이지 않는 어머니를 향해 곤두서 있는 다니엘의 청

---

7) David Carr, 《시간, 서사 그리고 역사》, 유화수 옮김, 한국문화사, 2009, 93쪽.

신경을 오버 더 숄더 숏으로 포착하는 식이다. 더불어 영화의 초점은 스토리텔링[이야기하기] 못지않게 이야기되는 자들의 고통에도 맞춰져 있다. 연일 사생활이 파헤쳐지는 산드라의 압박감은 두말할 나위가 없으며 사뮈엘의 죽음을 시뮬레이션한 뒤에는 다니엘의 착잡한 표정이 덧붙는다. 그러나 인생의 서사를 고쳐 쓸 수 있기에 트라우마가 시나브로 회복되기도 한다. 이를 다니엘은 조금 빨리 또 혹독하게 배운다. 그가 연주하는 구원가歌는 아버지의 언어를 대리하는 보이스오버로 청각화되고, 어머니와 동일한 프레임 안에 잡히는 구도로 시각화된다.

한편으로 〈추락의 해부〉는 다니엘의 성장물이다. 부모의 일방적인 보호 대상이던 그는 '어떻게'보다는 '왜'라는 문학적 영역을 탐색해서 최선의 시나리오를 마름질하는 작가로 거듭난다. 다른 한편으로 〈추락의 해부〉는 포스트진실 시대의 영화적 대응이다. 매회 만석이던 방청석이 다니엘의 최종 증언일에만 텅 비었음을 잊지 말자. "법적 상황의 피로감을 오늘날의 하이퍼미디어적 조건에 대한 성찰과 결부"[8] 시킴은 이미 지적된 바지만 여기에 나는 주목 경제란 조건을 더하고 싶다. 현실과 픽션의 경계를 허물어 텍스트의 레이어를 다층화하는 트리에-아라리의 전략이 과포화된 관심 경쟁 시장에 참전하는 모종의 전술처럼 여겨지는 건 왜일까. 둘의 실재에 근접할 수 없으므로 이런 의혹은 어디까지나 (법적인 의미에서) 선의이겠으나 〈추락의 해부〉가 탈진실 시대 극영화의 최전선이라는 점만은 확실해 보인다.

---

8) 김신, 〈〈추락의 해부〉를 감싸고 있는 피로감〉, 《씨네21》 1443호, 2024, 121쪽.

출렁이는 집: 〈괴인〉의 경우

누군가는 수평과 수직의 운동성을 활용하는 공간 구조에서 〈기생충〉(2019)의 흔적을, 억눌린 히스테리와 교묘한 미스터리를 접목하는 계급 구도에서 〈버닝〉(2018)의 흔적을, 찌질한 남자들의 만담과 어딘지 서늘한 여자가 합세한 술자리에서 〈북촌방향〉(2011)을 비롯한 홍상수의 흔적을 읽어낼 것이다. 그러나 〈괴인〉이 2020년대에 발표된 가장 독창적인 한국영화 중 하나라는 점에는 대체로 동의할 것이다. 단일한 장르나 도식으로 환원되지 않는 〈괴인〉은 나름의 고유한 흐름에 따라 복잡한 행위들의 연속체를 꿰어내고는 익숙하면서도 낯선 미지의 세계로 우리를 데려다 놓는다. 비유하건대 이 영화가 일으키는 물결이란 주위에서 흡입한 에너지로 서서히 진폭과 전체 에너지를 요동시키는 불안정파destabilizing wave다.

분리와 연결, 지연과 생략. 앞에 쓴 두 단어는 〈괴인〉 속 주택의 테마이고, 뒤에 쓴 두 단어는 영화의 주된 화법이다. 지연은 이런 식이다. 비스듬한 선분 위에 놓인 역삼각형도 구형도 아닌 모양의 돌을 길게 보여준다. 한밤중에 자전거를 타는 남녀 곁에는 풀벌레 소리가, 기홍(박기홍)과 현정(전길)이 떠난 마당에는 개 짖는 소리가 잔존한다. 모두가 어떤 틈에 끼어 있고 영화는 그 틈을 소슬히 좁힌다. 그러면서도 이른바 주변부 노동의 단면들을 줄곧 프레임 내부로 불러들인다. 사다리에 올라서 조명을 매만지는 전기 기사를, 손님이 떠난 도로에서 홀로 체조하는 택시 기사를, 하나(이기쁨)가 들어간 건물에서 곧이어 나오는 배달 기사를 말이다. 망설임 끝에 전송되지 못한 메시지를 낱

낱이 펼쳐두면서 하나를 뒤쫓아간 기홍이 어떤 말을 건넸는지는 정작 생략하는 〈괴인〉은 쉬이 언표되지 않는 인간사의 미미한 편린들을 영화적으로 가시화한다.

흥미로운 것은 방어적인 태세를 취하는 관객일수록 영화의 리듬에 속수무책으로 끌려가기 쉽다는 점이다. 버나드 F. 딕은《영화의 해부》에서 신뢰할 수 없는 등장인물의 예시로 〈시계태엽 오렌지〉(1971)의 알렉스(말콤 맥도웰)를 들었다.[9] 물론 폭력과 살인을 예사로 일삼는 알렉스와 비등하진 않으나, 무례함과 사려깊음을 왕래하는 기홍에게 최소한의 정감을 갖기까지는 상당한 시간이 걸린다. 예상보다 기홍이 평범하다는 사실을 인정하고 나면 실로 종잡을 수 없는 정환(안주민)이 나타난다. 게다가 학원에 다시 가보자고 부추기는 대목에서 그는 정지화면에 가까운 상태에 붙박여 있다. 우리는 묻게 된다. 왜 야밤에 거길 가자고 할까? 왜 자꾸 술을 마시자고 할까? 왜 세입자를 구했을까? 하필 왜 기홍을 집에 들였을까? 이처럼 〈괴인〉을 본다는 것은 물음표의 연쇄와 조우하는 일이다. 마침표와 느낌표를 지양하는 영화는 쉼표와 물음표로 스스로를 지탱한다.

영화가 급격한 커브길에 접어드는 때는 하나가 (재)등장하는 장면일 것이다. 차량에서 제일 약한 지붕에 문자 그대로 뚝 떨어져 내린 그녀는 모두가 어지간히 외로운 〈괴인〉에서 가장 불안정한precarious 캐릭터다. "쉼터"와 "가출청소년"이 발화될 때 〈거인〉(2014), 〈꿈의 제인〉(2016), 〈박화영〉(2017) 등이 스쳐가지만, 자기와 타인의 연민을 공히

---

9) 버나드 F. 딕,《영화의 해부》, 김시무 옮김, 시각과 언어, 1994, 146쪽.

거부하는 하나는 독특한 페이스로 영화의 자장을 휘젓는다. 이는 해소되지 못한 콤플렉스를 끌어안고 남의 인정을 갈구하는 기홍이나 정환과는 질적으로 다르다. 다만 둘을 그저 동질화하는 것은 기홍에게 꽤 가혹한 처사일 테다. 적어도 그는 옆과 뒤를 살핀다. 마트에서 정환은 와인의 상표를 묻지만 기홍은 와인의 가격표를 확인하는 것처럼. 강자는 약자를 고찰하지 않지만 약자는 강자를 분석한다─〈괴인〉이 〈버닝〉, 〈기생충〉과 같은 궤에 놓이는 이유다. 그나마 덜 타산적인 하나조차 집주인이 누구인지는 파악하지 않던가.

생계의 마디는 저마다 다른 시간성을 만들어낸다. 현정의 친구는 카페를 올해에 차리든 내년에 차리든 상관없지만 기홍은 하루라도 빨리 공사를 따내야 한다. 대개의 주거 계약은 월이나 연 단위로 체결되지만 하나는 일 단위로 잠잘 곳을 걱정해야 한다. 그렇기에 하나 이마의 흉터에 머무르던 기홍의 눈길이 소중하다. 그의 우려는 일전의 잡기 놀이가 사냥과 다름없음을 자각했기 때문이고 남에겐 소일小一, 消日인 것이 내게는 너무나 별일일 때의 서글픔과 비참함을 이해하기 때문이다. 반면에 정환은 손톱을 물어뜯는다는 버릇에서 애정결핍의 징후를 추출한다. 무릇 상처에 대한 반응은 인간의 본바탕을 드러낸다. 현정의 경멸을 감지하지 못한[않는] 정환은 그녀의 외도가 단지 기홍과 '쿵짝이 잘 맞아서'가 아님을 전연 깨닫지 못할 것이다.

둘이 살던 집은 셋이 되고, 잠시 '하나'였다가 넷으로 출렁인다. 이정홍은 "모두가 서로에게 보이지 않는 책임이 있다는 것을, 설령 자각하지 못할지언정 영향을 미치고 있다는 것에 대해서만큼은 믿어보려

했다"[10]고 말했다. 물론 감독의 진술을 표면 그대로 받아들이거나 그
것이 영화에 고스란히 반영됐다고 치부할 만큼 우리는 순진하지 않다.
분명한 것은 '발가락이 간질거리는' 지각변동을 휘발시키지 않는 데서
〈괴인〉의 개성과 리듬이 연원한다는 점이다. 엄밀히 말하면 그런 리듬
은 미세한 부대낌을 관조하는 게 이색적이라고 느낄 만큼 거기로부터
멀어져 있는 관객의 지각작용에서 비롯된다. 돌연한 파경이 아닌 애매
한 수면으로 닫히는 결말은 의뭉스러운 공존의 찰나를 아침까지 붙잡
아 두려는 일말의 전복성일지도 모른다.

비행과 재생, 그리고 '픽션'

별이 비추는 밤하늘에서 출발했던 우리는 어스름한 새벽에 이르기
까지 세 편의 영화를 거쳐왔다. 떠나기 전에 던져야 하는 물음은 이런
것이다. 왜 이 영화들은 그토록 돌아가는가? 그러니까 왜 명료한 직선
을 거부하고 관객을 의심과 불안에 빠뜨리며 한사코 구부러져 비행하
는가? 가장 손쉬운 대답은 일정한 러닝타임이 견인될 서스펜스를 확
보하기 위해서, 라는 고전 스토리텔링 작법서 같은 제언일 것이다. 하
지만 거듭되는 의심과 불안의 끝자락에는 미해결된 잔해들이 도사리
고 있기에 이런 답변은 불완전하다. 그 대신 영화가 창조하는 주관적
세계(허구적 사실)와 관객이 구성하는 주관적 세계(서사적 진실) 사이의 접
면으로부터 끊임없이 이야기가 창발한다는 아이러니한 가능성에 주
목해 보자.

---

10) 김소미, 〈이정홍 감독과 〈괴인〉의 희귀한 저력〉, 《씨네21》 1430호, 2023, 73쪽.

영화를 만든 이와 영화를 보는 이는 상호주관적인 세계를 열고 닫는 공동체다. 이를테면 파편화된 이미지와 사운드를 들이밀다가 끝내 정답지를 쥐여주지 않는 〈추락의 해부〉, 인물의 속내도 오늘의 혼돈도 내일의 형세도 예견치 못하게 하는 〈괴인〉은 종국까지 포물선을 그어가는 관객-플레이어—서두에 나는 영화 관람을 테트리스 게임으로 비유했다—의 수고로움이 합치해야만 비로소 완성된다. "세계는, 다시 태어날 수 있는가?"[11] 시나리오 〈괴물〉의 첫머리에 고레에다는 이같이 첨언했다. 세상의 살아있는 것들과 죽어가는 것들, 혹은 움직이는 것들과 가만있는 것들은 서로 연루되어 있다. 이를 내용과 형식 양자의 차원에서 매개하는 영화는 무작위로 존재하는 일이 무의미해 보일지라도 나란히 덜컹거리자고 은밀하게 요청하곤 한다.

마지막 질문이 남았다. 왜 영화인가? 아니, 왜 영화여야 하는가? 결국 이 물음은 왜 허구를 통해 현실을 수선해야 하는가, 라는 문제로 바꾸어 적을 수 있다. 나는 'fiction(픽션)'의 철자를 하나 비틀어 'fixtion'이라 부르고 싶다. 이야기의 그물망을 새롭게 짜는 일이 손상된 세계를 수리하는 바늘땀을 뜨는 것과 같다는 의미에서다. 영화는 지구의 물리적 흔적—빛, 소리, 입자—을 보존하는 동시에 허구를 작동시킨다. 태초부터 이 행성에 맴돌고 있던 물질을 결합해 빚어진다는 점에서 그것은 언어예술인 소설과는 변별되고, 지나간 실재의 잔여를 편집으로 복원한다는 점에서 그것은 연행예술인 연극과도 변별

---

11) 사카모토 유지로부터 받은 각본의 첫 페이지에 고레에다는 "世界は、生まれ変われるか"라고 썼다. https://press.moviewalker.jp/news/article/1139514/ (접속일: 2025년 11월 28일)

된다. 무엇을 고쳐fix 어디까지 만들며fict 날아가게 될지 포물선의 시초에선 도무지 예측 불가능한 영화는 영영 완결되지 않는 프로젝트일 수밖에 없는 것이다.

그렇다. 실재의 구원에 관여하려는 '픽션'의 욕망이 시대착오적이거나 가당치 못하다고 일축하기에는 섣부르다. 오히려 영화는 허구와 실재를 관통하는 지층에 침투해서 현실을 정비하는 대안적인 장소가 되어왔다. 다른 이야기를 이야기하려면 어떤 이야기를 갖고 이야기할 것인지가 중요하다는 이야기가 있듯이,[12] 이 시대의 지배적인 허구를 흩트리기 위해서는 믿(을 수 없)음의 벡터를 증폭시키는 더 많은 이야기가 필요하다. 〈괴물〉과 〈괴인〉, 〈추락의 해부〉는 어리거나 취약한 자들에게 서사적 변곡점을 할애했고, 이들이 상상하는 재생regeneration의 희망은 그다음 영화를 재생replay하거나 멈췄던 현실을 재생restart하는 관측자에게 넘겨진다. 다른 이야기를 짓는 일은 곧 세계의 파동을 재편성하는 심급이며, 허구의 틈새에서 믿음은 갱신된다. 이것이 세 편의 영화가 우리에게 들려주는 진실이다.

---

12) 도나 해러웨이, 《트러블과 함께하기: 자식이 아니라 친척을 만들자》, 최유미 옮김, 마농지, 2021, 27쪽.

자신만의 시각으로 믿음과 진실 해부

김시무 영화평론가

관객들이 영화평론을 읽는 이유는 크게 두 가지일 것이다. 뭣보다 한 편의 영화를 인상 깊게 본 관객이라면 그 작품에 대한 해석을 읽으며 새로운 이해를 얻을 수 있길 기대한다. 그래서 자신만의 시각으로 쓴 평론은 독자 지지를 얻는다. 이는 평론이라면 반드시 갖춰야 할 필요조건이다. 하지만 여기에 머문다면 좋은 평론가로 성장할 수 없다. 자신만의 독특한 스타일까지 갖춰야 비로소 평론가란 이름값을 할 수 있을 테니 말이다.

'믿을 수 없음을 미적분하기: 탈진실 시대의 영화론'이란 제목의 평론은 두 조건을 모두 충족시킨다. 고레에다 히로카즈의 〈괴물〉, 쥐스틴 트리에의 〈추락의 해부〉, 이정홍의 〈괴인〉을 묶어 믿음과 진실의 문제를 해부했다. 평자가 세 편을 선택한 이유는 "믿음과 진실 같은 것이 때로는 남루하고 대체로 요원하지만 외로운 존재들이 버텨내기 위해서는 여전히 필요하다고 속삭이는 영화들"이기 때문이다. 예컨대 평자는 〈괴물〉을 "평범한 존재만을 규범적 인간으로 승인하는 사회가 얼마나 비좁고 갑갑한 틈바구니로 구성원들을 몰아넣는지 현시하는 영화"라고 규정한다. 그리고 "진실은 알 수 없다는 불가지론이 아니라, 오히려 진실 같은 추상적인 관념들에 얽매여 눈앞의 구체적인 현실을 놓치지 말아야 함을 강조한다"고 파악한다.

이 평론은 별이 '총총한 밤하늘'이란 루카치의 명문을 화두로 삼아 논의를 전개한다. 하지만 이 영화들을 이해하려면 결국 '어스름한 새벽'이란 긴 우회로를 거칠 수밖에 없다. 이 영화들은 명료한 직선을 거부하고 관객을 의심과 불안에 빠뜨리기 때문이다. 그래서 평자는 "왜 영화인가?"란 질문을 던진다. 그리고 영화란 허구fiction를 통해 현실을 수선fix-tion해야 하기 때문이란 답을 제시한다. 세 작품이 상상하는 재생regeneration의 희망을 관측해 현실을 재생restart하는 건 평자의 몫이었다. 평자는 세 편의 영화에서 탈진실의 시대에 진실의 목소리를 들을 수 있었던 것이다.

좋은 글은 좋은 삶과 함께 가는 것

최우정

비평이라는 것을 쓰는 계기는 대개 두 가지다. 첫째, 무엇이든 남기고 싶은 텍스트를 만났을 때. 둘째, 어떻게든 건네고 싶은 메시지가 생겼을 때. 전자에겐 텍스트에 대한 직관을 해명할 임무가, 후자에겐 메시지와 닿는 작품을 발견할 과제가 주어진다. 그런데 위의 두 계기가 맞물리는 경우도 가끔 일어난다. 우연히 다가온 텍스트와 메시지가 저절로 이야기를 펼쳐놓는 때다. 당선 소식을 듣고는 받아쓰기를 마쳤다는 느낌을 받았고, 앞으로도 '진짜와 가짜'로 말놀이를 하겠다는 예감이 들었다.

2025년 한 해 동안 몇 편의 글을 발신했다. 그것의 형식과 내용을 막론하고, 사람의 마음이 타인의 마음에 수신된다는 것은 언제나 놀라운 일이다. 평생 네가 글을 쓰길 바란다고, 자주 당신의 글을 읽길 원한다고 격려했던 분들의 눈빛과 음성을 기억한다. 비평을 쓰는 행위가 이따금 외롭지만 그럼에도 괴롭지 않은 이유는, 나보다 나를 더 믿어주는 존재들이 있기 때문이다. 그때 그곳에서 써야 했던 글, 지금 이곳에서 읽힐 만한 글을 쓰고 싶다. 앞에 적은 문장을 초심이라 불러도 좋을 것이다.

극예술 연구의 도정을 열어주신 이상란 선생님, 키네마kinema의 매혹을 알려주신 백문임 선생님께 감사드린다. "닮고 싶은 스승을 두 분이나 만나는 건 공부하는 이에게 흔치 않은 행운이다"라고 밝힌 적이 있는데, 이보다 정확한 표현을 짓기는 어렵기에 다시 인용한다. 즐겁게 쓰인 원고에 기대를 걸어주신 심사위원께 감사드린다. 17년 전 TV에서 들었던 어느 소설가의 말처럼, "하고픈 일을 신나게 해내는" 딸을 응원하실 부모님께, 더딘 삶으로 종종 기쁨을 드리기를 상상해 본다.

나를 거쳐 간 모든 책, 영화, 사람에게 감사한다.

영화평론

부산일보

김 형 식

경기도 시흥 출생
2024년 중앙대 문화연구학과 박사 졸업
2026년《부산일보》신춘문예 영화평론 부문 당선
noahs.k@outlook.com

실존의 침묵에 맞서는 재현의 윤리
─ 〈존 오브 인터레스트〉에 관하여

김 형 식

파시즘의 귀환과 재현의 (불)가능성

최근 스웨덴 '민주주의 다양성 연구소 V-Dem'에서 발행한 〈민주주의 보고서〉(2025)는 한국의 민주주의를 '자유 민주주의'에서 한 단계 하락한 '선거 민주주의'로 분류했다. '이코노미스트 인텔리전스 유닛 EIU'에서' 발행한 〈민주주의 지수〉(2024) 역시 한국을 '결함 있는 민주주의 국가'로 선정한 바 있다. 민주주의의 위기는 한국뿐 아니라 전 세계의 공통적 현상처럼 보인다. V-Dem 보고서에 따르면 현재 72% 국가가 독재 정부 치하에 있는 것으로 조사되었는데, 이는 1978년 이래 최고 수치에 해당한다. 이탈리아 철학자 프랑코 '비포' 베라르디는 전 세계가 파시즘으로 치닫고 있다고 진단한 바 있다. 야만적 폭력과 인간성 말살 현상이 빠르게 증대할 것이며, 문명의 종국적인 붕괴까지 초래할지 모른다는 것이다.

일련의 상황 속에서 우리는 제2차 세계대전 당시, 나치 독일의 파시즘과 인종 학살을 다룬 조나단 글레이저 감독의 영화 〈존 오브 인터레스트〉(2023)가 거둔 성취에 주목할 필요가 있다. 〈존 오브 인터레스트〉가 무엇을 성취했는가를 이야기하기에 앞서, 영국 비평가 마크 피셔의 논의를 알아보자. 마크 피셔는 자크 라캉에 기대어 '실재'와 '현실'을 구분한다. 실재란 현실이 반드시 억압해야 하는 재현 불가능한 X, 균열과 비일관성 속에서만 엿볼 수 있는 트라우마적 공백을 의미한다. 우리는 존재하지만 재현할 수 없는 실재와 '직접' 마주할 수 없다. 다만 어떤 균열과 얼룩, 오점을 통해서 간접적으로 인식할 수 있을 뿐이다. 슬라보예 지젝은 실재란 현실과 대립하며 기만적인 현실의 층위를 벗겨내는 무엇이라고 지적한다. 현실은 실재를 억압함으로써 구조화되기에, 실재의 환기가 현실의 구조를 깨부수기 때문이다.

전쟁의 실재는 추상적인 기호 체계, 이를테면 사망자 숫자, 경제적 피해액, 간접적인 목격담, 혹은 단편적인 정보와 이미지 몇 장만으로 재현 불가능한 무엇이다. 전쟁의 실재는 전쟁이 실행되고 진행되는 순간, 그것을 몸으로 체감해야만 했던 주체에게 닥치는 공포와 폭력의 실체, 형언할 수 없는 끔찍함과 참혹함으로 가득한 현장의 한가운데 있다. 따라서 실재를 재현하려는 영화적 시도는 한계점에 봉착하기 마련이다. 재현의 대상이 '쇼아'처럼 트라우마적 사건이라면 더욱 그렇다. 어떠한 방법으로도 공포와 절망—시체 타는 냄새, 희생자의 공허한 눈빛들, 가축처럼 끌려가 도살당하는 인간 등—의 실재를 온전히 담아낼 수 없기 때문이다. 언어화할 수 없는 대상, 카메라 렌즈와 축음기로 담아낼 수 없는 사태 앞에서 예술가는 침묵을 지킬 뿐이다.

조르주 디디-위베르만은 쇼아를 '암흑의 구멍'이라 지칭하며 이를

대하는 두 가지 태도를 구분한다. 첫 번째는 구멍을 금기의 영역에 내버려두는 것이다. 이는 쇼아를 접근 불가능하고 상상할 수 없으며 형상화할 방법이 없는 '환영의 공간'으로 취급하는 방식이다. 아도르노는 아우슈비츠 이후 시는 불가능해졌으며, 아우슈비츠 이후의 모든 문화는 쓰레기에 지나지 않는다고 선언한 바 있다. 이는 재현 불가능한 실재로서 쇼아를 손댈 수 없는 어둠 그 자체이자, 마치 종교적인 '성스러움'의 대상과 유사하게 취급하는 태도다. 두 번째는 실재에 대한 재현 불가능성에도 불구하고 어떻게든 구멍 안에 빛을 비추기 위해 시도하는 것이다. 이는 구멍을 응시하고, 구멍 안으로 들어가고, 어둠으로부터 무언가를 끄집어내려는 시도를 부단히 감행하려는 태도다. 이와 관련하여 알랭 바디우는 아도르노가 언급한 시의 불가능성에 동의하지 않는다고 주장한다. 바디우는 파울 첼란의 시를 예시로 들며, 그가 아우슈비츠에 관한 시적 창조를 결코 멈추지 않음으로써, 실재를 사유하고 명명하는 '시적 성취'를 달성했다고 평가한다. 글레이저 감독은 파울 첼란의 작업처럼 두 번째 방법을 선택한다. 감산하고 비워내기를 통해 재현 불가능한 대상의 재현을 감행한다.

그렇다면 〈존 오브 인터레스트〉가 재현하려는 대상은 무엇인가? 누구의(혹은 무엇의) 무엇인가? 바디우는 '존재'와 '실존'을 엄밀하게 구분한다. 존재한다고 해서 모두가 동일한 강도로 실존하는 건 아니다. 바디우는 플라타너스 나무 한 그루를 예시로 든다. 길거리에 줄지어 서 있는 플라타너스 나무들은 각각을 구성하는 원소가 다르기에 존재적으로 구별되는 개체다. 그러나 차를 타고 빠른 속도로 지나가는 사람에게는 차이가 인식되지 않기에, 두 그루의 나무는 유사성으로 출현한다. 반면 두 나무 사이에 가만히 누워있는 사람이 있다고 가정해 보자. 그에게 두 그루의 나무는 본질적으로 다른 고유의 모습으로 나타난다. 두 경우 모두 나무의 존재는 동일하지만, 세계에서 드러나는 실존의 양상은 다르다. 빠르게 지나치는 운전자에게 플라타너스 나무는 거의 인식조차 되지 않으며 실존값은 미약하다. 반면 나무 아래 누워 나뭇가지의 흔들림을 관찰하는 몽상가에게 플라타너스 나무의 실존값은 크고 강렬하다.

이러한 구도는 인간에게도 적용될 수 있다. 하나의 세계 내에서 누군가의 실존은 크고 강렬한 강도를 갖지만, 반대로 누군가의 실존은 미미하다. 세계는 어떤 이들에게 관심이 없으며 마치 존재하지 않는 듯 취급한다. 이를테면 난민이 존재한다는 사실은 의심할 나위 없이 확실하지만, 이들의 실존은 지극히 미약하다. 이들은 세계 내에서 아무런 힘을 소유하지 못하며 원하는 바를 거의 쟁취할 수 없다. 오늘날 현실 세계에서, 특히 정치의 영역에서 난민은 '비실존자'다. 하지만 중요한 점은 비실존자란 세계 내에서 최소로만 측정되는 어떤 것일 뿐, 결코 '무無'는 아니라는 사실이다.

〈존 오브 인터레스트〉에서 독일 장교 루돌프 회스(크리스티안 프리델 분)가 지닌 실존의 정도는 강렬하다. 아우슈비츠 수용소 소장인 루돌프 회스는 수용소 안에서 절대적인 권력을 지니고 있다. 그는 수용소 바로 옆에 호화로운 저택을 지어 가족과 함께 거주 중이다. 집에는 많은 방과 욕실, 커다란 수영장이 자리 잡고 있으며, 다양한 꽃과 식물을 키울 수 있는 넓고 아름다운 정원도 갖추어져 있다. 자질구레한 집안일을 담당하고 관리할 하인 역시 즐비하다. 이렇듯 루돌프와 그의 가

족은 안락한 저택에서 친구와 가족을 초대하여 파티를 벌이며 풍요롭고 충만한 생활을 영위한다. 반면 루돌프의 집 너머의 세계, 화면 바깥의 세계와 그곳에 존재하는 사람들은 실존하지 않는다. 물론 그들의 존재는 명백하지만, 세계 내에서 어떠한 위치도 점유하지 못하는 비생명이라는 점에서 그들은 비실존자다.

광학적 방식에 관하여

〈존 오브 인터레스트〉의 재현 전략은 모호하고 간접적인 방식을 사용하여 비실존자의 존재를 드러내는 것이다. 영화는 수용소 담장을 기준으로 서로 다른 장소에 거주하는 자들의 실존값의 차이를 내화면과 외화면의 분리로 구분한다. 먼저 루돌프 가족을 비출 때 카메라는 수평 앵글을 적극적으로 활용하고 주체의 시선과 밀착하여 담아냄으로써 그들이 세계에 출현하는 실존의 강도를 부각한다. 영화의 디제시스 안에서 루돌프의 집은 어두운 무대 한가운데 강렬한 핀 조명이 떨어진 공간과 유사하다. 조명 안과 밖의 대비가 강렬할수록 주변은 어둠에 잠겨 보이지 않게 된다. 조명이 내리쬐는 루돌프의 집이 바다 가운데 섬처럼 떠오르고 그 바깥은 수면 아래로 가라앉아 침묵한다. 카메라는 담장 너머의 비실존자를 응시하지 않는다. 가해자가 지닌 시선의 권력을 재현하듯 그들을 비가시적 대상으로 외화外化하고 밀어냄으로써 극소의 실존값을 재현한다.

실제로 카메라는 집안일을 돕는 하인으로 등장하는 짧은 장면을 제외하고는 유대인을 거의 비추지 않는다. 특히 수용소 내부의 유대인은 한 번도 카메라의 시선에 온전히 포착되지 않는다. 하지만 라캉이 말했듯 상징계가 억압한 실재는 상징화되지 않는 오점으로서, 현실의 한계를 가리키고 그 너머의 이면을 드러내는 구멍으로서 영속한다. 스크린은 그러한 오점을, 다시 말해 현실이 일관성을 확보하기 위해서 배제한 것의 흔적을 포함하고 있다. 〈존 오브 인터레스트〉에서 비실존자가 화면 내부로 틈입하는 순간은 그들이 신체를 지니고 살아있는 인간 존재로부터 추방당하여 인간 아닌 무엇(이를테면 무기물에 해당하는 비생명)이 되었을 때 비로소 가능하다. 요컨대 비실존자의 존재는 실재적 오점—오물이나 잔여물로 상징화됨으로써만 카메라 시선의 내부로 포착된다.

　루돌프 가족의 시선에서 유대인은 인간이 아닌 불결한 폐기물로 제시된다. 생일 선물로 나룻배를 선물 받은 루돌프가 아이들과 함께 강가로 놀러 간 씬을 보자. 루돌프는 낚시하고 있고 아이들은 물가에서 장난치며 놀고 있다. 이때 강 상류로부터 희뿌연 무언가가 떠밀려 내려온다. 회색빛 물결의 정체는 수용소에서 학살당한 유대인들의 시체를 소각하고 남은 잿물이다. 그때 루돌프는 물속에서 인간의 얼굴 뼈 일부를 건져낸다. 놀란 루돌프는 집으로 돌아와 자신과 아이들의 몸을 철저히 소독하고 닦는다. 아이들이 코를 풀자, 소각장의 연기 그을음이 흘러나온다. 또 다른 씬은 루돌프의 부인 헤트비히 회스(산드라 휠러 분)가 남편을 찾아 강가로 걸어가는 장면이다. 카메라는 그녀의 눈높이에 맞춘 수평 앵글로 움직인다. 배경에 보이는 수용소 지붕 너머로 시체 소각장의 연기가 끊임없이 올라온다. 이처럼 루돌프 가족 일상의 중간에 무심하게 틈입하는 실재의 잔여는 비실존자가 화면 너머에 존

재하고 있음을 부단히 상기시킨다. 리얼리즘적 재현을 포기한 카메라의 시선은 참상을 직접 보여주며 고발하지 않는다. 우리는 다만 짐작할 수 있을 뿐이다. 바깥에 누군가 분명히 존재했다고(혹은 존재한다고) 말이다.

루돌프 가족에게 장벽 너머의 세계에 거주하는 존재들은 인지해야 할 대상이 아니다. 카메라는 이들의 시선을 따라 수용소 내부를 보여주지 않는 편을 선택한다. 하지만 불가피하게 그 세계를 보여주어야 할 순간이 있다. 물론 수용소는 철저히 분리되고 격리된 세계이며, 출입 역시 엄격히 금지되어 있다. 그럼에도 불구하고 목숨을 걸고 금지된 세계로의 외출을 시도하는 소녀가 있다. 루돌프의 집에서 일하는 폴란드 소녀는 수용소 안을 돌아다니며 누군가 먹을 수 있도록 음식을 숨겨둔다. 이때 카메라는 적외선 촬영을 활용한 광학적 방식으로 조심스럽게 금기에 접근한다. 오직 파충류 중 일부 종만이 적외선을 통해 사물을 인식할 수 있다고 알려져 있다. 루돌프 가족이 살아가는 세계, 풍요롭고 살만한 '인간적인 세계'를 비출 때 카메라는 인간의 시선을 활용한다. 하지만 이와 대비되는 '비실존자의 세계'는 수많은 생명이 스러져가는 비非공간이다. 카메라는 인간적 시선의 리얼리즘을 포기하고 비인간의 시선으로 바라봄으로써 재현 불가능한 것의 재현을 시도한다. 쇼아의 공간은 검은 장막으로 온통 둘러쳐진 듯한 칠흑 같은 어둠의 세계로 그려진다. 모든 게 말살되고 빛을 잃은 지옥 안에서 오직 소녀의 작은 몸짓과 따뜻한 선의를 품은 음식만이 미약한 빛을 발산할 뿐이다.

음식을 숨긴 소녀는 루돌프의 집으로 돌아온다. 이때 카메라는 동일한 장면을 다른 각도에서 두 번 보여준다. 먼저 외부에서 소녀를 바라보는 쇼트가 나오고 뒤이어 집 안에서 소녀를 맞이하는 쇼트가 붙는다. 집의 내부가 인간의 세계임을 보여주듯 집 안의 카메라는 일상적인 장면과 동일한 방식으로 소녀를 비춘다. 반면 집 바깥의 카메라는 수용소 내부와 동일한 열화상 카메라를 사용하여 소녀를 바라본다. 인간적 시선과 비인간적 시선으로 구분되는 카메라의 시선은 분절된 두 세계 간의 대비를 감추거나 이음새를 메우려는 어떠한 노력도 시도하지 않는다. 오히려 부자연스럽고 급작스러운 장면 전환을 통해 간극을 넓히고 기묘한 이질감을 강조한다.

음향적 방식에 관하여

광학적 방식에 더해 〈존 오브 인터레스트〉는 음향 기법을 활용하여 평온해 보이는 현상 너머의 실재를 드러낸다. 이는 오점을 드러내는 카메라의 시선과 유사하게 의미화되지 않고 상징화되지 않는 소리, 그러나 화면 너머에서 지속적으로 들려오는 소음을 활용하는 방식이다. 앞서 언급한 장면으로 돌아가 보자. 소녀가 위험한 외출을 시도하는 동안, 카메라는 비인간의 시선으로 소녀의 행적을 좇는다. 동시에 그림 형제의 동화 〈헨젤과 그레텔〉 이야기와 함께 낮고 누군가 경고하는 듯한 소리의 신경질적인 저음이 반복해서 삽입된다. 어린아이를 위한 동화 내용과 대비되는 위협적인 사운드의 극명한 대비는 압도적인 현실의 폭력 앞에 노출된 소녀의 상황과 몸짓의 의미를 선연하게 강조한다.

　사운드가 일으키는 심상의 불일치는 그 외에도 여러 장면에서 반복된다. 수용소 내 루돌프의 일상을 보여주는 씬에서 카메라는 무언가를 응시하는 루돌프의 얼굴을 로우 앵글로 클로즈업한다. 루돌프는 성가시다는 듯 다소 인상을 찌푸리며 무언가를 내려다보기도 하지만 표정이나 자세에 거의 변화가 없다. 카메라는 무려 30초에 달하는 긴 시간 동안 동일한 각도에서 루돌프의 무료한 일과를 담아낸다. 보이는 건 루돌프의 옆모습과 어깨에 걸친 희뿌연 하늘, 그리고 원인 모를 검은 연기뿐이다. 하지만 우리는 연기의 정체가 시체 소각장이 뿜어내는 그을음이라는 사실을 알고 있다. 끝없이 피어오르는 연기를 배경으로, 고함과 비명, 누군가의 처절한 절규와 흐느낌이 들리고, 뒤이어 총성이 울려 퍼진다. 카메라는 지옥일 것임이 분명한 수용소 장내의 풍광을 보여주지 않는다. 다만 배경에서 들려오는 소음을 통해 비실존자의 존재를 암시한다. 우리는 내화면 바깥의 참극을 짐작할 수 있을 뿐이다.

　헤트비히가 정원을 소개하는 씬은 영화가 추구하는 재현 방식을 분명하게 드러낸다. 헤트비히는 집을 찾아온 어머니 리나 한셀(이모젠 코제 분)에게 공들여 가꾼 정원을 소개한다. 헤트비히는 꽃과 허브, 채소 등을 자랑한 뒤, 자신을 '아우슈비츠의 여왕'이라 지칭한다. 이후 카메라는 정원의 꽃을 비춘다. 꽃이 익스트림 클로즈업으로 잡히고 배경에서 들려오던 소음이 커지기 시작한다. 꽃 주위를 맴돌던 벌의 날갯짓 소리가 증폭되다가 이윽고 먼 소음으로 확장된다. 윙윙대던 소리가 비명과 총성으로 변하더니 붉은 꽃이 화면을 가득 채워 핏빛으로 물든다. 헤트비히가 자랑하는 정원이 타인의 피와 생명을 대가로 피어났음이 암시된다. 경고하는 듯한 과도하고 불쾌한 저음과 신경질적인 사운드가 잇달아 들려온다. 이처럼 화면과 불협하는 사운드의 삽입은 우리에게 목가적 상황처럼 보이는 내화면의 기만으로부터 깨어날 것을, 바깥의 실재를 기억할 것을 부단히 상기시킨다

극 중간에 삽입되는 사운드가 이질감과 낯섦의 충격 효과를 산출한다면, 오프닝과 엔딩에 배치된 사운드는 존재론적 질문을 제기한다. 일반적인 음악은 한 옥타브를 12개로 분절한 평균율equal temperament을 기반으로 창작되었다. 하지만 자연에는 사실 무한한 수의 '음音'이 존재한다. 감각이 예민한 사람이라면 12음이 제시하는 음과 음 사이에 존재하는 다채로운 음의 존재를 어렵지 않게 알아챌 수 있다. 우리는 무한의 음 중에 임의로 구분한 12개의 음으로 한 옥타브를 구성하여 음악에 활용할 뿐이다. 이때 선택받은 극소수의 12개 음은 선율과 화성을 이루며 수많은 음악 안에서 강렬하게 실존하지만, 배제된 무한한 나머지 음은 음악의 영역에서 비실존하는 침묵의 음이 된다.

〈존 오브 인터레스트〉는 이전까지 음악에서 무관심했던 음에 주목하며 실재에 접근한다. 그것은 12음계보다 세분화된, 음과 음 사이의 간극에 존재하는 미분음微分音Microtone을 사용하여 음계 바깥에 위치한 음들을 되살려내는 방식이다. 미분음은 청자가 의식하지 못하는 사이에 낯설고 기묘한 감각과 함께 불안감과 긴장감을 자아낸다. 작곡가 미카 레비Mica Levi는 음악의 형식적 실험을 통해 미분음처럼 분명히 존재하지만 침묵 당해 온 비실존의 존재를 표출한다. 미카 레비는 글레이저 감독의 다른 영화 〈언더 더 스킨〉(2013)에서도 미분음을 사용한 바 있다. 이때 미분음은 영화 곳곳에 삽입되어 정체를 파악할 수 없

는 외계 존재를 향한 기괴하고 으스스한 감각을 형성한다.

〈존 오브 인터레스트〉에서 미분음은 극 중간이 아닌 처음과 끝을 장식하는 오프닝과 엔딩 크레딧에 삽입된다. 오프닝 장면은 미분음을 활용하여 불협하는 사운드를 들려주면서, 비실존자의 존재를 들려주려는 영화의 목적을 암시한다. 극 중간의 사운드는 비실존자의 고통과 비명을 화면 바깥에서 들려오는 소음의 형태로 삽입한다. 엔딩 크레딧은 오프닝에서 제시된 미분음에 더해 영화의 상영시간 전체를 통해 하나씩 축적된 비실존자의 절규를 한 데 응축하여 폭발시킨다. 마지막 순간 미분음들 사이에 희생자의 소리를 배치하고 쌓아 올려, 거대한 절규의 교향곡을 상연한다. 영화의 디제시스 내에서 시종일관 인식 너머로 추방당해 제대로 보이거나 들리지 않던 비실존자들은 그제야 비로소 저마다 고유한 주파수를 가진 미분음이 되어 강렬하게 실존함으로서 공기를 뒤흔든다. 비실존자들이 온몸으로 발산하는 공기의 파동은 켜켜이 쌓여 존재를 부정하는 세계를 향해 고함친다. 가해자에 의해 피해자의 실존은 침묵 당했지만, 그럼에도 불구하고 존재는 지워지지 않고 남아 비명을 지른다. 실존을 은폐 당한 존재가 내지르는 탄식과 곡哭을 들으며 우리는 문득 소름 끼치는 섬뜩함을 느낀다. 그들은 말한다. 내가 분명히 여기에 존재했다고(혹은 여전히 존재한다고).

악의 평범성 혹은 정치성

루돌프는 낮에는 수용소 내부에서 끔찍한 범죄를 저지른 뒤, 저녁에 집으로 돌아오면 다정하고 따뜻한 가장이자 동물애호가가 된다. 루돌프의 가족은 장벽 너머에서 수많은 인간이 죽고 소각당하는 와중에 아무 일도 일어나지 않았다는 듯 평온한 일상을 보낸다. 그들은 마치 수용소가 없다는 듯, 장벽 너머에 아무것도 존재하지 않는 듯 생활한다. 그렇다고 이들이 인지 능력에 문제가 있거나, 어리석은 바보들인 것은 아니다. 이들은 누구보다 약삭빠르고 속물적이며, 기민하게 자신의 손익을 정치적으로 판단하여 행동한다. 이는 언뜻 아렌트가 말한 '악의 평범성'에 대한 예증처럼 보인다. 아렌트에 따르면 나치 전범들은 끔찍한 괴물이나 악마가 아니라 평범한 이웃과 크게 다르지 않다. 그들은 다만 상부의 명령을 비판적으로 수용하지 못한 채 맹목적으로 순응한 끔찍한 인간들이었을 뿐이다.

바디우에 따르면 아렌트주의자들이 주장하듯 나치의 부역자들이 사유하지 못한 채 맹목적으로 행동한 바보들이라 여기는 순간, 우리는 사태의 핵심을 놓치게 된다. 아렌트주의자들은 주로 악의 행위를 저지른 개인에게 초점을 맞춘다. 비판적 사고력이 결여된 개인이 문제라는 식이다. 하지만 바디우는 나치 전범들은 분명히 자신이 저지르는 행동을 인식하고 사유하고 있었으며, 더 나아가 나치즘 자체가 정치이자 사유에 해당한다고 말한다. 나치 독일은 끔찍하고 파렴치한 조치들을 정성스럽게 계획하고 사유하였으며, 가장 엄격한 방식으로 다루었다. 나치가 저지른 악은 무사유로 인한 게 아니라, 정치 그 자체의 온전한 실패로부터 비롯되었다.

희생자들을 비가시화하고 침묵시킨 건 개인의 무사유가 아니라 정치의 작동으로부터 비롯된다. 영화는 악의 평범성을 넘어 악의 정치성

을 분명하게 보여준다. 이는 독일군이 헝가리를 점령하게 된 이후의 회의에서 잘 드러난다. 나치 독일의 수뇌부는 헝가리에 거주하는 70만 명의 유대인 학살을 위한 계획을 논의하고 있다. 매일 유대인이 1만 2천 명이 열차를 통해 수송되고, 노역에 동원되는 일부를 제외한 대부분을 수용소로 보내 학살하는 계획이 수립된다. 이때 카메라는 수직의 부감 쇼트로 테이블을 내려다본다. 외곽부가 왜곡되어 있고 중앙에 집중되는 형태의 카메라 시선은 학살을 결의하고 실행에 옮긴 세기의 범죄가 이루어진 정치적 장소를 고발하는 듯하다.

동일한 시선이 조금 뒤 반복된다. 70만 명의 학살을 결정한 뒤, 나치 수뇌부와 그들의 가족들이 참여하는 파티가 벌어진다. 흥겨운 음악과 분위기에 맞춰 멋을 낸 사람들이 파티를 즐기고 있다. 이때 카메라는 수직에서 중앙을 부각하는 시선으로 이들을 내려다본다. 카메라는 인간의 시점에서 파티의 흥취에 동참하는 대신 멀리서 거리를 둔 채 비인격적인 시선으로 바라본다. 이는 인간의 얼굴을 한 파티장 내부의 범죄자들로부터 떨어져, 이들이 추악한 범죄자 집단에 불과하다는 사실을 상기시킨다. 동시에 이 장면은 높은 곳에서 파티장의 사람들을 내려다보는 루돌프의 시선과도 유사하다. 루돌프는 이전부터 대량의 유대인들을 효율적으로 말살하고 소각하는 방법을 개발하기 위해 애써 왔다. 24시간 쉼 없이 작동하는 소각장을 만들기 위해 구획을 나누어 가열과 소각, 냉각을 반복할 수 있는 순환 소각장 도입을 계획한다. 파티장에서도 루돌프는 파티에 동참하는 대신 높은 곳에 올라 사람들을 내려다본다. 건물 전체의 구조와 규모를 살피며, 어떻게 하면 이들을 효과적으로 학살할 수 있을지 고민한다.

루돌프는 자신의 성취를 즐기거나 타인과 감정적으로 교류하지 못한다. 그는 세상의 속물성으로부터 거리를 둔 채, 열정적으로 자신의 일에만 골몰해 있다. 이처럼 루돌프는 자신이 맡은 일을 기계적으로 반복한다든가 생각 없이 명령을 따르는 게 아니다. 그는 마치 종교적 헌신에 가까운 태도로 정교하게 임무에 관해 사유하고 고도화하여 악을 실현한다. 문제의 관건은 루돌프의 태도와 행동에서 무사유와 아둔함의 증거를 찾기는 힘들다는 점이다. 그는 생각하지 않았기에 악이 된 것이 아니라, 추구하는 목표 자체가 악이었기에 생각이나 과정과 무관하게 악의 구현자가 된 것이다. 이것을 인정하고 나면 문제의 원인이 정치의 실패 때문이라는 사실이 분명하게 떠오른다.

아내 헤트비히도 크게 다르지 않다. 아우슈비츠 수용소에서의 사치스러운 생활에 흠뻑 빠진 헤트비히는 남편의 인사이동을 따라가는 대신 아이들과 함께 아우슈비츠에서 그대로 지내겠다고 말한다. 헤트비히는 자신뿐 아니라 아이들 역시 이곳에 적응하여 행복하고 건강하게 지내고 있다고 주장하지만, 지옥 옆에서 살아가는 아이들이 온전할 리 없다. 아이들은 가스실을 흉내 내며 서로를 가두고 처형하는 놀이를 즐긴다. 헤트비히는 '아우슈비츠의 여왕'으로 계속 살고 싶은 자신의 속물적 욕구를 충족하기 위해 진실을 애써 모르는 척하고 있을 뿐이다. 이는 헤트비히와 그녀의 어머니 리나와의 대화 씬에서 분명히 드러난다.

외부에서 온 리나는 수용소의 담장을 똑바로 응시하며, 헤트비히에게 담장에 관한 질문을 던진다. 수용소가 없다는 듯 살아가던 헤트비히는 그제야 담장을 언급하며, 포도 덩굴을 잔뜩 심어 가리려 한다고 말한다. 리나가 이야기를 이어가려 들자 재빨리 말을 끊고 화제를 돌린다. 헤트비히는 수용소 안에서 무슨 일이 벌어지는지 잘 알고 있다. 다만 굳이 떠올리고 싶지 않기에 시야에서 차단하고 인식 바깥으로 밀어내는 것이다. 그녀에게 정원 가꾸기란 밤낮없이 수용소로부터 들려오는 비명과 절규, 소각장으로부터 날아오는 시체의 연기와 그을음을 무시하고 비가시화하려는, 라캉식으로 말하자면 현실을 봉합하고 상징화하려는 가증스러운 몸부림이다. 리나는 실재의 틈입을 버티지 못해 딸의 집을 떠나고 만다. 반면 헤트비히의 속물적 욕구는 살풍경한 장벽과 소음, 죽음의 재조차 불사하고 무시할 만큼 집요하다. 루돌프 역시 희생자들의 절규와 고통을 보거나 듣지 못하는 게 아니다. 루돌프는 바로 앞 희생자들의 절규는 들리지 않는 듯 아무런 주의와 관심도 기울이지 않지만, 멀리서 들려오는 작은 새 소리에는 민감하게 반응하며 호기심을 보인다.

그렇다면 나치나 그와 유사한 파시즘이 초래하는 위기에 관해 우리는 어떻게 대응할 수 있는가? 다시 바디우로 돌아가 보자. 바디우는 정치적 사건의 중요성을 강조한다. 바디우에게 사건이란 특정한 존재 혹은 집단의 실존값을 극소로 떨어뜨려 무화無化하려는 세계에 저항하는 사태를 의미한다. 사건은 현실 속에서 거의 실존하지 않는 듯 여겨지는 비실존자의 실존값을 최대치로 끌어올려 그들의 실존을 강렬하게 현시하는 어떤 사태다. 이러한 사건은 주체 내부로 수용됨으로써 세계 내에 자리를 잡고 정치화되며 계속 이어진다. 사건의 주체는 비실존자가 세계 안에 분명히 존재한다는 사실을 알리며, 세계의 구도와 배치 전체를 변화시켜 그들에게 온당한 몫과 자리를 할당하는 구체적이고 정치적인 행위로 나아간다. 〈존 오브 인터레스트〉와 관련하여 우리는 발생한 참상을 부정하거나 외면하려는 세계에 대항하여, 수용소 안에는 수많은 사람이 존재했으며 이루 말할 수 없는 비인간적 고통과 죽음이 있었음을 증언하고 부단히 상기해야 한다. 그리고 이런 비극이 다시는 반복되지 않도록 세계를 변화시키는 데까지 나아가는 주체적 충실성을 견지해야 한다. 요컨대 반복되는 파시즘의 위기를 돌파하기 위해서 우리는 역사적 참상을 어둠에 방치한 채 버려두어서는 안 된다. 재현의 (불)가능성, 반복되는 재현의 실패에도 불구하고, 새로운 방식으로 끊임없이 재현을 시도하고 감행할 때 비로소 비극은 반복되지 않는 과거의 일로 머물 수 있다.

사건으로서의 시네마

영화의 마지막 장면에 신적 시선이 다시 한번 등장한다. 루돌프 회스는 아내에게 전화를 걸어 유대인 70만 명에 대한 이송과 학살 계획이 자신의 이름을 딴 '회스 작전'으로 결정되었다며 승전보를 고지하듯 자랑한다. 자다 깬 아내는 별다른 관심이 없다는 듯 무료한 태도로 대꾸할 뿐이다. 루돌프는 사무실에서 나와 계단을 따라 아래층으로 이동하던 중 문득 구역질하더니 비틀거린다. 이때 루돌프가 바라보는 시선의 복도 끝 소실점에 작은 빛이 보인다. 카메라의 시선은 소실점을 향해 수평으로 이동하더니 시간을 건너뛰어 현재의 수용소를 비춘다. 이전의 카메라가 수직으로 올라가 인간의 자리로부터 거리를 둔 채 초월적 관찰자의 위치에서 역사적 참극의 순간을 고발하는 듯한 시선

을 보냈다면, 이번에 카메라는 수평으로 이동하여 미래의 시간을 경유한다. 박물관이 된 아우슈비츠 수용소. 희생된 자들이 신었던 신발, 수용복, 그 외 다양한 소지품, 사진, 그리고 남은 건 끔찍하리만큼 고요한 적막과 암전.

카메라라는 대타자의 시선은 인간의 눈높이에서 참담한 비극 이후를 담담히 돌아본 뒤, 다시 루돌프에게로 돌아온다. 미래의 시간이 작은 소실점을 통과하며 역류한다. 희생자들의 고통이 주체를 향해 넘실대는 파도처럼 쇄도한다. 카메라는 질문을 던지는 듯한 시선으로 주체를 응시한다. 케 보이Che Vuoi? 루돌프의 신체가 일으킨 구역질은 그에게 남은 일말의 인간성이자 희생자와 동일한 한 명의 생명체로서의 신체가 보이는 생리적 거부 반응이다. 잠시 머뭇거리던 루돌프는 이윽고 정모正帽를 눌러쓰고는 깊고 어두운 지하로, 끝이 보이지 않는 긴 절멸의 침묵을 향해 내려간다. 파시즘 정치, 루돌프의 정치적 자아는 그의 인간적 자아를 억누르고 돌이킬 수 없는 승리를 거두었다. 루돌프가 주도한 회스 작전으로 헝가리 거주 유대인 70만 명 중 40만 명이 수용소로 이송되었고, 석 달에 걸쳐 모두 살해당했다.

전 세계의 정치적 위기가 고조되는 오늘날, 〈존 오브 인터레스트〉는 가해자의 시선과 행적을 따라가며 지난 세기 파시즘이 저지른 범죄에 대한 재현을 감행한다. 재현 불가능한 것의 재현을 위해 영화는 총체적 재현을 포기하고, 이질적인 것의 출몰을 통해 간접적인 방식으로 설핏 드러낸다. 보이지 않는 바깥의 어둠을 고통스럽게 응시하고, 들리지 않는 비실존자의 낮은 신음에 귀를 기울인다. 이는 희생자를 침묵시키고 무로 만들려는 시도에 맞서, 그들의 실존을 강경하게 상연하는 영화적 리얼리티와 재현의 윤리를 보여준다. 극소의 미광으로, 백색 소음으로 바스러지던 비실존자는 치밀하게 계산된 광학 장치와 음향 기법을 통해 강렬한 실존값을 갖는 하나의 '사건'으로 거듭난다. 영화가 박물관에 전시된 쇼아의 증거물을 보여주며 숨 막힐 듯 잔인한 침묵을 이어갈 때, 우리는 다시 한번 깨닫게 된다. 고요함 속에 여전히 은폐된 미분음이 존재하고 있음을, 비가시화된 사람이 존재한다는 사실을. 그리고 그것을 소리높여 반복해 증언하지 않는다면 누군가의 실존은 또다시 침묵 당하고 말 거라는 사실을 말이다.

주제 정교하게 탐색해 나가는 문장,
논리적 힘 돋보여

하상일 교수

예년에 비해 많은 53편의 평론이 응모된 점은 무척 고무적이었다. 다만 전체적으로 평론의 요건과 구조를 갖추지 못했거나 학술 논문의 틀에 갇혀 있는 글이 많아 우선 논외로 가려내었다. 최종적으로 논의 대상에 오른 평론은 '노년의 시, 선과 존재론적 회복', '미끄러지는 기표의 시각적 구현과 반어적 효과', '실존의 침묵에 맞서는 재현의 윤리', '불가능의 미지를 향한 시적 탐구' 등 4편이었다. 전체 응모에서 영화를 대상으로 삼은 것이 두 배 정도 많은 점에 비추어 영화평론 3편, 문학평론 1편이 남았다.

여러 차례 숙고를 거듭한 끝에 주제의 참신성이나 문장의 정교함에 비추어 작품 해설을 해석의 단계로까지 끌어올리는데 다소 미흡하다고 판단한 앞의 두 편을 제외했다. 남은 두 편은 각각 영화와 문학이라는 다른 분야를 대상으로 하고 있어서 선뜻 우열을 가리기 어려웠다. '불가능의 미지를 향한 시적 탐구'는 서대경의 시에 나타난 도시 산책자의 환상적 구조와 감각의 반란을 통한 불가능성의 세계에 주목하였다. 미시적으로 읽어내는 분석력이 돋보였지만, 평자만의 독창적인 해석과 새로운 문제의식을 제시했다고 보기 어려운 점이 아쉬웠다. '실존의 침묵에 맞서는 재현의 윤리'는 2차 세계 대전 당시 독일의 파시즘과 인종 학살을 다룬 '존 오브 인터레스트'를 분석 대상으로 삼아, 실재의 허구성과 재현 불가능성에 주목하여 전쟁이 남긴 실존의 침묵과 윤리를 집요하게 탐색했다. 특히 영화적 인물의 행위와 카메라의 기법을 연결하여 작품의 내용과 형식이 유기적으로 만나는 지점을 정교하게 들여다보고 있어서 비평의 힘이 느껴졌다.다만 거시적 통찰로부터 시작된 논의가 미시적 해석으로 치우친 점, 이론에 다소 이끌려 가는 해석이 눈에 띄어 아쉬움이 남았다.

두 편 중 하나의 주제를 정교하게 탐색해 나가는 문장과 이를 구조적으로 완성해 나가는 논리적 힘이 상대적으로 돋보인 판단된 '실존의 침묵에 맞서는 재현의 윤리'를 당선작으로 결정했다.

"제 고민·생각 충실히…
어디엔가 닿으면 좋겠습니다"

김형식

"글 잘 쓰네." 언젠가 제 글을 읽은 지인이 말했습니다. 과분한 칭찬에 기쁘고 감사했지만, 한편으로는 의아함과 함께 부끄러운 감정이 밀려왔습니다. 스스로 글을 '잘 쓴다'라고 생각해 본 적이 없기 때문입니다. 제가 그걸 바라는지도 잘 모르겠습니다. '잘 쓴' 글이란 무엇일까요? 진중한 주제 의식, 안정적인 문체, 독창적 관점, 논리적 정합성 등 여러 요소로 규정될 수 있을 테지요. 하지만 당시의 저에게 글을 잘 쓴다는 말은 테크닉에 대한 칭찬처럼 들렸던 거 같습니다. 열병처럼 뜨거웠던 고민의 과정이, 쓰기 위해 앓던 시간이, 누웠다가도 고치러 달려가던 순간이, 마치 '잘'이라는 한 음절 안에서 휘발되는 것만 같았습니다. 그에게 말하지는 못했지만, 잘 쓴다는 칭찬보다 질문하거나 혹은 반박해 주길 바랐습니다. 누군가와 생각과 의견을 나누며 고민을 공유하고 싶었습니다.

여전히 글을 잘 쓰는 방법이 무엇인지는 잘 모르겠습니다. 다만 어떤 글이 좋은 글인지 계속 고민하고 있습니다. 글을 쓸 때면 멋지게 잘 쓰려 애쓰기보다는 저의 고민과 생각을 충실히 전달하여 어디엔가 닿으면 좋겠다는 바람을 담습니다. 만나는 영화와 글이, 사람이, 소식이 저에게 깨달음과 숙제를 동시에 가져다줍니다. 때로는 숙고를 요하고, 때로는 긴급한 요청처럼 다가옵니다. 망설이는 데 익숙하지만, 이번 글은 토해내듯 썼던 거 같습니다. 심사위원께서 부족한 글을 좋게 봐주신 건, 아마도 잘 쓴 글이라서가 아니라 제 고민에 공감해 주셨기 때문일 것입니다. 언제나 응원해 주는 가족, 읽고 쓰는 법을 알려주신 박명진 교수님을 비롯한 은사님들, 그리고 미처 언급하지 못한 모든 분께 감사의 인사를 보냅니다. 앞으로 많이 보고, 끈질기게 읽고, 치열하게 고민하고, 묵묵히 쓰겠습니다. 그리고 이제는 "글 잘 쓰네."라는 칭찬에 조금은 덜 부끄러워할 수 있을 거 같습니다.

공연평론

광남일보 최류빈

공연평론

광남일보

최 류 빈

필명 최지안
전북 출생
고려대학교 국어국문학과 석사과정
광주일보 문화부 기자를 거쳐
무등일보 정치·기획팀 재직중
시집으로《아무튼 불가능한 세계》
《이대로 아무것도 바라지 않는》
천강문학상 우수상 수상
2019《경상일보》신춘문예 동시부문 당선
2026《광남일보》신춘문예 평론부문 당선
rubi4534@naver.com

몸 언어가 자신만의 인도仁道를 관철할 때
:광주시립발레단 〈DIVINE〉

최 류 빈

신성한 '몸'은 어디로 향하는가

2023년 초연한 광주시립발레단의 〈DIVINE〉이 작년에 이어 올해도 무대화됐다. 5·18 민중항쟁을 초점화한 이 대표 레퍼토리는 '신성한·천상의'라는 제목처럼 광주의 존엄한 희생을 발레 언어로 육화했다. 미국 컴플렉션즈 컨템퍼러리 발레단의 주재만 발레마스터가 안무를 맡아 지역의 비극을 인류 보편의 감정으로 치환해 낸 점도 일찍이 주목받았다. 지역의 오랜 비극사를 목도하면서 브랜드 가치마저 담은 추상발레 한 편이 지역 무용예술계의 변곡점이 되길 바라는 것은 과언이 아니다.

컨템퍼러리 형식과 결합한 현실 참여극이 새로운 미적 당위를 얻기를 기대하는 마음이야말로 〈DIVINE〉의 등을 미는 이유다. 그간 5·18을 모티브 삼은 작품 다수가 망자를 위무하는 살풀이로 전락했던 것이 사실이리라. 그런 가운데 〈DIVINE〉은 오월극에 투사된 애도의 목소리가 시혜적인 레퀴엠으로만 흘러가는 것을 막는 '이정표'로서 무대에 섰다. 발레극이 스스로 옳다 믿는 인도仁道를 관철하는 최선의 길은 무엇일까. 사유를 개진하거나 웅변으로 표명하는 방식도 의미 있겠지만, 관중 앞 '몸 언어'의 처절하고 묵묵한 재현이야말로 한 시대를 향한 가장 명징한 공언이라 할 수 있다.

특히 점차 과거사 비경험 세대가 공연장에 진입하며 역사를 재언再言하는 작품들의 고민이 깊어지는 시점이라는 측면에서 작품은 존재 의미를 더한다. 극이 전재하는 특정한 토포스topos(공간)에 부재했던 이가 작품과 근원적 공감대를 형성하는 일이란 어려움이 뒤따르기 마련이다. 인간의 사유가 개별적인 시공간에 영속되는 측면이 있다는 관점에서 볼 때, '나'의 세계를 비경험한 '너'가 '우리'로 합치하는 일이란 경계를 초극해야 하는 작업일지 모른다.

이런 난점을 타개하기 위해 주재만과 박경숙 예술감독은 중층적인 방법론을 개진해 보였다. 하나는 컨템퍼러리 안무 실험을 통해 주제의식을 보강하는 것, 다른 하나는 처참했던 현장을 그저 발레 언어로 증언하는 것이다. 각각 사유의 전이와 응축이라는 측면에서 두 명제는 상이한 길을 걷지만, 광주시립발레단은 자기모순성을 넘는 신체-발화로 후세대에 추체험追體驗의 감각을 남겼다. 관객을 작품 안으로 초대하고 인입引入시켰다는 의미와 진배없다. 나아가 〈DIVINE〉이 이데올로기에 함몰되지 않는 까닭은 예술과 미학이 적정선에 맞물린 데 있다. 수많은 오월극들이 태생부터 안고 있던 과제에 적절한 경계선을 그은 형국이라 봐도 무방하다. 그런 균형감각이 발레의 선이 되고 면을 이뤄 〈DIVINE〉이라는 신성한 빛의 입방체를 탄생시켰다. 참여극이 안고 있던 교조성이라는 오명이 벗겨지고 새 가능성을 제시하는 순간이다.

Ⅰ. 망자들의 육화된 언어가 짓는 표정: 컨템퍼러리 미학

탄듀 각도나 그랑주떼의 고도보다 공연 후 관객들의 기억에 남는 것
은 무용수 표정에 담긴 정동이다. 주재만은 이번 작품에서 감정 표출
에 방점[1]을 찍었다. 움직임, 시대와의 조응, 무대 구성 등 안무가가 컨
템퍼러리 발레를 구상하는 주안점은 저마다 다르나 모션만큼이나 이
모션에 역점을 둔 것은 의미가 있다. 내러티브 없이 심상으로 서사를
전하는 이 방식은 2020년 광주시립발레단이 광주항쟁 40주년을 기념
해 서사 중심의 〈오월바람〉을 상연했던 것과 대조적이다.

광주예술의전당의 경우 대극장에서 상연했기에 객석 뒤편(최장 거리
32m)에서 표정연기를 온전히 느낄 순 없다. 그러나 〈DIVINE〉은 각각
의 장막, 배우들의 감정이 하나로 조립되는 몽타주처럼 극 전체가 거
시적 표정을 짓는다. 독립적인 갈라Gala와 같이 각각 이미지가 투시하
는 상이 실존했던 것으로 읽힌다. 발코니형 프로시니엄 특성과 상부
층까지 개방한 톱라이트 채광, 암울한 분위기의 조명과 스포트라이트
도 사유의 이미지화에 한 몫을 했다. 관객들은 희로애락이 깃든 디테
일을 놓치더라도 군무가 전하는 바를 뉘앙스로 전해 받는다. 이때 뉘
앙스란 무대를 둘러싼 온갖 디테일의 범박한 총합이 아니라, 세밀한
태엽처럼 극의 사유와 표현 기법이 맞물려 작동하는 미적 감각의 총
화에 가깝다. 다이내믹의 연결이나 섬세한 발레 라인의 구축, 다양한

---

1) 김혜라, 〈어느 누구도 책임지지 않는 기형적인 단체의 실상이 드러나다〉, 《더프리뷰》,
　2024.08.28. http://www.thepreview.co.kr/news/articleView.html?idxno=9718

발레의 배리에이션variation 요소도 관객들의 정념을 증폭시키는 수의 근으로 분연히 작용한다.

다섯 개 노래와 안무로 채워진 1장 주제는 '자유'다. 무용수들은 화려한 점프 동작인 소떼나 그랑제떼 대신 바닥을 훑는 구르기를 시연하면서 관객들 이목을 사로잡는다. '어둠을 벗어나'라는 테마를 내건 2장에서는 보다 밝고 경쾌한 템포를 볼 수 있는데 운무로 분장한 무용수들의 코르 드 발레(군무)는 군중 위를 유영하는 단 한 명 발레리나로 초점화된다. 압권의 장면은 발레리노가 초대형 암막 커튼을 뒤튀처럼 두른 채 장막을 흔드는 대목이다. 이 씬은 〈DIVINE〉이 광주의 질곡을 넘어 세계로 뻗어나가게 하는 계제와 같다.

주목할 부분은 극에 내재하는 은유들이다. 초입에서 발레리노는 전신에 힘을 뺀 채 발레리나를 허공에서 흔든다. 국가폭력에 탈각된 여성의 환신幻身은 그렇게 바닥으로 던져져 검정 재라는 다른 물성으로 전이되고, 무용수들은 흩뿌려진 검정을 흑건으로 내리쳐 반원형 파문을 만든다. 두 요소의 교섭은 오직 '몸'으로 이야기하거나 오브제에만 기대 묘사할 때 얻을 수 없던, 감각의 공진이요 신체 발화의 확장이다. 무용수의 감정이 투영된 듯 객석 앞에 흩날리는 분진은 공연자들의 팔과 다리가 늘어난 것 같은 환상통을 자아낸다. "정신적인 것은 몸의 기호로서 확정되어야 한다"[2]는 니체의 말을 현대무용으로 재현하는 '잿가루'는 길이와 너비 등 고전무용의 제한적 물성을 넘어 피와 영혼을 지닌 신성무구의 아티팩트artefact로 현신한다. 5·18 앞에서 그리고

---

2) 이광래,《미술과 무용, 그리고 몸철학》, 민음사, 2020.

광주 관객들 목전에서 간신히 가능한 〈DIVINE〉의 의지다. 객석과 무대는 간격을 두고 떨어져 있지만 총탄이나 포신에 묻은 화약 냄새가 좌석에 스미는 듯한 기분이 든 건 연출자의 의도일까? 고립됐던 5월의 신체가 자신만의 철학으로 스펙트럼을 넓히는 일순, 관객들은 검은 재가 허공에 시연하는 비현실적 푸에테를 목도할 뿐이다. 가령 〈코펠리아〉에서 수화를 사용해 언어 부재의 한계를 극복하거나 그 흔한 장막 간 해설을 도입하는 방식도 〈DIVINE〉앞에서는 불필요한 기작에 불과하다. 이렇듯 극이 선사하는 감각은 오감 너머로 확장되지만 현실에서 펼쳐지는 각각의 장막은 오직 지금, 여기의 통각을 무대에 압인하는 데 충실하다. 아니 초연하다.

프리마돈나의 명성에 기대기보다, 무용수들의 군집과 소품을 활용해 개개인의 역량을 초월한 점도 주목할 만하다. 이는 관객과 무용수가 물아物我의 경지에 오르는 동안 좌석 하나의 개별성을 넘어 집단의식으로서 극에 동조하게 만드는 일종의 헤게모니 전략으로 작용한다. 작품 속 무용수들이 집단적으로 움직였듯 사유의 층위에서도 관객의 의식은 점차 집단화된다. 플로어에 누워 상체만 상-하강 운동을 반복하는 단체무를 보면서 혹자는 거대한 생명의 탄식을, 기염을, 분투를, 압제를 느꼈을지 모른다. 이는 5·18의 특성과 맞물려 무용수 집단이 관객 집단에게 응결된 독립적인 메시지를 전하는 방법론에 가깝다. 결국 "무대 위와 아래의 모든 '우리'가 프리마돈나인 셈"이라는 말이 과장이 아님을 실감하게 된다.

발레리노가 초대형 암막 커튼을 튀튀처럼 두르고 흑조로 변신하는 압권의 장면도 있다. 가로세로 20×9(m)의 프로시니엄 대부분을 채운 이 모습은 무아경으로 향하는 클라이맥스로 단연 손꼽힌다. 물론 주재만은 그의 다른 작품 〈VITA〉에서 '과유불급의 미장센'[3]이라는 혹평을 받기도 했으나, 〈DIVINE〉에서만큼은 흔들리는 커튼이 숭고한 메시지를 시각화하는 직설적 장치로 기능했다는 데 이견이 없을 터다. 대부분 장면이 30여 명 넘는 대규모 출연진으로 구성된 것과 달리, 이 씬에서는 중앙에 선 오직 한 명의 무용수만 등장한다. 그는 흡사 '지젤 라인'의 다른 버전처럼 쓰러질 듯 말 듯 처연한 동작을 시연하며 시선을 독차지한다. 이는 단연 5·18이 집단의 비극이기도 하지만 개별자들의 항거였다는 사실을 환기하는 치환은유(휠라이트)다. 이전 장막에서 집단성에 비춰 5월의 통증을 형상화한 것과 달리 한 명에 초점을 맞추는 장면이지만, 시대적 아픔을 대변하고 웅변하려는 듯한 몸짓은 커튼 뒤의 수많은 영령을 떠올리게 하므로.

 광주 5·18은 민중의 개인사적 비극인 동시에 분명한 공동체적 아픔이다. 다만 무대 위 전경화된 반라의 육신은 개인적 비극을 몸으로 뒤바꾼 상징이었으며, 흔들리는 커튼은 이를 집단적 아픔이자 사회 의제로 확장시키는 추모 작업에 가깝다. 조명이 커튼에 투시한 단층 문양들은 1980년대 민주주의가 훼손됐던 당대의 천태만상을 통시적으로 사유할 기회를 제공하고, 객석은 물질과 몸의 일체화를 통해 공시적인 의제들을 마주하기 위해 치열하게 교섭한다. 전 과정에서 도드라진 내러티브는 찾아볼 수 없으나 어느 순간 관객들은 지금—여기서 행하는

<hr>

3) 장지영, 〈[리뷰] 서울시발레단 창단공연…감각적인 미장센과 안무, 하지만 '과유불급'〉, 《국민일보》, 2024. 08. 25. https://www.kmib.co.kr/article/view.asp?arcid=0020453694

치열한 사고작용만으로 과거와 현재를 연결하는 첨병 역할을 자임한다. 극이 진전됨에 따라 관객은 시대모순을 포용하고 미래로 진전하는 현존재로 고양돼 관중이 갖고 있던 관람자적 역할(방임성)을 의도적으로 방기하고 참여하는 존재로 상승될 가능성을 갖게 된다. 당초 참여극을 표방한 작품은 아니지만 역사성과 고도의 몰입감을 선사하는 이번 작품이 이끌어낼 수 있는 또 다른 참여극의 경지다. 그 순간 우리의 사유의 층위에서 무대 위 '흑조' 또한 '백조'로 치환되면서 선대에 획득한 민주주의의 진의를 객석에 드리운다.

어두운 커튼 하나만으로 '빛의 사유'를 형용하는 이 발화 기법은 신이나 천사를 말하지 않고도 빛을 몽상하는 천상의 표현법에 다름없다. 여흥을 고조시키는 디베르티스망이나 프랑스 발레의 아기자기함 같은 요소 없이 강렬하고, 직설적이다.

Ⅱ. 알레고리와 몸 언어의 상호침투

무대 위에서 계속되는 5월에 대한 증험은 신체언어와 알레고리의 상호침투cross penetration를 통해 의미를 강화한다. 이는 〈DIVINE〉이 말하려는 비평적 현실을 아름다움으로 환치시키는 방법론에 가깝다. 불의에 대한 항거라는 주제의식이 몸 언어에 심지를 두면서 현대성 등 겹겹 추상으로 표피를 치장하기 때문이다. 이 같은 안과 밖의 교호작용은 체화된 언어들에 신성성을 더하고 관객에게 설득력을 얻는다.

엥겔스는 〈자연변증법〉 중 '변증법'이라는 메모를 통해 대립물의 상호침투 원칙을 언급한다. 통일성을 유지하는 사물은 서로 대립하는 요소를 지니고 이것이 상대를 제약하는 모순성을 갖고 있다는 것[4] 이다. 이때 대립요소의 한쪽이 다른 편을 압도하면 사물은 새로운 존재로 전화轉化한다.

〈DIVINE〉은 몸 언어와 무수한 알레고리의 상호침투작용을 거친다. 직설적인 몸의 진술과 완곡한 알레고리의 스파크는 극 중 서로 우위를 점하려 경합한다. 화려한 오브제가 범람하기에 관객들은 일순 알레고리가 몸 언어를 제약한다는 오해를 할 수 있다. 그러나 광주 출신으로 "부모님이 어릴 적 이불로 창문을 막던 모습, 골목을 뛰어가던 발소리가 생생하다"고 말하는 주재만은 몸 언어에 패권을 준다.

극한상황을 묘사하는 1장 'Freedom'은 세트, 소품 등 다양한 수단을 통해 5월 잔혹성을 무대화했다. 그러나 이를 압도하는 대목은 솟아나는 꽃봉오리를 표현하는 무용수들의 간절한 동작이다. 발레단은 행위(모션)가 감정(이모션)에 깃듦을 증명하듯, 희망으로 피어나는 꽃 모양을 형상화했다. 이 같은 알레고리는 장식물이나 스크린도 필요 없이 오직 '몸'이 중심이 된다. 사선으로 주홍빛이 쏟아지며 쇠창살을 그린 대목도 마찬가지, 암울한 조명은 죽음을 빗댔지만 그 아래 무용수들이 서로 질질 끌고 다니는 모습이야말로 진짜 '한'에 대한 조명이다. 빛으로 유비 치환된 조명과 몸에 대한 비춤(조명)이 조응하지 않는다면 모든 상징과 은유는 발레 언어로 체화되지 못한 채 엑스트라로 전락했을 것이다.

'강물빛', '기도' 등 4개 악곡이 흐른 2장 'Out of the darkness'에서

---

4) 엥겔스, 《자연변증법》, 새길아카데미, 2012.

도 비슷한 모습이 드러난다. 머리에 솜털을 두른 무용수들은 얼핏 오브제가 공연을 끌고 가는 느낌을 준다. 그러나 관객들의 시선은 구름 무용수들의 군집 위를 유영하는 단 한 명 발레리나로 응결된다. 이 소실점을 중심으로 전체 장면을 파악할 때 바닥에서 솟아오르는 마흔다섯 개의 빛기둥, 악곡들, 항구적 평화를 은유한 디테일이 비로소 의미망에 묶인다. 물론 말미의 배 모양 조형물이나 군무에 활용한 티셔츠 등은 다소 소품의 층위로 전락한 면도 있다. 허나 확고한 몸 언어 위에 적층한 '민주주의에 대한 열망'이란 메시지는 수사에 머물던 알레고리에 명확한 힘을 실어준다. 이렇게 복권한 알레고리 요소들은 몸짓과 교호작용을 하며 고결한 가치로 전화되고 종막까지 극을 이끌어가는 핵심 요소로 작용한다. 그 확고함으로, 광주시립발레단은 모호성이나 판단 중지Epoche와 같은 해체주의적 아이러니를 벗어나 고유한 브랜드 가치를 형상화한다. 나아가 5·18이 직면한 당대적 현실 또한 10개 섹터에서 상투적 시행으로 열거되지 않고 물활한다.

천상의 레오타드 드레스로 치장한 무용수들의 도약은 역사 속에서 인류를 겁박해 온 차꼬와 수갑을 풀어내는 해원의 동작들이다. 점층적으로 화려해지는 의복들도 연출가의 의도일 것, 3막에 도달한 관객들은 빛을 마주하지만 작품이 제시하는 새카만 공동空洞을 벗어나는 진짜 방법은 극장 출구를 벗어남에 있다. 예술단의 목표대로 발레를 감상했다면 관객들은 커튼콜 뒤 천사의 나팔소리가 섞인 후주곡postlude과 함께 정규 레퍼토리에 없는 4막 'Get out of despair era'를 마주할지 모른다. 5·18을 초점화한 작품이 우·러, 이·팔 등 국제분쟁의 시류와 연쇄해 동시대적 가치로 전회하기 때문이다.

Ⅲ. 가장 어두운 것으로 가장 밝은 것을 말하기

관객들은 1막에서 3막으로 향하는 변증 속에서 제주 4·3사건이나 부마민주항쟁 등을 마주했을 수도 있다. 저마다의 감상은 저마다의 몫이기에. 5월을 매개로 그 인접 지대마저 톺아보게 하는 감각은 비장미와 어우러져 극적 고양감을 선사하기 충분하다. 75분에 걸친 10개 안무들은 어둠에서 빛으로 나아가는 해조(그라데이션) 작용처럼 자연스럽게 펼쳐졌다는 평가다.

물론 컨템퍼러리의 파격이 더 있어도 좋았겠다. 사유 층위에서 결국 종막이 헤겔식 변증논리로 치닫는 것은 약간의 고민거리다. 절망이라는 테제(1장)를 압도하는 5월 투사들의 저항 안티테제(2장), 그리고 이들을 민주주의 빛으로 종합하는 3장 'The Divine Human Beings'은 5월의 격정에 불구하고 논리 측면에서 다소 '차분'하다. 이에 대해 아도르노의 말을 빌리자면 그는 세계에 정正과 반反만이 병존한다 보았고 헤겔식 합合이 예술의 본래 아우라를 지워버리는 폭력이라 생각했다. 폭력을 직시하는 5월 작품인 만큼, 비슷한 결론으로 매조지어버린 작품이 많았던 만큼 헤겔식 평화를 거부해보는 것은 어땠을까. 작품 속 컨템퍼러리가 형식미학에 그치지 않기 위해서는 전위적 사고의 삼투도 고려할 만하다. 전개 논리의 측면에서 예측불허의 미감을 선사하는 것도 컨템퍼러리의 한 지대 아닐까 싶다.

같은 맥락에서 작품이 조금 더 아방가르드했으면 하는 아쉬움도 있다. 무용의 형을 과장하는 데포르망을 접목하거나 무질서 속 질서의 제시, 군무 편제와 배열의 무산 등 어떤 예측도 불허하는 장면을 더 기대했던 까닭이다. 광주는 5월에 대한 '다시 말하기', 즉 되풀이되는 예술의 화법에서 벗어나고 싶어 하는 욕망을 한 구석에 갖고 있다. 5·18이 새롭게 내거는 기치가 5월 비경험 세대의 포용이요 확장이기 때문이다.

이런 맥락에서 소품 배치나 무용수 등장 위치를 기존 방식에서 이탈시켜 새로운 형을 오버로크하는 방법도 좋을 것 같다. 고개를 끄덕이는 살롱 피플만을 객석에 앉히기보다 젊은 세대까지 수용하기 위해서는 자극과 시각에 민감한 해당 세대의 특성도 고려해야 한다는 이유에서다. 게다가 뜻밖이지만 근래 크로스오버를 지향하는 일부 창극, 국악관현악 등에서 이러한 무용수 배열이 탐색 되곤 한다. 서양 기원의 발레가 동방의 창극을 참조하는 예술의 선순환이 이뤄져도 좋겠다. 다른 장르지만 광주시립오페라단이 펼친 〈토스카〉중 1막도 좋은 참조점이 된다. 작품은 스카르피아의 그릇된 욕망을 뒤틀린 성당 배경 이미지로 구현했으며, 세로축 기둥은 좌표를 일그러뜨려 반원형으로 쌓았다. 합창단마저 종횡으로 교차하며 십자가 형태로 등장했다. 그들의 몸(배열) 자체가 하나의 언어로 기능한 셈이다. 5·18 자체가 민중이 헤아릴 수 없는 방식으로 전개됐듯 동선의 파괴와 무대 축을 넘어서는 경계 확장이 모색될 수도 있다. 특히 광주예술의전당에는 전·후진 이동형 무대(1대)를 비롯해 승·하강무대(4대), 오케스트라용이지만 리프트까지 갖춰져 있다. 대중가수처럼 스테이지 언더에서 점프하거나 로프를 타고 활공하는 '태양의 서커스'를 펼치자는 이야기는 아니다. 수평축에서 꼬리를 무는 무용수들의 능란한 움직임은 이미 훌륭한 진전을 보여줬다. 물론 과도한 오브제들이 등장하거나 물성이 난립하게 되면 무용수에 대한 집중을 방해하거나, 무용의 전체형을 흩어놓는 계륵에 다름없기에 유의해야 할 것이다. 그럼에도 공연의 좌표축을 3차원 이상으로 확장할 때 작품이 더 큰 표정을 짓게 됨을 지각해도 좋다.

나아가 현재로서 어느 정도 성취를 이뤘으나 숭고와 비탄 너머의 인간애 철학도 더 다면적으로 형상화될 필요가 있어 보인다. 〈DIVINE〉이 답습되던 5월 주제극을 자신만의 논리 구조와 철학으로 개진하며 신성한 층위까지 끌어올린 것은 맞다. 애써 예증하지 않더라도 수많은 5월극 공연 단체들의 난장에 가보면 젊은 세대는 그 앞에 거의 없다. 상연하던 작품을 재연하고 또 재연하지만 과거사의 재현→어둠을 딛고 승리하는 이원적 구조만 답습될 뿐이다. 〈DIVINE〉도 이 같은 구조에서 자유로울 수 없으나, 작품은 자신만의 전위로 통상의 얼개 너머에서 숭고함과 미적 고양감까지 선사하며 일정 부분 오월극의 확장을 성취해 냈다. 참여극이 특정 장소나 시대에 얽매이지 않는 아토포스 Atopos의 가능성을 미래세대에 열어 보였다는 평가도 과하지 않다. 다만 공연장을 나오며 "작품만의 비전이 무엇이라 생각하는지" 감상자들에게 물었을 때 백가쟁명식 답변이 돌아온 것 같진 않아 못내 아쉽다. 앞서 언급한 경험의 재현과 압제를 딛고 일어선 승리라는 변증법적 구조에서 크게 벗어나지 않았다는 의미와 맞물린다.

그럼에도 이런 비평적 발상들은 〈DIVINE〉이 쌓고 있는 아성에 금이 가게 하진 않는다. 꿋꿋하게 발레 언어로 제 할 말을 하는 격조, 인류

보편의 가치에 천착하는 세련미와 현대성, 전 인류가 추구해야 할 고결한 에티카를 현전하는 이 작품은 앞으로의 5월 예술에 참조점이 될 것이 분명하다.

비평 언어 풍요롭게 확장…
장르 횡단을

김영삼 문학평론가·전남대 연구교수

예년보다 압도적으로 늘어난 평론 응모작들이 반가웠다. 문학평론은 그 중 절반 정도였다. 나머지는 연극, 뮤지컬, 발레극, 사진, 만화, 영화, 드라마 등에 대한 비평들이었다. 흔들리는 문학의 위상(이라는 게 언제 있었던가)에 대한 안타까움보다, 장르를 가리지 않는 잡식성과 그 경계를 넘나드는 횡단성이 비평의 언어를 풍요롭게 확장시킨다는 점에서 즐거움이 더 컸다.

문학평론의 경우, 올해 상반기 히트작인 성해나 소설에 대한 비평과 영원한 스테디셀러가 되어버린 한강 작가의 작품에 대한 비평들이 많았다. 전자의 경우 당대의 문학적 맥박과 함께 호흡하고 공명한다는 점은 반가웠지만, 기존 비평들의 해석과 차별화되는 입사각은 부족해 보였다. 후자의 경우도 다르지 않았다. 한강 작가가 구축한 아우라에 압도당한 나머지 작품 바깥의 시선에서 당도한 언어들이 부재했다. 익숙한 문법들이었다. 개별적 취향에 천착한 작가론도 다수 있었다. 하지만 독자로서 느낀 압도적 정동이 비평의 문법을 삼키는 형국이었다.

비-문학 장르 평론의 경우, 현재 세계를 신유물론 철학으로 재사유하는 메타적 문법의 글들이 많았다. 이 우연한 공약수는 그것이 우리 모두가 공유해야 하는 시급하고 당면한 문제라는 사실을 지시하는 하나의 징후로 읽혔다. 휴머노이드가 등장하는 만화시리즈를 통해 AI 시대의 휴머니즘에 대한 고찰의 필요성을 점검한 글, 메리 셸리의 〈프랑켄슈타인〉을 원작으로 한 뮤지컬과 영화를 교차 검증한 글들이 사례가 되겠다. 인간세계를 묵시록적으로 고찰하면서 인간-행위자를 비판의 심문장에 회부했다는 측면에서 값진 성과들이었음을 밝혀둔다.

김지원씨의 '만화 체인소 맨의 탈-경계적 잡식성'은 앞선 아쉬움을 일거에 해소하는 글이었다. 작품 분석과 이론의 적용이 과잉되지 않으면서 비판의 논점을 유지하는 긴장감도 놓치지 않았다. 시대와 불화하는 해당 장르의 기형적인 소비구조를 비판하는 비평가적 안목도 인상적이었다. 매니아적 언어와 감수성을 비평 언어로 풀어내는 문장들은 부러울 정도였다. 그 중 식인 행위에 대한 담론은 그 자체로 하나의 비평으로 확장되어도 충분해 보였다. 다만 해당 담론이 다른 장에 더 어울려 보이는 구성의 어긋남과 글의 주제를 보편성의 차원으로 설득하는 데 소홀했다는 점이 유이한 고려의 대상이었다.

고심 끝에 최지안(최류빈)씨의 '몸 언어가 자신만의 인도仁道를 관철

할 때: 광주시립발레단 〈DIVINE〉'을 당선작으로 선정했다. 무엇보다 단련된 칼날로 벼려진 듯한 시적 문장이 압도적이었다. 감상의 언어와 이론적 언어의 절제된 조화도 읽는 재미를 더해주었고, 각각의 부분이 하나의 주제로 수렴되는 구성적 긴장감도 돋보였다. 내용의 측면에서도 오월에 대한 애도가 '시혜적인 레퀴엠'으로 경도되는 길을 〈DIVINE〉이 어떤 형식으로 우회했는지를 효과적으로 설명함으로써 컨템포러리 발레극이 어떻게 정치를 초과할 수 있는지를 보여주었다. 물론 이는 비평의 성과보다 작품의 성과에 가깝다. 이 글의 미덕은 작품의 공간 언어와 물질 언어들(무대장치, 조명, 동선, 시선, 배치 등)이 정치적 정동으로 번역되는 과정을 놓치지 않고 비평의 대상으로 삼았다는 점, '몸 언어의 패권'을 반-언어적으로 표현한 극의 (무)언어를 절제되고 날카로운 비평의 언어로 각인한 데에 있다. 다만 헤겔의 변증법과 아도르노의 부정변증법을 차용한 설명은 좀 더 치밀하게 다듬어질 필요가 있어 보였다. 철학의 언어가 날것으로 노출되거나 무책임하게 스케치될 때의 거리감이 그대로 글의 가독성에 부담으로 되돌아오기 때문이다. 그럼에도 절제와 충실함의 균형점을 찾아낼 것이라는 기대감이 충분했으므로 최지안 씨의 글을 당선작으로 선정했다. 다양한 장르를 간섭하며 횡단할 것을 믿으며 축하의 말을 전한다.

배우들 몸짓 대도약하는 활자처럼 읽혔다

최류빈

올해 연말은 초조했으되 외양만은 차분하려 애썼다. 격렬하게 흩날리다 차분히 안착하는 눈, 저 발끝처럼 아름다운 무용수처럼.

바라던 것이 쥐어지지 않는 기분이란 어떠한가? 그런 슬픔을 너와 고고한 곁눈질로만 묻고 답했다. 낙선을 직감했어도 크리스마스엔 사랑하는 이에게 내색조차 안 했다. 묵묵히 눈길을 걷던 그때 난 아마도….

속으로만 슬펐더란다. 흰 것들이 쌓여 만든 눈의 집합체가 도처에 널브러진 순간이었다. 그게 다 거짓 천사가 긁어모아 둔 무너질 언덕이요 비루한 장난 같았다. 교회당의 종소리도 불가의 무엇도 싫고 싫었다. '근사치의 재능'이란 말이 매년 이맘때쯤 가슴 한쪽을 후벼팠으니까.

여기까지가 당선을 알리는 전화를 받자마자 온몸에 힘이 풀린 이유다. 평론 투고작이 예년의 두 배 이상 많아 극적으로 12월 29일에야 전화가 올 줄 몰랐다.

소감문을 읽어주시는 분이라면 아마 도전하는 기질을 지닌 자일 것이므로 그간 절박했던 마음을 이해하시리라. 축하해주신, 글을 가르쳐주신 모든 분을 구태여 호명하지 않겠으나 진심으로 감사드린다. 추웠던 마음에 따뜻한 입김을 불어주시면 나도 멀리서 이내 숨을 보내고 싶다.

특히 당신, 나와 손잡고 이 길을 걷고 있는 네게 말이다. 여섯 번째

겨울을 함께 건너는 동안 무수한 탈락 소식에 조용히 감응해준 오직
한 사람.

나는 오늘을 빌려 감히 그에게 "소중한 건 언제나 마지막에 주어지
는 것만 같으므로 포기하면 안 된다" 응원하고 싶다. 내가 무수히 굴하
며 살아왔더라도, 한 번만 사랑하는 이 앞에서 이게 진리인 양 교만하
고 싶다. 그리고 "나를 구할 자는 오직 나뿐이지만, 때론 서로가 힘이
되었노라" 귓가에 읊조리고 싶다.

가능성을 봐주신 심사위원님과 광남일보 관계자, 문화부에 감사 인
사가 늦었다. 당초 문학 평론을 전공했지만 공연 비평으로 등단에 도
전한 건 모험이자 용기였다. 이 장르야말로 세계에 밀도 높게 접합한
예술의 한 극점이라 생각했기에 펜끝이 향했다. 때론 무용수의 표정을
보고 있으면 무언극도 한 편의 시가 되는 걸 느꼈고 배우들의 몸짓은
대도약하는 활자처럼 읽혔다. 나도 평자로서 사유를 체화하고 탐미하
는 저 공연예술의 일원이 되고 싶었다는 의미다.

그러고 보니 참, 어깨에 쌓인 눈 녹여가는 나의 삶도 물비린내 가득
한 지하 공연장을 벗어나 가까스로 무대에 오른 어리숙한 초연작 같
다. 오늘의 당선에 머무르지 않고 더 성장해야만 이 값진 '공연'이 재
연을 넘어 살아가는 내내 상연될 거라 믿는다.

이제 나는 수년간 부르튼 호명에 보답한 겨울의 은유가 조금은 좋아
졌다. 눈 내리는 그것은 시리고 아름다우며, 혹독하지만 품 안에 든 자
를 언젠가 거두어주므로….

미술평론

2026 신춘문예 당선평론집

조선일보 강희구

미술평론

조선일보

강 희 구

1997년 출생
고등학교 국어 교사
2026《조선일보》신춘문예 미술평론부문 당선
heunl2987@naver.com

AI 시대의 공간형 설치미술이 제기하는 '지각의 정치성'[1]
— 아드리안 비야르 로하스, 《적군의 언어》전[2]을 중심으로

강 희 구

1. AI 이후, 감각의 조건을 묻는 예술

AI는 더 이상 예술을 둘러싼 부차적인 기술이 아니다. 이미지와 언어, 기억을 생산하고 저장하는 주체의 일부가 기계로 넘어간 지금, 예술은 그 변화를 가장 예민하게 감지하는 감각 기관이다. 우리가 보고, 듣고, 기억한다고 믿는 것들 사이에는 언제나 알고리즘이 개입한다. 인간의 눈이 한 번도 목격한 적 없는 풍경, 실존하지 않았던 장면, 없었던 목소리가 그럴듯한 서사와 함께 재생산된다. 이때 예술은 현실을 재현하는 거울이라기보다, '지각이 어떻게 구성되는가'를 실험하는 장치로 이동한다. 문제는 이 실험의 전제가 더 이상 인간 중심이 아니라는 점에 있다.

---

1) 정치성은 감각, 지각, 공간, 신체 등을 포함하는 삶의 조건 전체가 정치적으로 구성되고 재편될 수 있음을 가리키는 개념이다.
2) 아드리안 비야르 로하스 개인전 《아드리안 비야르 로하스: 적군의 언어》, 2025.9.3~2026.2.1., 아트선재센터(서울 종로구)

기억 역시 같은 위기를 겪는다. 기억은 오래도록 내면의 다른 이름 처럼 여겨졌지만, AI 시대의 기억은 외부 장치와 결합된 혼성 구조로 작동한다. 개인의 경험은 기기의 기록 형식과 데이터베이스의 구조 속에 저장되고, 다시 불려 나올 때마다 새로운 조합으로 재편된다. 스티 글레르가 말했듯, 기술은 단순한 도구가 아니라 기억의 외재화[3] 구조 이기도 하다. 이때 기억은 더 이상 온전히 내 것이라고 말하기 어렵다. 무엇이 경험이고, 무엇이 기록이며, 무엇이 알고리즘의 추론인지 구분 하는 일은 점점 불가능해진다. 그럼에도 우리는 여전히 '내가 보았다', '내가 기억한다'라고 말한다. 이 확신은 어디에서 오는가. 이미 상당 부분 허구가 되어버린 것은 아닌가.

이 지점에서 설치미술은 중요한 위치를 차지한다. AI가 기억과 지각 의 조건을 비가시적 기술 환경 속에서 재편한다면, 예술이 이 변화에 가장 직접적으로 응답할 수 있는 형식은 '환경 자체를 감각 조건으로 제시하는' 설치미술일 것이기 때문이다. 설치미술은 화면이나 개별 오 브제를 통해 메시지를 전달하는 대신, 공간 전체를 하나의 감각 환경 으로 조직한다. 관객은 더 이상 작품 앞의 해석자가 아니라, 감각의 한 가운데에 놓인 존재가 된다. 동선, 거리, 음향, 빛, 체감 밀도는 모두 지 각을 구성하는 요소로 작동하고, 감각은 인식 이전의 안정된 토대가 아니라 끊임없이 조정되는 관계가 된다. 메를로-퐁티가 말한 '몸-주 체'는 여기에서 추상적 개념이 아니라, 실제로 공간 속을 이동하는 관

---

3) 기술이 발전하며 인간의 내면적 기억은 기술 매체(디지털 아카이브, 데이터베이스 등)에 이전되었으며, 이로 인해 기억의 생존 방식과 경험 구조는 변화하고 있다.

객의 상태로 드러난다. 지각은 인식 이전의 결정된 틀이 아니라, 몸과 세계의 접촉 속에서 계속해서 조정되는 관계라는 점이, 설치미술 안에서는 물리적 체험으로 전환된다.

이러한 관점에서 아드리안 비야르 로하스(b. 1980)의《적군의 언어》가 우리에게 제시하는 바는 꽤나 의미심장하다. 이 전시는 명확한 서사도, 중심도, 해석의 지침도 제공하지 않는다. 관객은 빛과 소리, 구조물과 잔해들 사이를 통과하며 스스로 감각의 중심을 구성해야 하는 위치에 놓인다. 관객은 입장과 동시에 이야기의 앞과 뒤를 잃고, 어디가 중심인지, 무엇이 중요한지 스스로 결정해야 한다. 발걸음을 옮길 때마다 시야의 구도가 바뀌고, 같은 사운드도 다른 방향에서 들려온다. 익숙한 내러티브 구조 대신, 불안정한 감각의 연속이 전시 경험을 구성한다. 이때 관객이 체험하는 것은 하나의 '작품'이 아니라, 감각 체계 자체의 흔들림이다.

이 흔들림은 단순한 혼란이 아니다. 라투르의 언어를 빌리자면,《적군의 언어》의 공간은 인간과 비인간 행위자[4]들이 얽힌 하나의 네트워크로 작동한다. 조각, 파편, 소리, 조명, 동선, 그리고 그 안을 통과하는 관객의 몸이 모두 동일한 수준에서 서로에게 영향을 주고받는다.

---

4) 행위자-네트워크 이론(ANT)에서 행위 능력을 가진 모든 비인간 주체들을 의미한다. 이는 행위자-네트워크 이론(ANT)과 연결되며, 김수진은 ANT 위상 공간으로서의 박물관을 자체 행위자로서 논의한 바 있다. 여기에서의 비인간 행위자는 작품 그 자체라는 점에서 김수진의 논의와는 구분되는 지점이 존재하지만, 박물관을 ANT의 맥락에서 읽는 시도라는 점에서 참고할 만하다. 김수진.(2020). 행위자-네트워크 이론(ANT)으로 살펴보는 박물관학: 뮤지엄을 둘러싼 인간/비인간 행위자의 끊임없는 '번역'. 박물관학보, 39, 263~296.

전시를 구성하는 질서 역시 인간 주체가 미리 설계한 명료한 의미 구조라기보다, 여러 요소가 얽혀 만들어 내는 비인간적 질서에 가깝다. 관객은 이 질서 속에서 중심이 아니라 노드[5]가 된다. 그 결과, 세계를 해석하는 주체로서의 지각은 잠시 유보되고, 지각을 둘러싼 조건들이 전면에 떠오른다. 우리가 세계를 읽는 것이 아니라, 세계가 우리를 통과하는 감각의 통로를 시험하는 셈이다.

AI 시대는 이런 설치적 상황을 기술 차원에서 이미 넓게 구현하고 있다. 추천 알고리즘이 구성하는 타임라인, 필터가 변형하는 얼굴, 자동 완성이 예측하는 언어는 각각 작은 전시 공간처럼 작동한다. 사용자는 자신이 선택한다고 믿지만, 실은 이미 구성된 환경을 통과하는 데 그칠 때가 많다. 《적군의 언어》는 이를 직접적으로 설명하거나 고발하지 않는다. 대신, 관객을 하나의 미적 환경 속에 놓음으로써 지금 나를 둘러싼 질서가 인간의 감각을 기준으로 조직된 것이 아닐 수도 있다는 의심을 감각적인 방식으로 경험하게 한다. 이 경험이 불편한 이유는, 우리가 당연하게 전제해 온 인간 중심의 지각이 더 이상 자명하지 않다는 사실을 몸으로 확인하게 되기 때문이다.

《적군의 언어》가 제기하는 질문은 단순하다. 인간은 여전히 세계를 자신의 감각으로 경험한다고 말할 수 있는가. 아니면 이미 우리는, 비인간적 질서를 중심으로 개편된 감각 환경 속에서 다만 잠시 머물다 지나가는 존재에 불과한가. AI가 이미지·언어·기억의 생산 구조를

---

5) 인간·비인간을 가리지 않고 사회적·물질적 작용자로 간주되는 존재 단위. 사람·물체·장치·환경 등이 모두 행위자actor로 기능할 수 있으며, 이들의 결합이 하나의 네트워크network를 이룬다.

전면적으로 재편하는 시대에, 로하스의 공간형 설치는 관객을 '정보 –
감각 – 서사'의 붕괴 지점에 세우며 현대적 지각 자체를 다시 묻는다.

2. 폐허와 파편의 감각 구조―로하스 작업의 지속적 모티프와 존재론적 불안

로하스의 작업을 관통하는 핵심 감각은 늘 파열과 불완전성, 그리고
폐허의 질감 속에 놓여 있다. 그는 미래를 기술적 진보나 유토피아의
형상으로 제시하지 않는다. 오히려 인간 문명 이후에 남겨질 잔해, 공
증되지 않은 흔적, 용도를 잃은 파편의 형태를 통해 미래를 상상한다.
그의 조각과 설치는 완결된 결과물이기보다, 시간이 이미 한 차례 지
나간 세계의 잔존물처럼 보인다. 형태는 남아 있으나, 인과와 목적은
소거되어 있다.

이러한 폐허의 감각은 단순한 이미지가 아니라, 세계를 감각하는 하
나의 모델에 가깝다. 로하스의 조각에서 균열과 비정형, 파편화된 질
감은 인간이 의지해온 의미 구조의 붕괴를 직접적으로 가리킨다. 관
객은 이 표면 앞에서 해석을 시도하지만, 그 시도는 매번 지연된다. 조
각은 설명을 허락하지 않고, 관객은 의미의 확신 대신 감각의 미결정
성 속으로 진입한다. 이 지연의 경험 속에서 지각은 더 이상 기호를
해독하는 도구가 아니라, 불확실한 상태 그 자체로 작동한다.

2층 전시실 한가운데 놓인 대형 조각은 폐허의 감각을 가장 집약적
으로 드러낸다. 콘크리트 덩어리와 금속 파이프, 자동차 부품으로 보
이는 잔해, 절단된 전선과 플라스틱 파편이 한 덩어리로 굳어 있는데,

그 사이로는 말라붙은 진흙과 소금기 어린 하얀 결정이 층층이 끼어 있다. 주변의 나무들은 천장에서 자라난 듯이 이질적인 감각을 선사한다. 어디선가 뽑혀 나와 이곳으로 옮겨진 기계의 잔해 같기도 하고, 먼 미래의 발굴 현장에서 막 건져 올린 화석 같기도 하다. 무엇이 먼저였는지, 어떤 기능을 수행하던 물질이었는지는 더 이상 중요하지 않다. 조각은 '사용되던 것'의 신분을 잃고, 단지 시간과 환경이 남긴 잔류물로써만 존재한다. 관객이 이 덩어리를 바라볼 때 떠오르는 것은 정교한 상징 해석이 아니라, 기능과 서사를 잃어버린 세계에서 감각이 무엇을 붙잡을 수 있는가라는 질문에 가깝다.

로하스의 작업에서 폐허는 망가진 대상이 아니라, 인간이 더 이상 세계의 기준이 될 수 없음을 확인하는 장치다. 조각 앞에서 관객이 마주하는 질문은 이 대상이 무엇을 의미하는가이기보다, 나는 지금 이 대상에 어떤 의미를 부여할 수 있다고 확신하는가에 가깝다. 이때 조각은 과거의 흔적이 아니라, 의미를 잃은 세계 앞에서 인간의 지각이 어떤 위치에 놓이는지를 시험하는 실험 장치로 전환된다.

로하스가 폐허를 하나의 감각 모델로 사용하는 태도는 오랜 시간 일관되게 이어져 왔다. 〈Today We Reboot the Planet〉(2013) 연작에서 그는 미래의 폐허를, 아직 오지 않은 시간의 잔해로 제시한 바 있다. 그곳에서 조각과 구조물은 기능을 상실한 기계 부품, 쓸모를 잃은 도구, 정체를 알 수 없는 잔여물처럼 흩어져 있다. 관객이 마주하는 것은 '무엇이었는지' 설명되는 대상이 아니라, 이미 한 차례 작동을 멈춘 세계의 표면이다. 〈The Theater of Disappearance〉(2017)에서 이 경향은 한층 더 노골적으로 드러난다. 인류의 흔적이 지워진 무대 위에는 서사의 주인공이 존재하지 않으며, 관객은 오직 사라진 사건의 공백과 그 이후에 남아 있는 배치만을 바라볼 수 있다. 이 두 작업에서 폐허는 단순히 파괴의 결과가 아니라, 인간이 더 이상 세계의 기준이 될 수 없음을 확인시키는 장치로 작동한다. '적군의 언어'는 이 계보 위에서, 폐허를 특정 사건 이후의 상태가 아니라 애초에 의미와 서사가 정착할 수 없는 지각의 조건 자체로 끌어올린다는 점에서 중요한 변곡점에 놓인다. 여기에서 폐허는 더 이상 과거의 잔해가 아니라, 세계를 이해한다는 확신이 처음부터 불가능한 상태, 즉 감각이 출발하는 자리이자 동시에 끊임없이 좌절되는 자리로 확장된다.

전시실의 잔해들은 스스로의 기원을 숨기며 눈앞에 놓인다. 마치 시간 자체가 파손된 것처럼, 형태는 있지만 존재의 이유는 지워져 있다. 관객은 그 지워진 이유를 유추하거나 복원하려 하지만, 그 복원은 끝내 실패한다. 이 실패는 감각을 다시 불러온다. 설명보다 먼저 찾아오는 낯섦, 불편한 촉감, 잔여물의 생명감… 이러한 정서적 경험이 바로 로하스 작업이 말하고자 하는 언어다.《적군의 언어》는 이 계보 위에서, 폐허를 더 이상 특정 사건의 결과가 아니라, 지각의 조건 자체가 붕괴된 상태로 확장한다는 점에서 중요한 변곡점에 놓여 있다.

이 지점에서 폐허는 단순히 망가진 것이 아니라, 인간이 세계의 중심이었던 시간을 지나 이제 인간의 감각이 확실한 기준이 될 수 없음을 확인하는 장치가 된다. 폐허는 해석 이전의 감각, 의미가 부재한 공간, 서사가 없는 물질의 현상을 보여준다. 관객은 그 앞에서 '왜 이 조각은 이런 형상을 갖는가?'라는 질문에 답하려 하지만, 결국 질문 자체가 방향을 잃는다. 오히려 더 적합한 질문은 '내가 지금 보고 있는 이 대상에 어떤 의미를 부여해야 한다고 확신할 수 있는가?'이다. 그런 점에서 로하스의 조각은 과거의 흔적을 재현한 것이 아니라, 의미를 잃어버린 세계 앞에서 인간이 어떤 지각적 위치를 차지할 수 있는지를 실험하는 장치라고 할 수 있다.

또한 그의 작업에는 언제나 '언어의 해체'가 겹쳐 있다. 《적군의 언어》라는 전시 제목이 암시하듯, 여기에서 언어는 소통의 매개라기보다 이해할 수 없는 타자의 구조로 등장한다. 조각은 말하기보다 침묵에 가깝고, 배열은 설명이 아니라 질문을 발생시킨다. 언어는 의미를 전달하는 도구가 아니라, 의미가 미끄러지는 장면으로 변한다. 언어 중심의 문화 속에서 성장한 관객에게 이 공간은 익숙한 문법이 통하지 않는 낯선 어휘처럼 다가온다.

이 낯섦은 인간이 세계를 이해하는 주체라는 오래된 전제를 흔든다. 인간은 오랫동안 의미의 구조를 생산하는 존재, 세계에 이름을 붙이고 서사를 부여하는 존재로 자신을 정의해 왔지만, 로하스의 조각들은 그 의미 작용을 좀처럼 수용하지 않는다. 의미가 스며들 자리를 갖지 못한 채 버티는 물질과 파편 앞에서, 관객은 더 이상 의미를 부여하는 주체가 아니라, 그 의미 부여의 실패를 체험하는 신체로 남는다.

로하스의 폐허는 시간으로부터의 해방이기도 하다. 조각은 과거와 미래를 잇는 서사적 축을 제거한 채, 시간의 잔여만을 현재화한다. 관객은 이전이나 이후가 아니라, 의미가 중단된 시간의 틈에 머문다. 이때 질문은 더 이상 무엇이 있었는가가 아니라, 나는 지금 시간을 어떻게 경험하고 있는가로 이동한다. 시간은 서사가 아니라 감각이 된다.

지상 1층의 바닥 전체가 흙과 자갈로 덮인 낮은 단은 전시실 바깥

공간과 연속적인 공간처럼 높이가 맞추어져 있다. 검게 그을린 나무 조각과 녹슨 금속 파편 사이로, 이름을 알 수 없는 작은 식물들이 흙을 비집고 올라오고 있다. 온·습도 제어 장치가 멈춘 전시장 안에서 이 흙은 외부의 공기와 같은 리듬으로 마르고 젖기를 반복하며, 식물의 잎과 줄기에는 미세한 먼지가 얇게 내려앉는다. 전등의 빛과 전선의 잔해, 콘크리트 조각의 그레이 톤 사이에 놓인 이 작은 초록색은 '회복'의 징후라기보다, 멸종과 계승 사이의 중간 지점처럼 보인다. 인간이 정비한 정원의 풍경이 아니라, 폐허의 미세한 균열 틈에서 우발적으로 솟아난 생태계의 단면인 것이다.

감각이 오작동하고, 시간의 순서가 뒤엉키며, 의미가 부유하는 공간. 그곳에서 인간은 더 이상 세계의 주석자가 아니다. 세계는 그저 앞에 놓이며, 인간은 그 세계를 통과하는 존재가 된다. 로하스의 작업은 이 지점에서, AI 시대의 지각 구조와 미묘하게 겹친다. 기술 역시 폐허처럼, 인간이 이해하던 서사적 질서와 구조를 해체하며 작동한다. 우리가 응시하고 있다고 믿는 세계는, 이미 여러 차례 조합과 편집을 거친 이미지이며, 뒤섞인 기억의 잔여일 수 있다. 무언가의 원본성을 찾으려는 시도는 실패하고, 감각은 이 실패 속에서 다시 깨어난다.

결국 로하스의 폐허는 세계의 파괴된 모습이 아니라, 인간 중심의 질서가 소거된 이후에 남는 감각의 단면이다. 관객은 이 단면 앞에서 의미를 찾는 대신, 의미가 부재한 상태 그 자체를 경험한다.《적군의 언어》는 AI 시대의 지각 조건을 미리 예감하게 하는 감각적 형상이며, 의미를 잃은 세계 앞에서 인간의 지각과 존재를 다시 묻는 최전선이다.

3. 환경적 동선과 비인간적 질서—감각을 재배치하는 공간

《적군의 언어》에서 관객이 처음 마주하는 것은 조각도, 텍스트도 아니다. 그것은 길을 잃은 감각에 가깝다. 이 전시는 특정한 오브제 하나가 주제를 대표하는 구조가 아니라, 관객의 몸이 움직이는 경로 자체를 작품의 핵심 축으로 삼는다. 여기서 동선은 단순한 이동이 아니라, 감각적 훈련이자 지각의 재배치다. 관객은 '입장—노출—혼란—재조정'이라는 네 단계의 흐름을 거치며, 인간 중심적 해석 체계가 얼마나 쉽게 무너질 수 있는지를 몸으로 확인한다.

계단 벽면은 마감되지 않은 콘크리트와 오래된 페인트 자국이 뒤섞인 상태로 남아 있고, 긴 천이 창문을 가리고 있다. 난간 너머로는 바로 아래층의 장면들이 예상치 못한 각도로 엿보인다. 어느 방향으로 고개를 돌려도 '정면'이라고 부를 수 있는 시점이 잡히지 않기 때문에, 관객은 계단을 오르내리는 동안 계속해서 몸의 각도와 시선의 높이를 조정해야 한다. 계단은 단순히 층과 층을 연결하는 통로가 아니라, 수직으로 겹쳐진 감각의 레이어들을 통과하며 자신의 위치를 재설정해야 하는 좁은 실험실처럼 작동한다.

로하스가 동선과 환경을 작품의 핵심 축으로 삼아 온 것은 《적군의 언어》에서 갑자기 등장한 전략이 아니다. 그는 일찍부터 조각을 독립된 오브제가 아니라, 관객의 몸을 둘러싼 환경의 일부로 배치해 왔다. 〈Today We Reboot the Planet〉((2013) 연작에서 관객은 흩어진 잔해들 사이를 걸으며, 어디가 작품의 중심인지, 무엇이 전시의 정면인지 스스로 가늠해야 했다. 〈The Theater of Disappearance〉(2017)에서는

건축적 구조와 조각, 조명, 동선이 하나의 무대처럼 결합되어, 관객이 무대 밖에서 구경하는 위치가 아니라 이미 사건이 지나간 공간을 배회하는 존재로 설정된다.

이들 작업에서 공간은 더 이상 작품을 전시하기 위한 중립적인 그릇이 아니다. 오히려 공간 자체가 하나의 행위자처럼 관객의 시선과 동선을 조정하며, 감각의 리듬을 결정한다. 《적군의 언어》는 이러한 환경적 실험을 한층 더 밀어붙인다. 여기에서 전시장은 조각을 배치하기 위한 배경이 아니라, 관객이 길을 잃고 다시 감각의 기준을 세워야만 하는 비인간적 질서의 장으로 구성된다. 즉 이전 작업들에서 이미 예고되었던 '환경 = 작품'이라는 명제가, 이번 전시에서 '환경 = 감각을 흔드는 질서'라는 더 급진적인 형태로 완성되는 것이다.

입구에서부터 그 흔들림이 시작된다. 기존의 폐쇄된 입구 대신, 옆에 놓인 계단을 따라 내려간 관객들을 맞이한 전시장은 전통적 미술관의 질서―설명이 쓰여진 흰 벽, 조명, 작품과 작품 사이의 거리―를 제거한다. 어두운 바닥, 글씨가 흘러내린 단조로운 벽면, 을씨년스러운 풍경으로 구성된 공간에 들어서는 순간, 관객은 익숙한 감각의 좌표가 더 이상 적용되지 않는다는 사실을 느낀다. 작품 앞에 선다는 기존의 관람 방식은 무력해진다. 오랜 시간 방치되어 있었던 듯한 강당을 지나 지상으로 올라가면, 빛이 들어찬 작품은 특정 지점을 향해 전시되지 않고, 구조물과 그림자, 바닥 질감에 파묻혀 서로 얽혀 있다. 흙이 가득찬 공간에서 관객은 어느 방향에서 무엇을 먼저 바라봐야 하는지 판단할 수 없다. 동선은 안내되지 않고, 서사는 부여되지 않는다. 이 비非지시적 상황은 관객이 몸으로 세계를 읽어내는 방식 자체를 바꾸도록 강요한다.

더 중요한 것은, 공간이 관객에게 '정면'을 제공하지 않는다는 점이다. 작품 앞면과 뒷면, 중요 대상과 주변부의 구분이 사라진다. 어느 조각은 공간의 모서리에, 어떤 구조물은 천장보다 높은 어둠의 틈에 떠 있다. 관객은 시선을 끊임없이 전환하며, 충분하지 않은 조명과 불완전한 거리감 속에서 사물을 더듬듯 확인해야 한다. 동선은 관객의 선택에 달려 있지만, 그 선택이 의미 있는 방향을 제공하리라는 보장은 없다. 오히려 관객이 선택한 길이 무언가를 알려주는 것이 아니라, 알고 있다고 믿는 감각이 끊임없이 의심받는 과정을 스스로 경험하게 만든다. 감각의 주체였던 인간은, 공간이라는 낯선 질서 앞에서 더 이상 중심이 아니다.

설치미술은 원래 환경적 감각을 구성하는 매체지만, 이 전시가 남다른 이유는 환경이 곧 질서라는 점이다. 공간은 형태를 보여주는 무대가 아니라, 인간과 비인간이 공존하는 일종의 생태적 규칙망처럼 작동한다. 음향이 특정 조각을 향해 집중되지 않고, 어느 지점에서는 먼 울림처럼, 또 다른 지점에서는 불규칙한 진동처럼 들린다. 동일한 소리라도 공간의 재질, 벽의 텍스처, 관객의 위치에 따라 전혀 다른 음향 경험으로 변한다. 조명이 비추는 방향과 밝기도 고르게 유지되지 않는다. 어떤 공간은 과도하게 밝고, 또 어떤 곳은 시야 확보가 어렵도록 어둡다. 이 불균질한 공간체계는 이미지의 전체 구조를 보여주기보다, 정보와 감각이 파편적 신호로만 경험되는 상황을 조성한다.

여기서 흥미로운 점은, 이 환경적 경험이 AI적 알고리즘의 작동 조건을 시각적으로 모사한다는 점이다. 알고리즘은 전체 구조를 의도적으로 숨기지 않는다. 그 대신, 데이터라는 조각들을 서로 연결하고 재조합해 결과를 산출한다. 사용자에게는 결과만 주어질 뿐, 그 결과가 어떤 연산 과정과 판단 체계를 거쳐 나왔는지 알기 어렵다.《적군의 언어》의 공간도 이와 유사한 방식으로 작동한다. 감각은 여러 신호들 —광원, 그림자, 표면 질감, 조각의 파편들—의 간헐적 조합을 통해 인식될 뿐, 그 전체 구조와 생성 규칙은 추론 불가능한 상태로 남는다. 관객은 대체 무엇이 이 공간을 이렇게 구성했는가 라는 질문을 갖지만, 그 원리를 발견하지 못한다. 알고리즘의 블랙박스처럼, 공간은 감각을 통해 접근할 수 있지만 결코 완전히 파악되지 않는다.

또한 이 환경은 서사가 아닌 상황을 제공한다. 시간은 흐르지만, 사건은 일어나지 않는다. 조각은 정지되어 있지만, 공간은 끊임없이 변화한다. 음향의 방향과 조명, 체감 온도, 공간의 밀도는 관객의 동선과 시선 변화에 따라 달라진다. 이는 전통적인 감상 방식—작품의 기원과 의미를 해석하는 행위—와 충돌한다. 작품이 전하는 메시지를 읽어내는 대신, 관객은 읽을 수 없음의 상태를 견디며 감각을 조정해야 한다. 동선을 바꾸고, 시야를 회복하고, 미세한 공기의 흐름을 느끼며, 스스로 의미의 가능성을 찾아야 한다. 이 과정은 감각을 다시 구성하는 행위이자, 감각이 세계를 판단한다는 믿음을 재검증하는 경험이다.

여기서 인간의 위치는 더욱 불안정해진다. 인간은 더 이상 모든 관계의 중심에서 의미를 해석하고 부여하는 주체가 아니다. 메를로-퐁티의 언어를 다시 떠올려 보면, 몸은 세계를 읽어내는 시작점이면서 동시에 세계에 의해 조직되는 한 지점이라고 말할 수 있다.《적군의 언어》의 공간에서 관객의 몸은 분명 어떤 중심을 갖고 움직이지만, 그 움직임은 공간의 내적 규칙과 우발적 상황들에 따라 계속 수정된다. 즉, 몸은 지각을 결정하는 존재가 아니라, 환경에 반응하며 감각을 갱신당하는 존재가 된다. 공간은 관객을 통과하는 신호가 되고, 관객은 세계가 자신을 구성하는 방식 속에서 자신의 감각을 되돌아보게 된다.

이 비인간적 질서 속에서 언어와 기억은 다시 흔들린다. 목적이나 의미가 정해지지 않은 조각의 배열 앞에서, 관객은 자신의 기억 속 조각 정보들을 들춰본다. 비슷한 형태, 본 적 있는 재료, 익숙한 기능… 하지만 어느 것도 정확한 해석의 근거가 되지 못한다. 전시는 기억이 지각을 바로잡아주는 장치가 아니라, 지각을 더 혼란스럽게 만드는 증거일 수 있음을 드러낸다. 이 과정은 AI가 데이터를 조합해 결과물을 생성하는 방식과 미묘하게 겹친다. 데이터의 출처와 구조를 온전히 알 수 없듯, 전시 공간 역시 조각과 환경의 기원을 숨긴 채 감각적 신호만 제공한다. 관객은 자신이 경험한 감각을 해석하려 하지만, 감각은 확실한 의미로 응답하지 않는다.

결국 여기서 주목하고 싶은 핵심은, 《적군의 언어》가 서사적 의미나 시각적 감동을 제공하는 전시가 아니라, 감각을 어떻게 의심하게 하는가를 시험하는 환경이라는 점이다. 동선은 관객의 감각을 계속 바꾸어 놓고, 조각의 위치와 형태는 해석의 단서를 확실하게 주지 않으며, 음향과 조명은 불균형과 낯섦을 유발한다. 이 환경 속에서 관객은 세계를 '읽는' 존재가 아니라, 세계의 질서 경험을 통해 자신의 지각을 다시 생각하게 되는 존재가 된다.

그리고 바로 이 순간, 로하스의 전시는 AI 시대와 가장 날카롭게 맞닿는다. 정보의 흐름과 알고리즘적 조합이 감각의 경로를 설계하듯,

《적군의 언어》는 관객의 경험을 조직하면서도 그 원리를 숨기고, 감각의 주권이 흔들리는 순간을 등장시킨다. 인간은 판단의 중심이 아니라, 판단의 조건을 다시 검증해야 하는 위치에 놓인다. 전시는 감각이 확실한 통로가 아니라, 끊임없이 의심해야 하는 매개이며, 세계가 내 감각을 경유해 나를 구성하고 있음을 체험하게 한다.

《적군의 언어》의 공간은 결국 이렇게 말하는 듯하다.
'우리는 세계를 본다고 믿지만, 세계가 먼저 우리를 조직하고 있다.'

관객은 조각과 구조물 사이를 지나면서 이 말을 체험한다. 감각은 더 이상 인간의 소유가 아니라, 환경 속에서 계속 갱신되고 조정되어야 하는 미결정의 상태다. 《적군의 언어》는 AI적 재현·기억 생산 체계가 파생하는 감각적·서사의 붕괴를 전시장 환경으로 재현함으로써, 관객의 지각적 순간을 정치적·윤리적 판단의 자리로 전환한다. 설치는 단순한 메타포가 아니라 지각의 실험장이다. 이 깨달음은 불편하지만, 동시에 예술이 지금, 이 시대에 다시 묻고 있는 근본적인 지점을 드러낸다. 《적군의 언어》는 우리가 무엇을 보는지가 아니라, 무엇에 의해 보게 되는지를 해석보다 먼저 몸의 경험으로 앞세우는 전시다.

4. AI 시대의 지각 조건, 그리고 예술이 수행해야 하는 감각적 회복

전시가 만들어내는 낯섦은 단지 조각의 형태나 공간 구성에서 비롯되지 않는다. 그것은 이미 우리가 살아가는 현실에서, 언어와 판단의 권한이 인간으로부터 조금씩 이탈하고 있다는 감각을 정면으로 마주하는 데서 온다.

AI는 인간의 언어를 학습해 재조합하고, 알고리즘은 거대한 데이터 속에서 세계의 패턴을 예측한다. 그러나 그 내부 구조를 우리는 볼 수 없다. 《적군의 언어》가 구축한 비가시적 질서, 끝없이 감각을 의심하게 만드는 환경은 이러한 AI 시대의 지각 조건을 그대로 반향한다. 전시장 안에서 관객은 자신이 무엇을 보고, 어디에 서 있으며, 무엇을 중심이라 여겨야 하는지 단번에 확신할 수 없다. AI의 학습 구조가 인간의 지각을 닮은 듯 보이지만, 실은 전혀 다른 궤도를 따라가듯, 이 전시 역시 친숙한 감각의 틀을 흉내 내면서도 그 틀을 조금씩 비껴 나간다.

이 충돌이 가장 날카롭게 드러나는 지점은, 관객이 보고 있다고 믿는 순간 곧바로 조건화된 결과를 수용하고 있는 것은 아닌가 하는 의심이 따라붙는 국면이다. 전시장은 조각과 구조물, 음향과 빛, 동선과 질감을 서로 충돌시키며 감각을 안정된 상태에 두지 않는다. 관객의 몸은 언제나 무언가에 부닥치거나 미끄러지며, 시선과 청각, 거리감이 예기치 않은 방향으로 틀어진다. 이때 감각은 더 이상 명료한 인지의 결과가 아니라, 세계와 신체가 맞부딪치는 힘의 흔적으로 드러난다. 들뢰즈가 말한 감각의 자리는 바로 이러한 충돌의 현장에 가깝다. 《적군의 언어》는 이 힘의 흔적을 관객의 몸 위에서 극대화함으로써, 감각이 정리된 인식이 아니라 '진행 중인 충돌'이라는 사실을 체험하게 한다.

이 전시는 또한 조각, 구조물, 음향, 재질, 빛, 동선, 그리고 그 사이를 움직이는 관객의 신체를 하나의 복합적 행위자로 엮어낸다: 누군가

가 모든 요소를 위에서 내려다보며 의미를 통제하고 있을 것 같지만, 실제로 관객에게 주어지는 것은 불완전한 단서들뿐이다. 어느 지점에서는 음향이 공간을 지배하다가, 또 다른 지점에서는 미세한 빛의 변화나 바닥 질감이 경험의 핵심이 된다. 여기서 관객은 더 이상 '환경을 지배하는 주체'라기보다, 비인간적 요소들과 끊임없이 협상하고 반응하는 하나의 노드가 된다. 인간이 세계를 관리하는 중심이 아니라, 비인간적 사물·환경과 더불어 행위자로 엮인 존재라는 라투르의 관점이 이 전시의 공간 구성 안에서 자연스럽게 떠오른다. '적군의 언어'는 인간과 비인간이 엉킨 네트워크 속에서, 감각의 주도권이 어디에 놓이는지를 조용히 뒤집어 보인다.

이 과정에서 언어와 의미는 반복해서 실패한다. 관객은 자신이 경험한 감각을 설명하려 하지만, 구체적인 장면을 말로 옮기려는 순간마다 어딘가 빠져나가는 잔여가 남는다. 동선을 따라 걸어 나왔지만 전체 구조를 명확히 설명할 수 없고, 분명한 충격을 받았음에도 그 충격을 단일한 개념으로 붙잡지 못한다. 《적군의 언어》가 제공하는 것은 이야기가 아니라, 도식으로 환원되지 않는 감각적 사건들의 연속이다. 리오타르가 말한, 표상과 개념의 틀 안으로 끝내 수렴되지 않는 감각의 순간—언어와 의미보다 앞에 있는 감각의 충격—이 바로 이 지점에서 감지된다. 전시는 관객을 이 언어적 실패의 국면에 오래 머물게 하면서, 그 실패 자체를 예술 경험의 핵심으로 밀어 올린다.

동시에, 이 전시는 효율과 목적, 기능의 언어로 해석되지 않는 잉여들을 곳곳에 배치한다. 조각과 구조물들은 어떤 서사적 역할을 수행해야 한다는 압박에서 벗어나, 낭비된 에너지나 과잉된 형태, 쓸모를 알 수 없는 잔여물처럼 서 있다. 공간 구성 역시 합리적 동선이나 명료한 정보 전달 구조를 따르기보다, 비효율적이고 우회적인 길들을 만들어낸다. 이때 전시는 AI의 계산적 규칙 바깥에 남는 영역—목적에 의해 완전히 환원되지 않는 초과와 낭비의 공간—을 복원한다. 바티유가 말한 인간 존재의 '잉여적 힘'은 바로 이런 비효율과 과잉 속에서 드러난다. 《적군의 언어》는 기능을 상실한 조각의 잔여와 목적 없는 동선을 통해, 계산으로 다 설명되지 않는 세계의 힘을 감각적으로 드러낸다.

AI가 언어를 다루고 이미지를 생성하며, 인간의 기억 형식을 점점 더 세밀하게 흉내 내더라도, 감각의 불확실성과 육체적 미세함을 대신 경험할 수는 없다. 전시는 감각의 취약성과 모호함, 실패의 순간을 그대로 드러내는 방식으로, 감각의 자리를 다시 인간에게 되돌려준다. 감각은 더 이상 확신을 보증하는 근거가 아니라, 세계와의 관계를 다시 묻는 출발점이 된다. 기계가 제공하는 선명한 결과값이 아니라, 흔들리는 몸이 남긴 감각의 잔여가 우리가 지금 여기 존재하고 있다는 증거로 남는다.

그런 의미에서 《적군의 언어》는 조각을 보여주는 전시라기보다, AI 시대의 조건 속에서 인간의 감각과 언어가 어디까지 밀려났는지를 시험하는 미학적 실험이다. 동시에 그것은 감각을 회복시키는 의례이기도 하다. 지각의 혼란, 동선의 불확실, 언어의 무력함을 끝까지 감당하게 만드는 과정을 통해, 인간은 감각한다는 일의 무게를 다시 체감한다. 기술이 지각의 조건을 재편하는 시대에, 예술은 그 조건을 그대로 반복하는 것이 아니라, 감각의 불완전성과 잉여를 드러내며 인간 경험의 자리를 다시 여는 행위를 수행해야 한다. 《적군의 언어》가 보여주

는 것은 바로 그 역할의 가능성이다.

우리는 이 전시 앞에서 다시 묻게 된다.
'나는 무엇을 보는가, 그리고 무엇에 의해 보게 되는가.'

그 질문이 계속 남아 있는 한, 감각은 아직 인간에게 귀속된 마지막 언어로 남아 있다.

5. 지각의 재정치화와 예술의 역할

《적군의 언어》앞에서 우리가 느끼는 감각의 불안은 단순히 낯선 환경에서 비롯되지 않는다. 그것은 우리가 늘 자명하게 받아들여온 지각의 기준—언어적 해석, 의미 중심의 서사, 인간의 중심성—이 사실은 하나의 설정값에 불과했음을 깨닫게 되는 순간에서 나온다. AI 시대의 감각 환경은 이 기준들을 끊임없이 수정하고 교란하며, 우리는 알고리즘이 재조합한 이미지와 자동 생성된 문장 패턴을 자연스러운 언어로 받아들이는 데 익숙해져 있다. 이런 시대적 조건 속에서《적군의 언어》는 예술이 어디에 서야 하는지를 감각적으로 증명한다.

전시는 언어적 이해와 서사적 구조를 지워둔 채, 관객을 감각의 흔들림 속에 세운다. 이는 감각을 기능적 수단으로 사용하는 대신, 감각이 발생하는 조건을 다시 들여다보게 하기 위한 장치다. 우리가 무엇을 보고 있다고 판단하는 순간, 그 판단의 근거가 얼마나 취약한지 체험하는 일이 바로 이 전시의 핵심 경험이다. 관객은 의미의 폐허에서 감각을 다시 발견하고, 감각의 불완전성 속에서 인간이 가진 반응과 사유의 힘을 확인한다. 감각이 세계를 해석하는 출발점이라면, 그 감각이 흔들릴 때 비로소 우리는 존재를 다시 느끼게 된다. 그 흔들림은 불안이면서, 동시에 지각이 아직 인간에게 귀속된 영역임을 확인하는 마지막 근거이기도 하다. 조각의 표면을 더듬듯 바라보다가, 구조물 사이의 공기를 감지하고, 공간의 울림이 신체를 훑고 지나가는 순간, 우리는 세계가 내가 '보는 것'이 아니라 나를 지나가는 '감각의 흐름'이라는 사실을 이해하게 된다.

이 경험은 AI 시대에 예술이 수행해야 할 본질적 역할을 선명하게 보여준다. 그것은 기술과 경쟁하거나 기술을 해석하는 일이 아니라, 감각의 조건을 다시 묻는 일이다. 기계가 시뮬레이션한 이미지와 언어가 아무리 정교해져도, 감각의 충돌과 설명되지 않는 틈은 인간만이 경험할 수 있는 영역으로 남는다. 예술은 바로 그 틈에서 인간의 존재를 다시 호출한다. AI가 정교한 결과를 제시할수록, 예술은 결과가 아닌 경험, 해석이 아닌 감각, 확신이 아닌 의심을 제안해야 한다.《적군의 언어》는 바로 이 지점에서 예술이 기술 시대에 수행할 가장 중요한 역할을 선취하고 있다고 할 수 있다.

로하스는 AI에 대한 직접적 비판이나 도식적 논평을 제시하지 않는다. 대신 인간이 의지해온 언어와 의미, 기억과 해석의 틀을 조용히 무너뜨린다. 그리고 그 폐허 속에서 관객이 감각을 다시 가동하도록 요구한다. 이것은 지각의 정치성을 새로 구성하는 실험이다. 세계가 인간을 중심으로 조직되지 않는 환경 속에서, 인간은 어떤 방식으로 감각하고, 자신의 자리를 어떻게 확인할 수 있는가. 이 질문은 미래 기술과 예술의 관계를 넘어, 세계를 경험하는 인간적 조건 자체를 사유하게 만든다.

감각은 인간의 마지막 언어이며, 예술은 그 언어가 아직 남아 있음을 시험하는 공간이다. 기술이 인간을 넘어서는 시대일수록, 예술은 감각을 다시 정치화하고, 인간 존재의 자리를 묻는 질문을 멈추어서는 안 된다. AI 시대의 예술은 기술을 반영하는 거울이 아니라, 감각이 아직 여전히 인간의 것임을 확인하는 장치가 되어야 한다. 그래서 이 전시는 단순한 전시가 아니다. 그것은 감각의 조건이 뒤바뀐 시대에서, 예술이 무엇을 다시 수행해야 하는지를 묻는 하나의 선언이다. 우리는 이 선언 앞에서 다시 질문하게 된다. 누가 세계를 기억하고, 누가 언어를 만들며, 누가 감각을 경험할 권리를 갖는가. 《적군의 언어》는 이 질문을 관객의 경험에 조용히 내려놓는다.

AI에 대한 압도적 관심 속…
재편되는 현실 감각과 언어의 대응 다뤄

이선영 미술평론가

올해 미술 비평작 후보군에도 이론과 현장을 두루 충족하기 위해 애쓴 글이 많았다. 특히 AI에 대한 관심은 압도적이다. 예술의 조건에 대한 관심사가 전시, 작가, 사조, 시사적인 대목까지 관통한다. 그것은 미술이 본래부터 가상과 현실과 관련된 분야이기에 외적이지 않고 내재적이다.

한 해에도 수없이 열리는 전시에 대한 평은 미술 비평의 가장 보편적 방식이다. 국외 작가들의 한국 전시는 올해 평문의 주요 서술 방식으로 나타났다. 강서경, 유현미, 홍이현숙은 물론, 얼마 전 작고한 박서보, 민영순 등에 대한 작가론이 눈에 띄었다. 여러 작가를 묶어서 논의하는 경우에는 이론과 작품, 작가들 간의 긴밀한 관계가 관건이다. 근·현대·서양 미술사로 분류될 수 있는 평문은 현재와의 관련을 짚어주었다면 더 좋았을 것이다.

AI와 관련된 질적으로 우수한 평문도 많았다. '거짓의 오리지널리티', '포스트 포토그래피, 디지털 시대를 마주하는 사진의 두 얼굴', '팬

데믹 이후, 기계 사회-이미래와 정금형의 작업을 바탕으로', '알고리
즘에 묻다, 예술은 여전히 인간의 언어인가', '손때 묻은 이미지들; 매
체 전환의 틈에서' 등. 가상이 지배적이라면 실재의 위상 또한 다시 정
의해야 하는 과제가 남는다. '매체-기억, 실재 자연과 기술 이미지, 김
희천의 스터디'에는 김희천을 통해 실재the Real의 문제가 다뤄진다. 작
가의 인터뷰가 많이 인용된 점, 영화 비평이라고 할 만큼 영상의 문법
이 치밀하게 분석된 점은 가상현실 대부분이 영상과 관련된다는 점에
서 공감됐다.

　당선작인 'AI 시대의 공간형 설치미술이 제기하는 지각의 정치성-
아드리안 비야르 로하스 '적군의 언어'전을 중심으로'는 지금도 열리
는 중인 전시에 대한 평이며, 실제 설치된 작품을 자세히 분석하면서
AI 이후 감각의 조건을 논하는 부분이 탁월했다. 미니멀리즘 이후 현
대미술이 상황과 지각을 중시하는 경향에 더하여, AI적 알고리즘이 지
배하는 새로운 조건 속에서 재편되는 현실 감각과 언어의 대응을 다
룬다는 점에서 시의적절하다.

서두르지 않을 것…
감각하는 만큼 성실하게 쓰는 사람 되고 싶다

강희구

쓰는 사람이고 싶었습니다. 글을 빌려 삶을 살아내던 순간들이 있었습니다. 글을 쓰지 않고도 살아가는 사람들을 보며, 흔들리는 마음에 보통의 삶을 상상하며 비워 두었던 순간들도 있었습니다. 그 공백은 쉼이기보다, 삶의 감각이 비워지는 시간에 가까웠다는 걸 뒤늦게 알았습니다.

불확실한 세계 속에서 살아간다는 것은 끊임없이 질문을 감당하는 일이라 생각합니다. 아름다움이 무엇인지 묻는 일은 언제나 진리의 문제와 겹쳐 있었습니다. 확신보다는 의심에 가깝고, 결론보다는 과정에 가까운 질문들이 글을 이끌어왔습니다.

평가를 받기도 하고, 하기도 하는 환경 속에서 지내오면서 저는 누구보다 제 글을 혹독하게 평가하는 사람이었습니다. 흘러 넘친 언어들은 지웠다 썼다를 반복하다 끝내 옮겨 적히지 못한 채 흩어졌습니다. 이 글은 평가의 주체와 대상, 감각의 주관과 객관이 역전된 채 본질에 대해 고민하면서, 처음으로 평가를, 누군가의 시선을 신경 쓰지 않고 적은 글이었습니다. 확신이 사라지는 순간, 감각이 흔들리는 지점을 따라가 보고 싶었습니다.

학부 때 비평 강의를 들었던 기억이 떠오릅니다. 과제로 제출한 미술비평에 교수님이 남겨 주셨던 "글을 정말 잘 쓴다"라는 칭찬이 적힌 쪽지가 있었습니다. 그때의 그 칭찬이 있었기에, 지금의 순간이 있었습니다. 감사합니다, 김미영 교수님. 애정 어린 시선으로 지켜봐 주신 교수님들, 지금의 저를 이루는 바탕이 되어준 부모님과 이 때까지 마주한 모든 인연들에게 감사드립니다.

서두르지 않고 묻는 글을 계속 쓰겠습니다. 감각하는 만큼 성실하게 쓰는 사람이 되고 싶습니다.

2026 신춘문예 당선평론집

초판 발행　　2026년 2월 9일

지 은 이　　박상현 박지민 오웅진 배민정 오경진
　　　　　　최우정 김형식 최류빈 강희구

발 행 인　　노용제

편집 및 디자인　　김상희

발 행 처　　정은출판

등록번호　　신고 제301-2011-008호(2004. 10. 27)

주　　소　　04558 서울시 중구 창경궁로1길 29. 3F

전　　화　　(02)2272-8807, (02)2272-9280

팩　　스　　(02)2277-1350

홈페이지　　www.je-books.com

전자우편　　rossjw@hanmail.net

I S B N　　978-89-5824-530-8 (03810)